廣州大典

《广州大典》普及书系

主编　陈建华

晚清小说界的『经天虹彩』

黄世仲作品选读

纪德君◎编著

广州新华出版发行集团
广州出版社

图书在版编目（CIP）数据

晚清小说界的“经天虹彩”：黄世仲作品选读 / 纪德君编著. —广州：广州出版社，2022.12
（《广州大典》普及书系 / 陈建华主编）
ISBN 978-7-5462-3585-1

Ⅰ. ①晚… Ⅱ. ①纪… Ⅲ. ①小说集—中国—近代 Ⅳ. ①I215.01

中国版本图书馆CIP数据核字（2022）第258034号

书　　名　晚清小说界的“经天虹彩”：黄世仲作品选读
　　　　　Wanqing Xiaoshuojie De Jingtian Hongcai：Huang Shizhong Zuopin Xuandu
出版发行　广州出版社
　　　　　（地址：广州市天河区天润路87号9、10楼　邮政编码：510635
　　　　　网址：www.gzcbs.com.cn）
出 品 人　柳宗慧
责任编辑　田宇星
责任校对　李少芳
装帧设计　肖晓文
印刷单位　佛山市浩文彩色印刷有限公司
　　　　　（地址：佛山市南海区狮山科技工业园A区　电话：0757-86631906）
　　　　　邮政编码：528225）
规　　格　787 mm × 1092 mm　1/16
印　　张　14.25
字　　数　207千
版　　次　2022年12月第1版
印　　次　2022年12月第1次
书　　号　ISBN 978-7-5462-3585-1
定　　价　45.00元

《广州大典》普及书系编辑委员会

关于“广府名人读本”系列编选出版的几点说明

一、本书属于《广州大典》普及书系“广府名人读本”系列。

二、“广府名人读本”系列作为《广州大典》普及书系的开篇，将分为若干辑出版，成熟一辑，出版一辑。

三、因书系以《广州大典》所收文献为编选基础，故个人著述不存世或存世稀少者不纳入“广府名人读本”系列。

四、考虑到《广州大典》（民国篇）正在编纂和不少近代广府名人著述活动时段跨越清末民初的实际情况，“广府名人读本”系列会适当拓宽选录范围。

《广州大典》普及书系
编辑出版缘起

广州自古以来就是岭南地区的政治、经济、文化中心，是首批国家历史文化名城。自秦始皇三十三年（前214年）广州建城，至今已有2200余年，大量珍贵的地方文献翔实地反映了广州文化不断发展、不断繁荣的悠久历程。

《广州大典》（一期）是由中共广州市委宣传部、广东省文化厅策划并组织研究编纂，旨在系统搜集整理和抢救保护广州文献典籍、传播广州历史文化的大型地方文献丛书，是千年羊城的“根”和“魂”。《广州大典》（一期）收录文献的时间范围截至1911年（个别门类延至民国），地域范围包括清代中期广州府所辖各县，内容范围包括广州人士（含寓贤）著述、有关广州历史文化的著述及广州版丛书，依经、史、子、集、丛五部分类，共计收录文献4064种，编成520册，于2015年影印出版。

2015年4月，广州大典研究中心成立，继续推进《广州大典》（一期）的推广与研究，并启动《广州大典》（二期）民国篇的编纂出版。2019年11月，《广州大典》（一期）集部曲类文献专辑以《广州大典·曲类》之名单行出版，共计收录文献1589种，编成43册。此外，近年来中心陆续推出《广州大典总目》、《广州大典概要》、《广州大典研究》集刊（1~8辑）、《广州大典·民国广东公报丛编》（初编）100册等。

习近平总书记指出，要讲清楚中华优秀传统文化的历史渊源、发展脉络、基本走向，讲清楚中华文化的独特创造、价值理念、鲜明特色，增强文化自信和价值观自信。要做到这两个“讲清楚”，既要在学术上做到深入，也要在普及上做到浅出。《广州大典》（一期）所收录的文献不仅卷帙浩繁，而且都是繁体字、文言文，没有经过点校整理，这在客观上造成当今读者与之有隔阂，阻碍了广州这一历史文化宝库在更广大的层面上发挥社会影响力。为此，广州大典研究中心、广州出版社决定联合编纂出版《广州大典》普及书系，努力将书系打造成集学术性、知识性和可读性于一体的优秀出版物。

书系以《广州大典》为文献基础（根据实际情况，适当拓宽选录范围），组织一批专家学者从《广州大典》中精选最具代表性、最具可读性的文献，进行普及性的内容整理、发掘，形成《广州大典》普及书系。书系计划分为广府名人读本系列、地方风物读本系列、地方游记读本系列、西学东渐读本系列、小说读本系列、戏曲曲艺读本系列等。书系每种读本均包括导读、代表性作品选编（含注释、翻译、评析或解题、延伸阅读等）和相关资料附录，作者均为学有专长、研究有素的专家学者。每种读本均将尽量吸收、反映学界最新研究成果，并力求做到图文并茂、雅俗共赏。因此，《广州大典》普及书系可视作《广州大典》的延伸，且与已有的《岭南文库》的延伸——《岭南文化知识书系》《广东历史文化名人丛书》等普及性读物既桴鼓相应，又各具匠心，可谓和而不同、美美与共。

知所从来，方明所往。《广州大典》普及书系既是一项重要的文化惠民工程，也是推动城市文化综合实力出新出彩，特别是“读懂广州”的切实举措。

志合者，不以山海为远。我们诚挚邀请更多的相关专家学者积极支持和参与书系各辑相关工作，推动书系各辑逐年面世。

食髓知味，小书不小。我们相信，书系的陆续出版，将充分展示广州历史文化底蕴，擦亮广州历史文化品牌，并有助于中华优秀文化的传承和发展。

《广州大典》普及书系编辑委员会

目录

导读

清朝末年，当梁启超等改良派小说家们积极利用小说改良社会、为维新改良鸣锣开道之时，追随孙中山的一批革命派小说家，则借助小说鼓吹革命排满，为推翻清王朝的专制统治、建立资产阶级民主共和国摇旗呐喊，黄世仲就是其中的佼佼者。黄世仲生前主编或参与编创过十多种革命报刊，特别是创作了二十多部中长篇小说以作为宣传革命的利器，这使他成为晚清最有代表性的资产阶级革命派小说家，在近代小说史上占有重要地位。

一、黄世仲的生平与创作活动

黄世仲（1872—1912），字小配，号禺山世次郎，笔名黄帝嫡裔，又署世、世次郎、老棣、棠、棣、茎、亚尧等，广东番禺（今广州）人。他从小因家道中落，与其兄黄伯耀一起赴南洋谋生。在新加坡，他受邱菽园创办的《天南新报》的影响，不仅政治思想上追随改良派，而且常向该报投稿，并成为该报记者。但他追随改良派的时间并不长，大约1901年，他受革命党人尤列的启发，政治思想发生了重大变化，开始走上资产阶级民主革命的道路。此后，便在孙中山指导下同尤列等一起从事革命宣传工作。

1903年春，黄世仲回到香港，开始利用报刊宣传资产阶级民主革命。在不到三年的时间里，他除了在《中国日报》担任记者、主持笔政外，还参与了《世界公益报》《广东日报》《有所谓报》《时事画报》等有名的资产阶级革命报纸的编辑、撰述工作。此后，他又陆续创办了《香港少年报》、《粤东小说林》（后改名《中外小说林》《绘图中外小说林》），参与创办了《广东白话报》《社会公报》《南越报》等，热情宣传资产阶级民主革命，抨击改良派的保皇谬论。

为了积极配合资产阶级民主革命宣传，他还自觉涉足小说创作领域，从1905年开始，陆续在报刊上发表了二十多部中长篇小说。为醒目起见，兹将黄世仲发表在报刊上的一些主要作品，列一简表，示意如下：

作品名称	发表刊物	发表或出版时间
《洪秀全演义》	《有所谓报》	1905年6月4日起连载了前30回
	《香港少年报》	1906年7月26日起续载了后24回
《廿载繁华梦》	《时事画报》	1905年12月6日起连载
《镜中影》	《循环日报》（香港）	1906年6月出版
《宦海冤魂》	《香港少年报》	1906年9月22日至10月6日
《黄粱梦》	《粤东小说林》	1906年10月16日起连载7回
	《中外小说林》（香港）	1907年7月1日起从第8回连载
《宦海潮》	《中外小说林》（香港）	1907年6月21日起连载
《党人碑》	《时事画报》	1907年10月12日至1908年8月11日
《野蛮怪状》	《时事画报》	1908年8月至1909年2月
《南汉演义》	《世界公益报》	1908年约11～12月连载
《义和团》	《世界公益报》	1909年4月中下旬连载，至1910年5月23日止
《朝鲜血》	《南越报》	约1909年11月下旬至12月上旬连载
《宦海升沉录》	《实报》（香港）	1910年春出版
《十日建国志》	《南越报》	1910年11月1日起连载，至1911年1月16日止
《妾薄命》	《南越报》	1911年1月18日起连载
《五日风声》	《南越报》	1911年6月14日起连载
《吴三桂演义》	《循环日报》（香港）	1911年8月15日出版
《孽债》	《南越报》	1911年10月中旬连载

除上表所列外，黄世仲尚著有《大马扁》（1909年日本东京三光堂排印本，不知是否曾在报刊连载），以及《广东世家传》《岑春煊》《陈开演义》《新汉建国志》等几部或已失传，或虽存世而迄今未见的中、长篇小说。通过这些小说，作者或借历史人物故事宣扬种族革命思想；或暴露晚清官场的黑暗，谴责清朝腐朽政治；或抨击保皇派，揭露改良主义的诈伪本质；或歌颂革命党人，推动资产阶级民主革命，在当时产生了相当大的社会影响。

武昌起义后，广东革命党人立即起而响应，谋求光复广东。黄世仲作为长期从事革命工作且劳绩卓著的革命党人，曾被任命为广东军政府枢密处参议、民团总局局长、军团协会副会长等。可是在1912年春，广东军政府代理都督陈炯明却提出了一个排除异己、扩大自己实力的裁军计划。黄世仲看出陈炯明别有用心，坚决反对裁军计划，因而为其所忌。陈炯明于1912年4月9日罗织罪名将黄世仲逮捕，5月3日借胡汉民之手将其杀害。

黄世仲像

二、黄世仲的小说观

黄世仲不仅创作了二十多部中长篇小说，还常亲自撰写序言、凡例，阐述对小说创作的看法；在与其兄黄伯耀创办的《粤东小说林》（后改名《中外小说林》）杂志的“外书”栏目中，他发表了一系列小说理论文章，较全面地阐述了他对小说功用的认识及对小说创作的看法。

其一，关于小说的社会功用。黄世仲积极从事小说创作，主要是意识到小说在开启民智、宣传民主革命方面具有特殊功效。他说：“处二十世纪时代，文野过渡，其足以唤醒国魂，开通民智，诚莫小说若。”[①]还说：“观各国……皆藉小说以振国民之灵魂，甚至学校中以小说为教科书。故其民智发达，如水银泻地。”因此，“各国民智之进步，小说之影响于社会者巨矣”[②]。表面上看，这与梁启超倡导的小说“新民”说，并无多大区别，但是从内涵、旨趣上看，两者却是貌合神离的。梁启超所谓的小说“新民”说，是为其政治维新改良服务；而黄世仲的小说功用观，则旨在宣传资产阶级民主革命，推翻腐朽的封建专制王朝。梁启超在强调小说的社会功用时，往往夸大其词，甚至以为“小说势力之伟大，几几乎能造成世界矣”[③]；而黄世仲则指出小说实有正反两种不同的作用，如果小说家“具开通民智之思想，持救正风俗之主义”，那么其小说将“裨益于人群慧力之进步”；反之，则将产生“昏人神志，惰人精力”[④]的负作用。

《中外小说林》封面

① 黄世仲：《中外小说林之趣旨》，《中外小说林》1907年第1期。

② 老棣：《文风之变迁与小说将来之位置》，《中外小说林》1907年第6期。

③ 梁启超：《〈新世界小说社报〉发刊辞》，见陈平原、夏晓红编《清末民初小说理论资料》，北京大学出版社，2021年版，第202页。

④ 棠：《中国小说家向多托言鬼神最阻人群慧力之进步》，《中外小说林》1907年第9期。

对于传统小说，他既肯定其“五光十色，美不胜收”，不像梁启超那样以“诲盗诲淫”的罪名一笔抹倒，但也不讳言其存在“凭空杜撰，尽托其事于鬼神之造化”[①]等弊端，主张对本国小说进行改良，而“所谓改良者，固不在高奇，而在去锢习而导以新思，顺眼光以生其意境”[②]。显然，黄世仲的这些观点比梁启超等人的笼统、片面地夸大小说的社会功用并一味贬斥传统小说，要开明、辩证一些，并且能使人们较清醒地认识本国小说的不足与小说革新的正确方向。

其二，关于小说创作的思想性。小说能否有效地开启民智、促进社会进步，实取决于其传递的思想内容有无进步意义。因此，黄世仲在强调小说的社会功用时又进一步指出：“各国之著名小说，其具转移社会之大力者，非有他也，无中国迷信陋习耳”，而中国传统小说则“多托言鬼神最阻人群慧力之进步”。那么如何改变中国小说创作中存在的“迷信陋习”呢？他认为不妨学习外国的著名小说，“以译书为引渡新风之始”。他说：“一切科学、地理、种族、政治、风俗、艳情、义侠、侦探，吾国未有此瀹智灵丹者，先以译本诱其脑筋；吾国著作家于是乎观社会之现情，审风气之趋势，起而挺笔研墨以继其后，观此而知新风过渡之有由也。”[③]

也就是说，有了译本小说的引领，国内的小说创作方可以做到“初求进步，继求改良，欲导社会以如何效果者，即为如何之小说”。

对于当时国内层出不穷的新小说，他也从思想性上作出了这样的评价：

吾国近年小说家之卓有名誉者，虽不数觏，而风气丕动，波起

① 棠：《中国小说家向多托言鬼神最阻人群慧力之进步》，《中外小说林》1907年第9期。
② 棣：《改良剧本与改良小说关系于社会之重轻》，《绘图中外小说林》1908年第2期。
③ 世：《小说风尚之进步以翻译说部为风气之先》，《绘图中外小说林》1908年第4期。

> 云属，或溯历史，或纪民族，或写艳情，或述战争与近事，原其宗旨，要其目的，总以求有益于人群之进化者为近是。以视昔之详怪异者，则假神仙之幻说；证因果者，则引狐鬼之机缘，其足为人群智慧之阻力者，固不啻霄壤矣。惟其然也，故吾国近来所出小说，日见其多，而上、中、下流社会之爱读小说者，亦多能静穆其心思，领悟其旨趣，一若手不停披、目不暇瞬者。懿夫，民智洞开，光线透达。得小说而导不觉路，使平日昏瞶于鬼祸福之瞽说，一旦了而空之，得大解脱。①

在他看来，不论何种题材的小说，其创作宗旨“总以求有益于人群之进化者为近是”，也就是说其思想内容应该有助于人群的进化、文明的进步。从这个角度看，古代那些喜欢“详怪异”“证因果”的小说，确实有碍于“人群智慧”的进步；与之相比，新小说的佼佼者在思想性上也确实更有助于开启民智。

他还以自著小说为例，谈其小说思想的进步性与写法上的突破和创新。如他在《宦海潮·凡例》中就说：“寻常著书，多主因果之说。是书本不落此窠臼。然报应未尝不巧，如张之于洪，凌之于张，皆取材从实，而不报应之报应隐寓其间，实皆以描宦情之真相也。”“寻常著书，每取谶兆，以定书中之结局。是书本不主此。然李侍郎之诗词，及张氏使美时，闻丁督之死而发叹语，皆其兆也。是亦取材从实，与寻常杜撰不同。”“寻常说部，多铺张仙佛鬼神之事，大非今日风气所宜。故是书扫除一切迷信之习，不落古人窠臼。”②他在《廿载繁华梦·凡例》中也说：“凡寻常著书，除历史的演义外，多说报应。唯此书却不从此着想。

① 棠：《中国小说家向多托言鬼神最阻人群慧力之进步》，《中外小说林》1907年第9期。

② 黄世仲：《宦海潮》，浙江古籍出版社，1995年版，第1—3页。

然不报应之报应，每在其间，盖胎息《石头记》来也。”[①]他主张小说创作应该有益于人群进化，反对以往小说侈谈因果、杜撰“谶兆”、“铺张仙佛鬼神之事”，认为这样做“大非今日风气所宜”，并且还能自觉地在其创作中“扫除一切迷信之习”，坚持现实主义的创作方法。其理论与实践无疑是正确的、难能可贵的。

其三，关于小说创作的艺术性。黄世仲还很注意小说思想性与艺术性的有机结合。他指出小说的艺术力量在于以情动人：“小说者，陶镕人之性灵者也”；“小说之能事，不外道情；于己之情，体贴入微，即于人之情，包括靡尽。于一人之情，能曲以相近，即于普天下人之情，能平以相衡。其言事也，无一不以情传之”[②]。他还强调小说创作应立主脑，讲求结构布局与整体感，情节要有连贯性与曲折性，并对当时的新小说在这方面存在的问题进行了批评：

> 究其间不无矫枉过正者。或文饰其词曰：吾之笔法，自成一家。否则曰：新世界之文字，固当如是。甚则满纸芜词，绝无意境开发，意则平平庸淡，而字句间或过为雕斫，将以是为矜奇；而一篇之中，有散漫无结束，有铺叙无主脑，有复沓无脉络，前后无起伏，穿插无回应，见事写事，七断八续。[③]

他所说的这些问题，乃是当时许多报刊连载小说的通病。由于报刊连载小说的作者事先多无成熟、统一的构思，小说是随写随刊，甚至写后忘前，因而当时多数新小说都不同程度地存在结构散漫、主次不明、脉络不清、前后失于照应、“见事写事，七断八续”等弊端；又加上作者难免还想

① 参考方志强《黄世仲大传》附录，香港夏菲尔国际出版公司，1999年版，第376页。

② 亚莛：《小说之功用比报纸之影响为更普及》，《中外小说林》1卷，第11期，1907年。

③ 棣：《改良剧本与改良小说关系于社会之重轻》，《绘图中外小说林》1908年第2期。

多赚点稿酬，有意铺张文字，渲染细枝末节，导致“满纸芜词”，“意则平平庸淡”，这样的小说当然也就很难“藉以开通国民之知识”了。在《文风之变迁与小说将来之位置》一文中，他又明确指出：“著者如何起，如何结，如建屋焉，间格贵精工，如绘事焉，点染求灵妙，皆贵惨淡经营；非借拾稗史一二事，得堆满若干字为一回，其淡如水，其直如线，便可以言著小说也。”正因为他对报刊小说之弊有较清醒的认识，所以他在自著小说中才会有意地加以克服。如其《廿载繁华梦·凡例》即说：“凡作书不可无主脑。是书主脑，全在警醒骄奢淫佚，而悖入悖出之，因果寓焉……是书以牝鸡司晨、为家之索二语，为全书脉络。”“凡作书者，须先有全局在胸，方能下笔。若见事写事，则必至散漫无纪。是书殆胸中先有全局在胸者。于何见之？于傅成到港时，对李德观语见之。”

值得一提的是，黄世仲还通过对“寻常说部”与“自著小说”的比较，提出作者的思想倾向性应如何表现的问题。在《廿载繁华梦·凡例》中，他说：“凡寻常说部，每多断语。唯是书则不然，全作叙事体，而不断之断，已寓于其间。”在《宦海潮·凡例》中，他又说：“寻常著书，褒贬过于渲染。或叙一先辱后荣之人物，写其人每视之太高，过为雕琢，是书却扫除此弊。故张氏为书中主者，亦在不褒不贬之间。盖是书不志在为张氏纪传，而特借张氏以写人情世故之变幻无常者也。”这些理论与实践，与现实主义小说理论所主张的“倾向应当从场面和情节中自然而然地流露出来，而不应当特别把它指点出来”[①]，以及小说的人物塑造应合情合理等，可谓不谋而合。

综上所述，可以看出黄世仲小说观念的核心是小说的功用观，即如何让小说发挥其开通民智、改良风俗的社会功用。为了更好地实现这一功用，他强调小说要有进步的思想，“为文明之先导”；要有艺术性，“务

① 恩格斯：《致敏·考茨基》，参考刘庆福主编《马克思主义文艺论著选读》，高等教育出版社，1991年版，第148页。

令普通社会均能领略欢迎”[①]，这对当时的小说创作与理论探索无疑有着积极的指导意义。

三、为太平天国正名的《洪秀全演义》

《洪秀全演义》是黄世仲创作的第一部小说，也是其小说的代表作。该小说1905年6月4日起在《有所谓报》连载了前30回，1907年7月26日起转到《香港少年报》续载了后24回，1908年由香港中国日报社出版单行本，全书共54回，尚未叙完，后由他人增改卒篇。该小说描绘了波澜壮阔的太平天国运动，热情地讴歌了太平军将士浴血奋战的革命精神和摧枯拉朽的革命气势，生动地展示了人民群众拥护革命、“箪食壶浆，以迎王师”的动人情景，愤怒地揭批了清朝统治者的腐朽、官兵的残暴、曾国藩之流与外国侵略者联合镇压太平天国运动的罪行，充分表现了作者“全从种族着想”和“为英雄生色”的政治立场。小说思想意蕴丰富、艺术水平高超，堪称近代历史小说的扛鼎之作。

（一）《洪秀全演义》的创作主旨

黄世仲为什么要创作《洪秀全演义》？要回答这个问题，必须了解《洪秀全演义》创作前后的时局背景，以及作者在这一时局背景下的思想状态和社会活动情况。黄世仲的家乡是广州番禺，与洪秀全的家乡花县毗邻。他出生时，轰轰烈烈的太平天国运动刚过去还不到十年。他少年时就听父老讲过太平军的传奇，对太平军将领心向往之，并潜生为其作文立传的愿望。

鸦片战争爆发后，广州地区因受到帝国主义的严重侵害与清政府的残酷压榨而成为反帝反清的策源地。如三元里人民抗英、洪秀全起义、陈开

① 黄世仲：《中外小说林之趣旨》，《中外小说林》1907年第1期。

起义，以及后来孙中山领导的资产阶级民主革命，或抗侮图存，或反清自立，一时主导了中国近代革命的潮流。洪秀全也因此在广东民众的心目中成为伸张种族大义的民族英雄。这种对以洪秀全为首的太平天国领袖的英雄式认同，无疑是黄世仲以太平天国运动为题材创作《洪秀全演义》的重要动因之一。

1893年以后，黄世仲在政治思想上经历了由接近改良派到追随革命派的转变，他开始自觉地利用革命报刊发表政论如《辨康有为政见书》等，宣传资产阶级种族革命思想。不久，孙中山为争取海内外洪门组织及华人华侨的支持，授意刘成禺撰写《太平天国战史》，宣传种族革命。然而，作为一部史书，它在记述太平天国运动时，明显失实、夸张并过于美化太平天国领袖，且其故事性、传奇性和趣味性均不强，因而对洪门会众及华人华侨的吸引力也就有限。

正是在上述背景下，黄世仲动手创作了《洪秀全演义》。该小说是作者根据年少时的记闻、《近世中国秘史》《太平天国战史》，以及相关的清代官方文献记载等，加上丰富的虚构、想象，创作而成。其创作宗旨就是更有效地配合当时资产阶级革命派所从事的种族革命与民主革命斗争。黄世仲在《洪秀全演义·自序》中公开为洪秀全正名："昔之贬洪王曰匪曰逆者，皆戕同媚异忘国颂仇之辈，又狃于成王败寇之说，故颠倒其是非，此皆媚上之文章，而非史笔之传记也。"并指出该小说的创作，在于"传汉族之光荣"。在《洪秀全演义·例言》中，他又一次申述此书之撰写，"全从种族着想"。在小说第一回，他又借冯云山之口说："种族之界不辨，非丈夫也！"而在叙事过程中，他还直接采用各类史料中所记载的太平军檄文，猛烈抨击清朝政府的腐朽与罪恶。如第九回中的胡以晃讨清檄文、第十四回中的石达开讨清檄文、第二十回中的钱江《兴王策》等，均历数了清廷摧残人民的诸多罪恶。

与此同时，他在小说中竭力将太平军描绘成救民于水火的仁义之师，

"所过秋毫无犯。乡民纷纷助饷从军，声势愈大"，太平军攻破城池后，必"安置难民""发帑赈济"，帮助百姓重建家园。对太平天国的政治制度，作者也进行了热情的褒赞和美化，将它描绘成一个资产阶级性质的民主政权。如在男女平权方面，"设立女官，以洪宣娇及萧三娘皆为指挥使，更立制度"。在民生方面，考虑"江南连年苦于兵役"，而"传旨发帑赈济人民，并减免两年粮税"，并禁绝人民吸食鸦片，订立市政制度，"愿者从军，不愿者营业；男女街行，各有一路，不得混杂；百工商贾，凡累重货物，准用车运，不得肩挑背负，以省人力；官兵不得私入民居，违者立斩；工商士庶，七日一休息"。在参政议政方面，"议事时，诸臣皆有座位，扫去一人独尊的习气。其有请见论事者，一体官民，皆免拜跪"。在外交方面，则遣使美国，共通友好，等等。

不仅如此，作者还描写了民众及洋人对太平天国政权的态度和反应，以反观太平天国政权的民主与进步。如第二十五回写太平军于金陵定鼎后改订制度，焕然一新，以至于连美国人也深感太平天国政权"深合文明政体"，而"不胜惊异"。第三十二回写清朝将领胡林翼收复武昌城后，"那些居民，多年沐洪氏和平政体，一旦又遭如此专制，自多怨言。越日竟有些人民思念洪家的，相聚数百人，在东门里放起火来，欲乘火往武昌请谭绍洸为外应"。诸如此类的情节设置与描写，显然可使读者对太平天国政治文明有更大的认同。

实际上，作者在小说中所描绘的太平天国治国图景，大部分出于他本人的理想化的政治设计，具有明显的西方近代资本主义色彩，并非太平天国军队及政体的忠实反映。这种带理想色彩的美化，形象地表达了20世纪初以孙中山为首的资产阶级革命派的种族革命诉求。小说创作的意旨，不在于还原历史，也不仅仅在于文学，而在于更好地宣传种族革命，统一党众（尤其洪门会众）的思想。因此，《洪秀全演义》不单是小说，同时还是革命宣传的一部分，即欲借小说来化育人心，使民众的心灵滋生出种族革命的信念与理想。

由于作者以资产阶级种族革命的信念与理想来进行《洪秀全演义》的创作，因而该小说在人物塑造与情节结构上便呈现出独特的精神风貌。

首先，在人物塑造上，作者有意将种族革命的信念植入太平军将领的思想深处，既使太平军将领克服了本来明显存在的小农意识，由此获得了种族革命的崇高感；又使太平军将领摆脱了基于宗教崇拜的盲动倾向，而闪现出纯粹的救国救民的信仰光辉，表现出大无畏的英雄本色。如第十二回写冯云山重伤弥留之际，犹念念不忘种族革命大业；林启荣修德爱民，精勤固守九江军事重镇，屡挫清军，力挽危城于既倒。凡此种种舍生取义、为反清事业鞠躬尽瘁的情节内容，在小说中不胜枚举。它所体现的太平军将士慷慨义勇的人格情操和矢志不移的反清信念，每每令人愀然动容。这种将种族革命的使命感赋予小说人物，从而树立起人物崇高形象的方法，乃是以往惯常采用“王侯将相，宁有种乎？”的个人功利化的、图王霸业式的人物塑造方法的历史演义所不具备的。

其次，种族革命信念的植入，使作品在结构上获得了赖以凝聚与通贯的精神内核，全书的情节因这个内核而凝聚、融汇为一体，从而气脉顺畅，绝无散漫之感。因此，太平军起义之筹备长达八回而不显冗长，战势连绵反复至数十回而不显芜杂，它将敌我双方拉锯式的攻守鏖战，最终归结为两种信仰的冲突，从而实现了对双方战争的重构和独特解读，为小说赢得了读者的心理认同。

再次，这种救民众于水火、拯国家于危难的种族革命激情与信仰的植入，使作品整体上酝酿出一种庄严神圣、悲壮激越的精神氛围。读者在阅读过程中，会不由自主地被作品浓重的、悲壮的、纯粹的种族革命氛围所笼罩，从而内心受到震撼和浸染，对太平天国产生深刻的同情。

综上，《洪秀全演义》是晚清末年特定的历史条件下所产生的一部以鼓吹种族革命为宗旨的作品。其先入为主的创作意图，固然会使作品所写与历史事实产生较大出入，然而从艺术角度看，这种创作意图对于作品的人物塑造、结体构架及整体氛围的营造等却发挥了主导性的正面作用。

（二）《洪秀全演义》塑造的主要人物

《洪秀全演义》之所以堪称一部历史小说杰作，也是因为它成功地塑造了洪、清双方阵营中的一大批将领，给人留下了深刻难忘的印象。如作者笔下的洪秀全，始终秉持种族革命的信念，在桂平教堂宣讲种族革命道理时，竟“不觉大哭起来”。他慷慨仗义，有情有义，如听说秦日纲有被捕之危险时，毅然入城通风报信；得知冯云山、萧朝贵、韦昌辉之死，石达开、钱江出走，每每悲恸下泪，数度昏迷。他心怀天下，以大局为重，当杨秀清流露篡位之心时，他慨然说道：“但得大事已成，让他登其大位，某有何怨？”他爱才如命，石达开明知他以计相陷，仍感其虔诚，投入麾下，共谋义举。他能同荣共贵，在岳州时不顾钱江之谏，封王赏将。正是因为有这些人格魅力，他才受到将士们的拥戴与推崇。当然，对于洪秀全的弱点，作者也不讳言，指出他爱才而不能推信、心怀种族大义而又保守苟安的性格缺陷。如他得知石达开即将离京，亦不亲去挽留，颇有嫉贤之嫌；到了太平天国后期，他越发用亲信谗，已不再有初期的贤明、睿智了。

与洪秀全对应的清方人物，是曾国藩。虽然他大兴团练，创办水师，每每主持清方的关键决策，扭转了战争胜负的局势，具有非同凡响的帅才，但其为人城府世故、表里不一、嫉贤妒能、矫情务虚，作者在小说中巧借清方名将胡林翼之口对他的这些性格缺点做了辛辣讽刺，又通过曾国藩挫李鸿章之傲气而驾驭之、左宗棠借饷而曾国藩虚与委蛇等，将曾国藩的忌才而偏能用才、小器而外表谦恂的性格作了进一步渲染。这样，曾国藩在历史上集威望、谦恭和大智于一身的帅才形象，在小说中就被毫不留情地消解了。

除了洪秀全、曾国藩这类统帅人物，还有一些智谋类人物，如太平军中的钱江、李秀成、石达开，清方的胡林翼、向荣等，也塑造得相当成功。关于钱江，扪虱谈虎客在《近世中国秘史》中曾慨叹其“意气才略”无一不与左宗棠相仿佛，可惜洪秀全不能用之，导致其投附清朝刑部右侍郎雷以诚后被杀，其所写的《兴王策》也失传了。这一番慨叹，无疑激发了黄世仲的创作灵感，故而他将钱江写入小说中，并进行改造：一是让钱江得到洪秀全的赏识、重用，以补其功业未遂之憾；二是编撰《兴王策》十二条，以补其才情未以文传之憾；三是写钱江没有被雷以诚所杀，而是飘然隐退于江湖，以补其功未就而身先死之憾。在黄世仲的精心塑造下，钱江之雄才大略得到了淋漓尽致的展示，不过当他明察种族革命大业难成时，终不能如诸葛亮般“鞠躬尽瘁，死而后已”。

实际上，与诸葛亮精神情操一脉相承的是李秀成。当李秀成得到钱江留书，预感太平军终将失败的命运后，他并未像钱江一样选择放弃，而是决定“以国家为重”，“吾辈惟以国家为念，其不济则天也”，显示出知其不可为而为之的忠贞品格。小说中李秀成指挥战役甚多，如起义之初即奇袭柳州、永福；定鼎金陵后奉命西征，攻陷南康、汝宁、饶州、岳州、汉阳，又计杀江忠源而取庐州；天京事变后，一举攻占常州、苏州；北援不利后，挥师入皖，再拔庐州，并回军解除天京之围；复陷武昌、取六合、破杭州，再溃金陵围军，进击丹阳，逼死张国梁；随即又收复建德，顺势攻破繁昌、南陵、铜陵三城；九江为曾国藩占领后，李秀成再次出京，于湖口大胜曾国藩……凡此数十战，无不指挥若定，所向披靡，充分体现了李秀成卓越的军事才能。小说还突出了李秀成之“忠”，这使得李秀成与石达开等有别。小说中石达开受洪秀全兄弟猜忌，即率亲信离天京以图自立；而李秀成则纵知安王、福王谗言陷害，仍能尽心事主，不计个人安危。然而，忠君思想毕竟束缚了李秀成的手脚。当曾国藩等声东击西、逼扰天京而实图九江时，李秀成对曾国藩之计洞若观火。可是洪秀全听信谗言，以为李秀成“拥据重兵，坐视天京不救”，遂数度严敕诏归，此时李秀成囿于君臣大义，明知一归，九江必定难守，仍归天京复命。此外，李秀成的仁义爱民之心（慰抚士人、收容难民、发赈救助等）在小说中亦多有体现。总之，他既不像钱江有逸士般的超脱，也不似石达开另立山头，而是表现出心忧天下、济世安民的悲悯情怀。

至于石达开，与钱江、李秀成相比，又有其独特的人格魅力。他智识超卓，气势恢宏，并且儒雅过人。小说第三十回精心安排了石达开作诗寄给曾国藩，使其知难而退的情节，将石达开之才情志向、经纶满腹与义薄云天，渲染得酣畅淋漓，诗意盎然，读来令人有清音绕梁之感。

小说中，清方身怀韬略、识见超群的将领，亦不乏其人。其中，胡林翼堪称清方头号智囊。他善于审时度势，权衡强弱。如衡州一战，他独悉太平军退军为虚，诱敌是实。惜乎曾国藩贪功冒进而败北，好在胡林翼力挽狂澜，依败势设埋伏，枪杀太平军大将萧朝贵，于大败中取得小胜。他精于用兵，指挥战争时，能避实就虚，攻敌所必救，且擅长扼势，占据战略要点。如第二十七回，胡林翼知李秀成赴攻庐州，以致汉阳空虚，故趁虚而入，先扼守纸坊、蔡店，再凭实力以攻汉阳，眼见城破，幸李秀成及时回救，方保汉阳未失。他知人善任，对清朝诸将了如指掌，力荐左宗棠，可谓慧眼独具。他驭将有方，善于激发士气，如太湖之战，胡林翼驰书激励鲍超、多隆阿道：“世称多龙、鲍虎，吾闻其名，欲一观龙争虎斗，毋徒负此虚名也！”多、鲍雄心大壮，是以力挫太平军大将陈玉成。

此外，向荣久经沙场、机警干练，临敌老辣，稳字当头。其在广西之时，以坚壁清野为主，审时度势，进退有据，每每能败而复振，诚为太平军不敢小觑之劲敌。如武昌一战，杨秀清轻敌冒进，即为向荣大败。徐家桥一战，向荣设阵以待，“所结连营，四至八道，皆有门户，回环整肃，甚为可畏”，惜乎右军陆建瀛部稍欠齐整，以至为钱江所趁。

值得一提的是，对于杨秀清这个人物，作者却有意进行了歪曲与重构。如将本来出身贫贱、以烧炭为业的杨秀清定性为“富绅”，一方面淡化其为太平天国运动立下的汗马功劳，凸显其妄自尊大、刚愎自用给革命带来的惨重损失（如第二十五回写他败走武昌府，第二十七回写他擅自下令林凤翔孤军北伐等），另一方面又刻意描绘其阴险狡诈、鹰视狼顾、野心勃勃、图谋篡位的野心家嘴脸，而对洪秀全授意韦昌辉铲除杨秀清的历史真相，作者则曲意回护，并将责任推给韦昌辉之弟韦昌祚，写他擅自屠杀杨秀清一家五十余口。事实上，被韦昌辉、秦日纲杀掉的太平天国将士多达两万余人。这些歪曲与重构，从根本上也是为了体现作者“非我族类”“非种即锄”的种族革命思想。

因为小说描写的是热兵器战争，武力已被极度边缘化。不过，一些剽勇善战的武将如陈玉成、鲍超等，还是塑造得虎虎生风。陈玉成本系童子参军，身怀武功绝技，以豪勇名震湘、桂。他隶属于石达开部，北征湘鄂，东伐金陵，英勇当先，战无不捷。石达开出走后，朝中无人，李秀成与陈玉成遂成为统帅一方的主将，转战于皖、鄂、赣诸省，经数十战，而所向披靡。其中八斗岭大败胜保，三河镇先后覆灭李续宾、李孟群，无不是惊心动魄的大战。鲍超则为清军中剽勇善战的骁将，他武艺高强，“逾山过岭，轻捷如猿”。交战时，常策马当先，“马头到处，洪军皆不敢当”。他生性好战，人称“虎痴”，往往愈挫愈奋，反败为胜。如许湾一战，李世贤先胜，鲍超奋起神威，大声道：“战若败，非死二万人不可。退而必死，不如进求不死。诸君可怜鲍某从军七八年，未尝少挫，今若丧于此地，诸君亦损威名也。”部将闻之，无不奋勇，遂反败为胜。一场恶战后，“垒尸十余里，沿山遍野，皆为血水流注”。其人之勇悍，可见一斑。

综上，黄世仲出于种族革命的立场，并适应热兵器战争的特点，成功地塑造了统帅、智谋、慓勇等几类人物形象，通过这几类人物的言行事迹、战争经历，以及彼此之间的关联、映照，既展示了他们的智慧才干与精神个性，又有力地彰显了作品褒洪贬清的创作主旨。

（三）《洪秀全演义》的叙事艺术

与以往的历史演义小说相比，《洪秀全演义》在叙事艺术方面也有不少突破与创新，体现了较突出的个性特色与艺术水准。

其一，热兵器战争描写，特色鲜明。历史演义小说自宋元产生以来，至清光绪前中期，其战争描写以冷兵器为主，直到《洪秀全演义》问世，才生动展示出热兵器战争的特点。热兵器在清末主要指短管手枪、长管抬枪或步枪、地雷、大炮等。热兵器战争中，武将的个人武力对战局的影响微乎其微，而战争策略对战局的影响则是关键性的。因此，作者在小说中不惜笔墨多处铺叙钱江、李秀成的战略决策，曾国藩、胡林翼的战略会议等，这是基于热兵器战争特点做出的叙事调整。当然，战术也是决定战争胜负的重要因素。通观小说全文，战术描写可谓变化莫测，诸如趁虚偷袭（第十四回李秀成破柳州）、声东击西（第四十九回李秀成湖口破曾国藩）、诱敌伏击（第二十四回钱江安庆败向荣）、避锐反攻（第五十回李秀成桐城破鲍超）、张势恫慑（第四十二回李秀成陷常州）、擒贼擒王（第四十回罗大纲克扬州）等，不一而足。这些战术描写，有的效仿《三国演义》，但大多能于模仿中见出作者的智慧与匠心。与此相应，书中很少夸张战将个人武勇、渲染单打独斗，而是大量增加了对将帅智谋的描绘，力求符合热兵器战争的特点。

其二，结构脉络清晰，主次分明。小说涉及五百余个清代历史人物，二百余次战争，触及政治、军事、经济、文化、外交等方方面面，内容洋洋大观。然而，透过如此宏阔、纷繁的情节，仍可以找到一条清晰的叙事脉络，即小说中的所有情节都是围绕种族革命来生发、牵连、流动的，这使全书呈现出革命自准备至发生、发展、高潮进而走向没落的清晰脉络。简言之，第一回至第八回，叙述太平天国种族革命从酝酿到发起的经过，重点写洪秀全结识钱江，以传教为名，入广西筹备起事，先后拉杨秀清、石达开等入伙，经过一番周密安排后，在金田发动起义。第九回至第二十四回，叙述革命初兴至革命高潮的经过，主要写太平军从广西革命初期时之小本经营，到北上湘鄂时声势渐隆，再到定鼎金陵，一路摧枯拉朽，势不可当。第二十五回至第三十六回，叙述革命高潮至革命受挫的经过，主要写李秀成西征，天京内乱，杨秀清身死，韦昌辉自杀，石达开出走，钱江隐逸，太平军领导集团分崩离析，林凤翔北伐失败，天京政权陷入风雨飘摇之中。第三十七回至第五十四回，叙述革命重振、支撑至衰落的经过，主要写李秀成、陈玉成等为保全天京、谋求北伐而进行的一系列战争，写到李昭寿背叛革命、投身清军时，全书戛然而止。以上四部分，前后衔接，构成了太平天国运动自发生、发展至衰落的主线。与此相对应，还有一条副线，即清朝官兵对太平军的防剿堵截，虽然描写相对简略，但对于故事叙述的顺畅与均衡，也是不可或缺的。总之，作者围绕种族革命而设计的主线与副线，既相比照、辉映，又彼此牵缠、拧合，使全书呈现出双线共进、跌宕起伏的叙事结构形态。

其三，叙事视角灵活变换，相辅相成。小说主要采用第三人称全知视角，以便对太平天国运动进行全方位的扫描。不过，为了追求戏剧化的叙事效果，作者也会巧借人物视角展开叙事。如第十回写永安之战：

> 陈国栋见所发枪弹，全不中要害，又见秀全绝无动静，便向国恩道：“张奋扬久参军幕，料事多才。今敌军如此动静，不可不防。”……这时乌兰泰听得前军得胜，便号令一声，率大队前进。正到阵前，只见洪军旌旗纷纷变换，忽改后军为前军，绕东而来，却打着黄文金的旗号。乌兰泰急令分军，以陈国栋、国恩会追洪秀全，然后单迎黄文金接战。不料黄文金这一支军，如生龙活虎，望乌兰泰

本军弹如雨下。乌兰泰正在酣战，忽流星马飞报祸事……那乌兰泰听了，吓得几乎坠马，回顾张奋扬叹道："果不出足下所料！永安若失，何处可归？不如退兵。"

此处叙事，视角先附着在清将陈国栋身上，接着又转附在乌兰泰身上，用此二人的眼光来审察、判断与决策，从而将清军将领由犹疑到躁进、由惊恐到泄气的心理氛围描绘得真切可感；而对太平军将士虽不着一字，但其静如砥、动如潮的军势与料敌机先的作战智慧却跃然纸上。

其四，叙事技巧运用巧妙，别具匠心。作者颇擅长设置悬念，巧用伏笔，增强叙事的审美张力。如小说第三回，钱江听说自己将被发配伊犁，不禁哈哈大笑，并向冯云山透露，他将于韶州脱身。可接下来，作者却将笔锋一转，写洪秀全等入广西筹备起义。直到第十回，才重接前文，交待钱江脱身经过。如此设置悬念，可谓一波三折，甚为巧妙。至于伏笔的运用，也别具匠心。小说中有不少基于人物性格埋下的伏笔，如先有萧朝贵之好胜自信，才有后来邀功急进、中伏身死之事；先有杨秀清之贪荣好谀，才有后来骄奢专横，自称九千岁之事；先有韦昌辉之刚烈暴躁，才有后来不顾大局，贸然刺杀杨秀清之事；等等。还有一些是基于情节建构而设置的伏笔，如第十一回写钱江得韶州知府胡元炜相救脱身，临别时，嘱胡元炜改调别省，结果就有了第二十六回所写的胡元炜计陷江忠源、献出庐州城，原来他听钱江之劝，早已请调庐州知府。

综上，《洪秀全演义》是第一部比较成功的反映太平天国运动的历史演义小说。由于它切合了清代末年民众重拾民族自尊心、释放反清情绪的政治需要，并且体现了相当不俗的艺术水准，所以一经问世便以多种版本形式在海内外广为流传。据冯自由回忆："是书出版后风行海内外，南洋、美洲各地华侨几乎家喻户晓，且有编作戏剧者，其发挥种族观念之影响，可谓至深至巨。”[①]

四、社会小说的巨擘：《廿载繁华梦》

继《洪秀全演义》之后，黄世仲又创作了一部长篇小说杰作《廿载繁华梦》。该小说据真人真事写成。光绪乙巳年九月初七日（1905年10月5日），粤海关库书[②]周荣曜，因侵吞巨额库款，被两广总督岑春煊参劾、查抄，一时舆论哗然。《时事画报》《有所谓报》等连续报道此事，引起了社会的广泛关注，激起了当地读者了解此事内幕的强烈兴趣。于是，黄世仲立即着手收集有关周荣曜的素材，构思、创作《廿载繁华梦》，两个月后，便在《时事画报》乙巳年第八期（1905年12月6日）连载该小说，至丁未年第二十六期（1907年11月10日）刊毕，并由《时事画报》于丁未年十月初十日（1907年11月15日）出版单行本。

该小说主人公周庸祐（周荣曜的谐音），原本为浮浪破落户子弟，依靠在粤海关做库书的舅舅傅成拉扯，入粤海关当差，此后乘机充顶了舅舅的职位。他百般巴结粤海关监督晋祥，通过串抬金价、暗移公款、捏造虚报、发放收利等手段，转眼弄了数十万家资；又在随晋祥赴京谋官的途中，乘晋祥病故，占有其小妾香屏及四十余万资财；接着，又花二三十万两银子帮京官联元谋任粤海关监督。联元到任后，衙内诸事均由周庸祐操持。他趁两广总督张之洞因粤东财政吃紧，海防经费无处着落开办“闱姓”[③]筹资之机，勾结官绅，从中渔利百十万。为了圆做官之梦，他在上海购买美妓，将之连同十万两银子，送给宁王，被宁王保荐为驻英国头等

① 冯自由：《〈洪秀全演义〉作者黄世仲》，《革命逸史》第二集，中华书局，1981年版，第46页。

② 负责关税册籍登记、账目核算等业务的书吏。

③ 以科举考试中榜者名字为猜射对象的一种博戏。

参赞。他逐日寻花问柳，携妓纳妾，挥金如土，为嫁女竟花十六万两银子买下豪宅，又花二万两银子为幼子捐了个举人。后来，他风闻朝廷要裁撤粤海关监督，为逃避追查，又花巨资贿赂庆亲王，谋得出使比利时之职。不料新任两广总督金敦元（即岑春煊）趁他尚未出国上书参劾，查抄其在粤家产。他见势不妙，慌忙逃往暹罗，最终落得妻妾反目、友朋成仇、家财一空、身败名裂，廿载繁华，终成一梦。

该小说的创作旨趣与突出特色主要表现在四个方面：

其一，它以周庸祐一家的兴衰荣枯作为描写中心，通过周庸祐的上下勾连、往来酬酢，将上自朝廷权贵，下至商人伙计、妓女老鸨、媒婆医生、僧道术士、帮闲篾片等三教九流尽入笔端，充分暴露了清末官商勾结、营私舞弊、卖官鬻爵、花天酒地等龌龊不堪的社会现实。值得注意的是，小说还不惜笔墨对周庸祐的继室马氏作了穷形尽相的刻画，写她千方百计揽权储私，排挤压制其他姬妾，骄奢淫逸，挥霍无度。作者认为周氏之败，主要败在马氏牝鸡司晨，还说："若是在宫廷里，她还要做起武则天来了！"（第三十七回）在小说结尾，作者又刻意作了一首《咏马氏》，云："势埒皇妃旧有名，檀床宝镜梦初醒。妒工欲杀偏房宠，兴尽翻怜大厦倾。空有私储遗铁匣，再无公论赞银精。骄奢且足倾人国，况复晨鸡只牝鸣。"（第四十回）明眼人一看，就知道这是有意以家喻国，以马氏影射慈禧，暗示清王室"大厦"之倾覆主要是慈禧太后独揽朝纲、牝鸡司晨、骄奢淫逸导致的。因此，小说虽然写的是周氏廿载繁华如同一梦，但又通过以家喻国的方式，预示了清王朝行将崩溃的历史命运。

其二，它成功地塑造了一个较有时代特色的买办型官商巨富的形象。周庸祐以粤海关"库书"起家，依靠与海关官员狼狈为奸、通同作弊等手段，攫取了巨额财富。发财后，他便以财谋官、以官保财，所谓"官场当比商场弄，利路都从仕路谋"（第四回），结果由库书而道员，由道员而升任驻英头等参赞，又升四品京堂，后来竟放钦差，官至二品京堂。与此同时，他又在香港置办产业、投资银行、入股开矿等。不过，其巨额收入又有相当一部分被他花天酒地、恣意挥霍掉了。因此，他既不像传统商贾那样发财后便去置办田产，又与近代西方资本原始积累时期的大商人有着很大区别，其个性的形成与时代和环境的熏染密不可分，明显打上了半殖民地半封建社会的时代烙印。

作者在塑造周庸祐这个人物时，还比较注意从现实环境出发揭示其性格的丰富性与复杂性，既写出了他善于投机钻营、贪财好利、忘恩负义、骄奢淫逸的主导性格特征，又揭示了他人性未泯、为人厚道的一面。如他与原配邓氏琴瑟失调，但是邓氏病死后，他念及“邓氏生平没有失德，心上也不觉感伤起来”（第四回），予以厚葬；他回乡祭祖，见乡亲们住房湫陋，就每家送五百两银子，作为改建屋宇之用；他被抄家时，也有人说：“周某还有一点好处，生平不好对旁边说某人过失，即是对他不住的人，他却不言，倒算有些厚道。”（第三十七回）

作者还围绕周庸祐写了一群与他臭味相投的绅商，如豪绅潘飞虎、办捐务能手苏如绪、钻营高手邓子良、洋务局委员李庆年、外教中人杨积臣等，他们在商业繁华的珠江谷阜建立“谈瀛社”，平时“请官宴、闹娼筵”，“互成羽翼”，“尽可把持省里的大事”（第五回）。在香港，周庸祐与梁早田、徐雨琴等也形成了一个互通声气、彼此援引的商业圈子。周庸祐在新加坡因私烟问题与当地烟草公司发生纠纷，就是梁早田托人为之斡旋、解决的。

总之，小说以周庸祐为中心，比较真实地描写了一群活跃在粤港地区的绅商，展现了半殖民地半封建时代粤商的特征，具有较高的审美认识价值。

其三，它逼真地描绘了当时广府地区的商业风情、礼仪习俗、岁时节庆、娱乐习尚等，生动地展示了一幅幅多姿多彩的市井风情画。如小说写广府人经商很有开拓冒险精神，商人梁早田不仅在香港开办“□记”，“供应轮船伙食，兼又租写轮船出外洋去”（第二十一回），又在“上海棋盘街有一家‘□盛祥’的字号，专供给船务的煤炭伙食，年中生意很大，差不多有三四百万上下”（第十四回），后又向周庸祐借资十万两银子，到广西江州开办煤矿，生意分驻三地。广府人经商也很讲“忠厚至诚”，如周庸祐岳父就因为做生意“忠厚至诚”而成为“一个市廛班首”（第二回）；香港商人也认为“商场中人，正要朴实”（第二十四回）。因为“忠厚至诚”，所以他们注重商业信誉，维护品牌声誉，如小说写佛山有名的婚姻礼仪店有“五福”“吉祥”两家（第二回）；经营鸦片的名铺，“往城内，就说‘燕喜堂’字号，城外就说是‘贺隆’的好了”（第二十六回）。广府人婚丧嫁娶有诸多礼仪，如小说写周庸祐迎娶邓氏，“第一度是金锣十三响，震动远近，堂倌骑马，拿着拜帖，拥着执事牌伞先行。跟手一匹飞报马，一副大乐，随后就是仪仗。每两座彩亭子，隔两座飘色，硬彩软彩各两度，每隔两匹文马。第二度安排倒是一样，中间迎亲器具，如龙香三星钱狮子，都不消说。其余马务鼓乐，排匀队伍，都有十数名堂倌随着。最后八名人夫，扛着一顶彩红大轿，炮响喧天，锣鸣震地。做媒的乘了轿子，宅子里人声喧做一团，无非是说奉承吉祥的话。起程后，在村边四面行一个圆场，浩浩荡荡，直望邓家进发”（第二回）。周庸祐长子诞生，要“着丫环点长明灯，掌香烛拜神”，又要“到各庙里许个保安愿，又要打点着人分头往各亲串那里报生”（第六回）。广府人年节也较有特色，如小说写除夕到了，各家各户都在大门口贴春联，挂大红灯笼，以花草装点新春，还在繁华地段设置“花市”，供人玩赏。至于娱乐习尚，如看戏、赌博、喝花酒、抽大烟等，不一而足，特别是唱戏，最为时兴，那些官宦、富商等有钱有势的人家，为升官发财、结婚诞子、祝寿庆生、年节祭祀等，经常办堂会，娱宾遣兴。如小说第八回写洋务局委员李庆年续娶继室，在府里唱堂戏，请了赫赫有名的“双福班”，“内中都是声色俱备的女伶，如小旦春桂、红净金凤、老生润莲”等。演员登台亮相后，“未几就拿剧本来，让客点剧”，演唱的剧目主要有《打洞》《一夜九更天》《红娘递柬》等。每唱完一出，观众便“齐声喝彩，纷纷把赏封掷到场上去”。歇场宴宾时，各名角“都下场与宾客把盏”。诸如此类的描写，就真实地展示了广府地区的风俗民情，为小说平添了几许地域文化魅力。

其四，它确立了小说叙事的“主脑”周庸祐，围绕他的生平遭际来结撰情节，贯串故事，使小说情节前后关联，起伏照应，形成一个有机的艺术整体，有效克服了报刊连载小说“缀段式”的结构弊端。当时，有不少小说如《官场现形记》《文明小史》《负曝闲谈》等，主要采用“其记事遂率与一人俱起，亦即与其人俱讫，若断若续”[①]的“缀段式”结构方式，将若干官场丑闻连缀成篇；《二十年目睹之怪现状》《老残游记》《新上海》等，虽然克服了“有枝无干”的弊病，采用了“串联式”结构，但由于小说中用以串联故事的主要角色如九死一生、老残、李梅伯等并没有进入故事情节之中，所以故事情节并不是围绕他们来展开的，只是随其足迹所至，凭其耳闻目睹，引出一桩又一桩的奇闻怪事，而这些奇闻怪事又都各有主人公，彼此之间不相关联，因此这些小说仍然存在黄世仲所说的“见事写事，七断八续”的弊病。而《廿载繁华梦》围绕核心人物周庸祐来组织纷纭复杂的人物与事件，次第展开叙述，演说周庸祐二十年间由盛转衰的全过程。由于周庸祐是当事人，所有重要的人物与事件又都与之发生了联系，所以不仅前后事件相互关联，人物的性格行为得到了充分的刻画，而且主要人物周庸祐还起到了贯串全书、凝聚情节结构的作用。

《廿载繁华梦》出版后，因为思想艺术成就比较突出，受到了革命

① 鲁迅：《中国小说史略》，上海古籍出版社，1998年版，第206页。

党人冯自由的高度评价，认为“该书演述富绅周某宦途及家庭琐事，绘声绘影，极尽能事，大受社会欢迎，在清季出版之社会小说名著中，实为巨擘”[①]。

五、宦海浮沉的写照：《宦海潮》与《宦海升沉录》

黄世仲所写的小说，有两部是以“宦海”命名的，分别是《宦海潮》和《宦海升沉录》。《宦海潮》写的是清末名宦张荫桓，《宦海升沉录》写的是清末重臣袁世凯。对于这类书写晚清政治、军事、外交方面之风云人物的小说，黄世仲自己以“近事小说”称之。

（一）《宦海潮》：描写人情世故，隐寓国势盛衰

《宦海潮》共三十二回，原刊于《中外小说林》，1908年由香港世界公益报刊行，分上下两册。小说叙述了张任磐一生的遭遇，实为影射清末外交官张荫桓。张荫桓（1837—1900），字樵野，广东南海（治今广州）人，曾在总理衙门任职。1885年任出使美国、西班牙、秘鲁三国大臣。1890年回国后仍任职于总理衙门，累迁户部左侍郎。1898年戊戌政变后受株连，被充军新疆。1900年遭到杀害。

小说从张任磐少年时代叙起，写他出身于商人之家，自幼聪明，有“神童”之誉，但科举屡试不第，致使“家庭视同陌路，世人以白眼相加”。走投无路之际，他得知姻亲利宗岳在山东做道台，便前往依附，逐渐深谙“刑名工夫”“仕途精要”，凭口舌“倾倒山左官场”。他投山东巡抚所好，得其欢心，竟得以加捐三品候补道，并被保荐充任出使俄国参赞。利宗岳办莒州矿，他又游说曾文泽出面借洋债四十万；莒州矿破

① 冯自由：《〈洪秀全演义〉作者黄世仲》，《革命逸史》第二集，中华书局1981年版，第42页。

产，他从中斡旋，不仅由清廷代偿了洋债，他本人还得加二品顶戴、布政使衔，补授津海关道肥缺。他大肆贪污，用巨款购书画玩器，巴结翁同龢等权要，从此风生水起。他奉札修理大沽炮台，治理黄河决口，侵吞工程款项，欺上瞒下，李中堂反称他“讲外交，办工程，可称奇才”，不久便升他为出使美国、西班牙、秘鲁三国大臣。在美国，他受理美国人残害华人各案，保护华侨利益，又经巴黎至西班牙，后因处理美国虐禁华工案不力，被京官参劾，回到上海，趁机窃取王子成珍藏名画，献媚于李中堂，得以荣升户部右侍郎兼总理各国事务衙门大臣上行走。甲午海战，中国大败，他出任议和大臣。他因结交康尚言（康有为），戊戌政变时，被告发为“康逆密友”，以“党案”严办，革职发配新疆。庚子事变后，新疆巡按向朝廷推荐他为议和大臣，不料清廷顽固党却以“私通俄人，图谋不轨”的罪名将他“即行斩首”。

作者自云：“吾之为是书也，非所以表扬张氏”，而为“世态之炎凉，宦海之升沉，吾固不能无感”[①]。在《宦海潮·凡例》中又说：“说部描写世态炎凉，至《金瓶梅》极矣；不知世态炎凉，于官场更有甚者。故是书上半截，写张氏失志，宗族交游均以白眼相加；及张氏到山左，稍得机势，趋炎者即奔走盈门，即张氏投拜权贵，亦皇如不及。”“是书以人情世故、反面炎凉为大主脑。观张氏与洪稚园，其际遇相同，初时何等相知，竟能翻覆云雨，尽力排挤。故张氏后与凌相结异姓亲，而卒被挤于凌相之手。”“书中不特于张氏挤洪云、凌相排张氏见之，即翁、潘等大臣，有馈遗则为之援引，及张氏被劾，李相之雄，亦畏惧权贵，不敢置一词以为之营救。”揆诸小说所写，也确实如此。

不过，作者写张氏的宦海升沉，绝不仅仅是为了“借张氏以写人情世故之变幻无常”，同时更在于揭批晚清政治的黑暗与腐朽，“隐寓国势

① 黄世仲：《宦海潮》叙文，浙江古籍出版社，1995年版，第2页。

盛衰之感情”[①]。试想，一个市井无赖能靠趋炎附势、坑蒙拐骗、贪污行贿在官场风生水起、青云直上，这样的政治生态岂不是腐败透顶了？小说后半部写张任磐出使美国、法国等，参观博物院，“暗忖中国若有此等堂院，实增人博物见识不少”；见到美国南北战争所用战船时又想：“南北美之战，至今不过数十年，战具进步已日新月异。若中国现时还始创海军，那里能够与人对敌？”（第廿一回）后来，在公署听人说留声机辨冤之事，又感慨道：“今有留声机能报出案情，我们中国人那里见过？可见西人考求技艺，没一件不精的了！”（第廿五回）在交涉“华工禁约”失利时又哀叹：“外交情势，全靠自己国家里头兵力强盛，就易增胜。”（第廿〇回）而反观当时的清廷大员，整天沉湎声色、流连古董、提倡旧学、拉帮结派、互相倾轧，根本不思如何富国强兵，因此，“当环球斗智时代，以若辈当国，安得不危”[②]！显然，作者是刻意借张氏在西方文明冲击下产生的文化震惊与文化自省，来表现他希望借西方文明革新本土文化的强烈诉求。

就艺术效果而言，由于作者有意要摒弃“寻常著书褒贬过甚”之弊，主张对所写人物应“在不褒不贬之间”，所以他在塑造张任磐的形象时，往往能根据现实生活的逻辑和人物自身的性格，去描写人物的所作所为，展示其精神性格，既写出了人物丑的、恶的一面，同时也揭示了人物身上存在的若干美和善的光彩。如小说第十三回，张氏写给妓女银屏的情书，就显得情真意长，饶有意味。而对于张氏的外交活动，作者虽然认为他不能“内审诸已，外征诸时，辨种族，识时务”以“奋作国民”，但还是对这位“于外交肆应间以与列雄相见”（《宦海潮·叙文》）的外交人才流露了赞许之情。比如，写他出使俄国时，大力协助曾文泽，终于使丧权

① 黄世仲：《宦海潮》凡例，浙江古籍出版社，1995年版，第1—2页。

② 黄世仲：《宦海潮》凡例，浙江古籍出版社，1995年版，第2页。

辱国的条约作废，博得了曾文泽“熟悉外交，能办大事”的称赞；在出使美、日等国时，他也能在大势许可的情势下，尽量挣回一些权益，并且通过对西方先进文明的观察，引发对国势强弱之由来的反思。因此，总体上说，张任磐是一个塑造得比较成功的艺术典型。

（二）《宦海升沉录》：“宦海中人之唯一龟鉴”

《宦海升沉录》共二十二回，1910年初由香港实报馆出版。小说主要写的是袁世凯之宦海升沉，堪称《宦海潮》之姊妹篇。该小说写于1909年，当时，致力于推翻清朝统治、建立由汉族掌权的新政府的资产阶级革命，正呈如火如荼之势。作者写袁世凯的宦海升沉，主旨就在于用兔死狗烹、鸟尽弓藏之理，告诫那些置身于宦海、为清廷效力的汉族官僚，希望他们审时度势，倒戈反清；否则，袁世凯的遭遇就是他们的前车之鉴。黄世仲之兄黄伯耀在《〈宦海升沉录〉序》中就称该小说为“宦海中人之唯一龟鉴”。

实际上，早在1906年，黄世仲就已写过几篇关于袁世凯的政论，如《袁世凯之前途》《袁世凯殆不能自安矣》等，指出袁世凯虽然甘心为清王朝效死力，但因其权势炙手可热，又锐意改革，触动了清朝贵族的切身利益，所以不可避免要遭受清廷当权派和守旧派的畏忌和排挤，若不“谋有以自处”，前途实在堪忧。不过，受政论体裁的限制，黄世仲对袁世凯出身如何，怎样进入仕途、担任要职的，参与了哪些重大的政治、军事事件，与清廷哪些人交好或交恶，又是缘何被排挤出局的，等等，均未论及。因此，时隔三年，他又创作了《宦海升沉录》，用以配合正在兴盛的资产阶级种族革命运动。

该小说生动叙述了袁世凯由入仕到下野的传奇经历，并将其宦海升沉与甲午战争、戊戌维新、义和团运动、日俄战争等清末重大史事相联系，既刻画了袁世凯善于投机钻营、玩弄权术、胆识过人、才干非凡的复杂形象，又揭示了清朝统治者腐败无能、钩心斗角与防忌汉臣等历史事实。小说中的袁世凯机警过人，善于察言观色、交通权贵，他通过张佩纶投靠李鸿章，受到赏识，又靠李鸿章推荐，拜谒宰相翁同龢，以古籍字画为寿礼，投其所好，被翁同龢视为清流好学之辈。登上政坛后，袁世凯很快展示出过人的政治见识与军事才干。朝鲜东学党起义时，袁世凯建议派员驻朝监视朝鲜行政，自此，“军机及总署各大臣，倒叹服袁世凯有才，且能言办事”（第二回）。在朝鲜，袁世凯尽心职守，李鸿章赞叹说：“自年前军兴以来，没一个不误事的，惟那姓袁的报告军情，没一点差错。”（第五回）甲午战败后，袁世凯因李鸿章举荐，受命于荣禄，在天津操练新兵。戊戌变法时，康有为劝袁世凯出兵控制慈禧，袁世凯虚与委蛇，暗禀荣禄，致使变法失败，可见其阴险狡诈的一面。义和团起事，袁世凯坚决反对清廷利用邪术攻击洋人的愚蠢做法，认为“自古断无崇尚邪术能治国家的。今团党自称能弄法术，使刀枪不能伤，枪炮不能损，只能瞒得三岁孩童，焉能欺得智者？且看他们借扶清灭洋之名，专一残害外人，实在有违公法，破坏国际，又复大伤人道，将来各国必要兴师问罪。试问己国能对敌各国否呢？若不及早见机，必贻后来大祸”（第十一回）。端王矫诏与各国宣战，袁默念此事关系安危，遂分电各省督抚，“力言各国不易抵御，外人不宜残杀”，促成东南督抚同盟，与各领事订约，声明东南各省照公法尽力保护洋人，各国亦不得攻击东南各省（第十一回）。可见，袁世凯确有远见卓识，并勇于任事。日俄战争时，袁世凯因调度得法，“所以辽西地方，俄国屡思破坏中立，倒无从下手”，“事后论功，自然以袁世凯居首，就赏他一个太子少保的官衔”（第十四回）。袁世凯工于心计，善耍手腕，以笼络人心，如留日学生听说中俄有联盟之议，就组织义勇队，公推代表归国见袁世凯申明拒俄大义，袁世凯坚称并无联俄之事，并对代表勖勉有加，寄予厚望；又有刺客被获，袁世凯亦坦诚相待，赠金开释。留欧学生见袁世凯权倾一时，联名致信劝其反清，袁世凯置之不理。然袁世凯终因位高权重，屡遭清宗室排挤，兵权亦被削减，后竟因议新政而遭醇王辱骂并欲枪击之，可见满汉矛盾已势同水火。光绪帝殁，慈禧遗诏醇王长子溥仪入祧，袁世凯见事不可为，辞职回归故里。

作者以一个种族革命者的眼光、态度和方法，聚焦满汉矛盾，将袁世凯的宦海升沉作为清朝统治下的病态标本来剖析，旨在激起汉族人民对清朝统治者的强烈不满，为种族革命摇旗呐喊。也正因如此，他在小说中对袁世凯难免有所美化，将其“写得过于英雄”，寄希望于其能幡然醒悟，深明种族大义，支持种族革命。虽然作者也预感到“袁世凯固是无此思想，向做专制官吏，便是独立得来，终不脱专制政治，于国民断无幸福”（第十五回），但在感情上依旧倾心于袁氏，对其仍抱有不切实际的幻想。由此看来，“辛亥革命之后革命党人轻易地把政权拱手让给了袁世凯，确实可以在其自身找到内因”[①]。

除了集中笔墨塑造袁世凯形象外，黄世仲还以漫画式的笔墨勾画了其他一些达官贵人无知、贪婪、骄横跋扈的丑恶嘴脸。如小说第三回写徐荫轩竟然不相信世界上存在铁甲船，其理论是：“你试拿一块铁儿，放在水上，看他沉不沉？那有把铁能造船，可能浮在海上的呢！李中堂要兴海军，被人所弄，白掉了钱是真……休要着这个道儿。”如此愚妄无知、自以为是，真让人“又好笑，又好气”！户部尚书刚毅到东南各省“调查”财政，为端王造反“提了千来万”，“自己私囊，又得了数百万”，如此蠹国害民，清廷又焉能不亡！袁世凯倡言立宪改制，醇王怒不可遏，驳斥道：“我国开基二百余年，许多宗室人员，承继先勋，得个袭荫，未必便无人才，断不把政体放在你手里，你休要妄想！”“你不过要夺我宗室的政权罢了，我偏不着你的道儿。”（第十七回）说毕，居然拔枪相向。其

① 欧阳健：《晚清小说史》，浙江古籍出版社，1997年版，第331页。

忌恨汉族官僚夺权、必欲除之而后快的思想跃然纸上。

就艺术水准而言，《宦海升沉录》“在当时暴露官场的小说里，是很优秀的”，它“用了一个很强的干线，沿着干线的发展，写了晚清十余年的中国军事政治”，不像“一般的暴露官僚小说，只暴露他们的丑态”[①]，而是精心塑造了一个有胆识、有权谋、机警过人的奸雄形象，具有较高的审美认识价值。

六、丑诋保皇派的《大马扁》

黄世仲因为反对清朝专制统治，提倡种族革命，所以他对康有为、梁启超等试图通过变法维新、君主立宪来复兴清王朝的做法颇为反感。戊戌变法失败后，康有为流亡海外，先后组织帝国宪政会和政闻社等，主张君主立宪，反对革命排满，在海外影响很大。为了消除这种影响，黄世仲于1903年率先在《中国日报》发表长篇政论《辨康有为政见书》，批驳康氏“只可立宪，不可行革命”的主张；此后又于1905年在《有所谓报》发表《康有为》《明夷》《呆人》《傎人》《为，母猴也》《长素》等，肆意诋毁康有为；1909年又撰长篇小说《大马扁》，把康有为描写成一个集“酒、色、谎”于一身的大骗子。

《大马扁》书名即取“大骗子”之意，“马扁”合写即为“骗”。在作者笔下，康有为就是一个擅长投机钻营、欺世盗名的大骗子。他赶了多次科场却名落孙山，听说讲“公羊学”的顾璜当了广东主考，马上“眉飞色舞”，花了三百金托人买通关节，录了监生遗才；“自此天天拿《公羊春秋》来看，到时好搬几句《公羊》出来，好取悦试官之眼”（第三回），果然中了第八名举人。在京城时，他赚骗缪寄萍新著《新学伪经

① 阿英：《晚清小说史》，东方出版社，1996年版，第159页。

辨》，只改一字，就变成了他本人的《新学伪经考》。广东籍官员对缪寄萍说："亏你还信康有为那人！我广东人那个不唤他做'康颠'？实则他诈颠扮憨，专一欺骗他人，本没点学问，又自称要做孔子，其实不过是个无赖子罢了。"（第二回）他策动公车上书，就是想借此"博取虚名"；而力主戊戌变法，更是为了贪求富贵，甚至图谋篡位。作者指出："原来康有为有许多瘾癖的：第一是做圣人的瘾，像明末魏阉一般，要学孔子；第二是做教主的瘾，像欧洲前时的耶稣，今时的罗马教皇；第三就是做大官的瘾了。"（第十一回）

作者笔下的康有为平时又很贪财好色。上京赶考时借人钱财，回乡后却花言巧语，借故不还。师从朱次琦时，他常偷偷溜去眠花宿柳，"夜里不在馆歇宿，就把床子放下帐子，又把鞋子放床口地上"，以欺骗老师和同学（第一回）；在上海滩冶游，拖欠妓债，被人追讨，仓皇逃匿，还作诗自嘲："避债无台幸有舟，是真名士自风流。"后来逃到日本，又"戏雏姬失礼相臣家"，日本大员犬养毅讥斥他只有三件本领："第一是酒，第二是色，第三是说谎。"（第十六回）

此外，康有为还被写成一个冷酷无情、忘恩负义的小人。戊戌变法一失败，他就逃进日本领事馆，弃众维新同志于不顾，在日本义士宫崎寅藏的援救下，藏在一口木头箱子里，当作货物运到日本。可事后他却谎称是自己认识领事，得以脱身的。宫崎寅藏朋友平川甚抱不平："枉你千辛万苦救了康有为，他却直认自己是认识日领事。此人好夸大，且忘恩负义，你要仔细识他才好。"（第十六回）

总之，经过作者的极力丑化，康有为成了一个"保国保皇原是假，为贤为圣总相欺"的大骗子。卢信公在《大马扁序》中说，黄世仲写此书是因为"康梁二人，招摇海外，借题棍骗，于马扁界中，别开一新面目，而遂为康梁罪”[①]。阿英在《晚清小说史》中也指出黄世仲“是为着种族革命的利益而作此”[②]。从丑诋康有为、否定保皇派的角度看，作者这样写无可厚非，并且也的确有助于种族革命的宣传。不过，从艺术角度说，作者不顾事实，肆意丑化康有为，显然有失分寸，没有历史地、全面地评价康有为的历史功过。

七、辛亥革命的号角：《五日风声》

为了宣传资产阶级民主革命，黄世仲还创作了《朝鲜血》《十日建国志》和《五日风声》。学界一般称它们为报告文学，因它们兼有新闻性、政论性与文学性。不过黄世仲本人是将它们当作小说的，在报纸连载时标注为“近事小说”或“最新历史小说”，因此不妨将它们视为报告文学式的小说。

《朝鲜血》叙写朝鲜爱国志士安重根成功刺杀伊藤博文一事，意在“通过这部作品，来为推翻清朝腐败政权大造舆论，大长革命者的志气”[③]。《十日建国志》则叙写1910年葡萄牙资产阶级革命，旨在为中国资产阶级民主革命提供借鉴，鼓舞革命党人的士气。至于《五日风声》，则直接叙写1911年4月27日（农历三月廿九日）资产阶级民主革命志士在广州举行的黄花岗起义，为加速推翻清王朝统治造势。因此，本节主要述评《五日风声》。

《五日风声》是黄世仲在黄花岗起义失败约四十八天后动笔撰写的。该小说从辛亥年五月十八日（1911年6月14日）起在广东同盟会机关报《南

---

① 黄世仲：《大马扁》，阿英编《晚清文学丛钞》（小说三卷上），中华书局，1960年版，第213页。

② 阿英：《晚清小说史》，东方出版社，1996年版，第96页。

③ 颜廷亮：《黄世仲革命生涯和小说生涯考论》，人民出版社，2012年版，第645页。

越报》上连载，分五十七次载完。小说共十一章，具体地记述了“黄花岗起义的酝酿、准备、发动、巷战、失败及失败后被捕党人的英勇就义，以及就义党人被未罹难党人营葬黄花岗的全过程”[①]，它“以饱蘸深情的笔触，以火一般的革命热情，及时地反映了革命党人为推翻清朝统治而进行的这场斗争，颂扬了革命党人不屈不挠的牺牲精神，总结了失败的教训”[②]。小说开篇即这样写道：

> 夕阳将下，起视时计，已迨三点有奇。突闻有怪声自城内出：“乒乒”焉，“隆隆”焉，不绝于耳，以震人心胆，此则枪炮之轰鸣声也；俄而若天崩地陷，石破天惊，烟火弥漫，势若燎原，“烘烘”焉，“烘烘”焉，所至即倒，此炸弹发时也。探者走相告曰：“被焚矣！督署被焚矣！”火如自焚，戢即自灭。彼枪炮炸弹，胡骇人眼帘，而震余耳鼓！徐见将令军符，络绎于道，马蹄响动，金鼓争鸣；防营也，卫队也，仓皇奔走，纷向内城，望督辕而去。探者又走相告曰：“革命党来矣！革命党来矣！”

小说一开头就写枪炮声大作、烟火弥漫、督署被焚、兵荒马乱，对革命党人铤而走险发动起义的场景作了绘声绘色的渲染，激起了读者急欲一探究竟的强烈好奇心，收到了开台锣鼓先声夺人的艺术效果。接着，便对革命党人在海外筹款购械、偷运军火、部署各路人马、走漏风声、迭次改期，最后不得已仓促起事的经过进行了回叙。然后，再叙黄兴身先士卒，率敢死队百余人直扑督署，虽然右手受伤，仍愈战愈勇，击毙卫队管带，火焚督署，分兵撤退，最后单枪匹马易装脱险的战斗经

---

① 颜廷亮：《黄世仲革命生涯和小说生涯考论》，人民出版社，2012年版，第666页。

② 钟贤培、谢飘云：《中国最早的报告文学——黄小配〈五日风声〉浅论》，《广州研究》1984年第6期。

过。虽然叙事简要，但黄兴智勇双全、奋不顾身、指挥若定的领袖风采却跃然纸上。小说对刘梅卿等在撤退途中遇敌围堵，转入巷战，袭击清兵，在莲塘街浴血突围，也作了生动描述，凸显了刘梅卿临难不避、机警神勇的英雄气概。另外，对于那些不幸被捕的革命党人视死如归、从容就义的大无畏精神，小说也有浓墨重彩的描绘。如陈少若受讯时昂然不跪，直言焚烧督署是其一人所为，问官提醒他“须知认供后，即当处决”，他慨然陈词：

吾今生已为奴隶多年矣。今生再不愿为双重奴隶，不如再世投胎。尚期早行斩首，以谢同胞可矣。吾等此来，非有帝王思想也，成则救民水火，定立宪章；败亦警醒同胞，以使发奋有为耳。以时事艰难，犹恬嬉如故，长在梦中，虽欲不为双重奴隶，其可得乎？

考虑到《五日风声》是在武昌起义前两个多月才发表完毕的，因此它对黄花岗起义的记述，特别是革命党人不怕牺牲、前仆后继之大无畏精神的讴歌，不仅可以重振革命党人东山再起的士气，而且对武昌起义的爆发也必定有推波助澜之功。从这个意义上说，《五日风声》有力地吹响了辛亥革命的号角。

八、黄世仲小说的地位与影响

清末戊戌政变特别是庚子事变后，资产阶级民主革命日趋高涨，而宣扬资产阶级民主革命的小说也如雨后春笋，竞相涌现。阿英指出：“黄小配（世仲）是辛亥革命时期最可称的小说作家。主要有宣传种族革命的《洪秀全演义》，抨击保皇党的《大马扁》，和揭露清官场腐朽的《廿载繁华梦》。这几部小说，在当时都收到了很大的政治宣传效果。”[1]杨世骥也说：“其小说以激励人心、鼓吹种族思想为主旨，给予海外华侨影响至大。”[2]不仅如此，他的小说也体现了相当高的思想艺术水准，为中国小说的近代化做出了卓越的贡献。

首先，黄世仲的小说创作多以“唤醒国魂，开通民智”[3]，鼓吹资产阶级民主革命为宗旨，其作品多半取材于清末具有重要社会影响的历史人物与历史事件，善于通过主要历史人物的兴衰际遇来艺术地再现那个时代的风云变幻，因而他的小说在促进清末政治与社会变革、推动资产阶级民主革命方面，产生了相当广泛的社会影响，具有重要的认识价值和进步意义。

他是自觉地以小说为武器来参与当时的政治思想斗争的。救国的热忱、济世的抱负、变革现实政治的强烈愿望等，构成了其历史小说和近事小说创作的主要思想动因。惟其如此，他才能以敏锐的政治眼光，烛察当时政治运动的走向，及时地反映重大的社会历史事件，揭批清末官场腐败和专制独裁的本质，反对保皇党的政治改良主义，宣扬资产阶级民主革命，为当时的中国寻求救世的良方。也许在某些人看来，黄世仲从事小说创作的政治功利性未免太强了，在一定程度上影响了其作品的艺术价值。这样看，固然有一定的道理，但是如果结合当时救亡图存的历史环境来看，我们认为这正是时代的要求使然。黄世仲生活的时代，乃是一个“有着逼人的问题的、而不是艺术的时代”，“在这种非艺术的时代，一部在艺术上平庸的，但却予社会意识以刺激、提出或解决某些问题的作品，比

① 阿英：《黄小配的小说——辛亥革命文谈之四》，《人民日报》1961年10月30日。

② 杨世骥：《文苑谈往（第一集）》，参见《洪秀全演义》，人民文学出版社，1984年版，第577页。

③ 黄世仲：《中外小说林之趣旨》，《中外小说林》1907年1期。

高度艺术的、除艺术而外不给意识加添任何东西的作品重要得多”[①]。因为在非艺术的时代里，人们普遍关注的是有关国家民族命运的一些重大的社会问题，所以作为一个有强烈的历史使命感和时代责任感的小说家，黄世仲也自然不能不卷入对这些社会问题的思考和探索当中，这就使他的小说创作能够深深地植根于现实社会的土壤之中，紧扣时代的脉搏，揭示社会的弊病，提出变革的路径，推动社会历史的进步，从而在一定程度上成了那个时代先进思想的代言人。即使放在今天，他的作品仍然有助于我们回顾鸦片战争至辛亥革命这段风雨辛酸的历史，认识在这段历史中中国人民所遭受的苦难和所做的抗争，从而激发自尊、自强和自信的民族精神，更好地发扬爱国主义精神。

其次，黄世仲的小说创作在艺术方面也进行了一些可贵的探索，他的小说创作既对传统小说有所继承与革新，又对当时流行的谴责小说有所借鉴与超越，因而形成了独树一帜的艺术风格，取得了较高的艺术成就，这对清末小说创作的繁荣与传统小说的近代化起到了积极的推进作用。

1. 对传统小说的因革。他不像梁启超在“小说界革命”初期所做的那样，以“诲盗诲淫”之名将传统小说一笔抹杀，而是在总体上予以肯定，也有所批评，并能在小说创作实践中取其精华，弃其糟粕。如《廿载繁华梦》与《宦海潮》等，就有意秉承了《金瓶梅》《红楼梦》通过描写主要人物的兴衰荣枯来揭批骄奢淫逸、抨击世态炎凉的传统。不过，它们在揭批世态炎凉的同时，还有意以家喻国，“隐寓国势盛衰”与“国家种族之感情”[②]。另外，它们也不像《金瓶梅》那样恣意渲染淫乱场景，侈谈因果报应。这些都是作者借鉴《金瓶梅》《红楼梦》而又有所突破与革新的地方。其他小说如《洪秀全演义》《吴三桂演义》《黄粱梦》《镜中

① 别林斯基：《别林斯基论文学》，新文艺出版社，1958年版，第29—30页。

② 黄世仲：《宦海潮》凡例，浙江古籍出版社，1995年版，第3页。

影》等，对《三国演义》《红楼梦》《水浒传》《儿女英雄传》等小说，也都有所继承与革新[①]，因而体现了较高的思想艺术水平。

2. 对谴责小说的借鉴与超越。谴责小说是戊戌变法失败以后，一些具有改良主义思想的作家用来揭露时政弊恶、世风日下的小说，创作特点是"揭发伏藏，显其弊恶，而于时政，严加纠弹，或更扩充，并及风俗"[②]，但揭批不彻底，希望通过改良政治、破除迷信、开启民智来救亡图存。受其影响，黄世仲的小说也涉笔官场、商界、华工等，也主张开启民智，但却有着明确的创作宗旨，即推翻清王朝的专制统治，实行资产阶级民主革命。例如，《宦海升沉录》在暴露官场黑暗腐败的同时，有意"把重心放在政治方面"，极写清廷对汉人官员的防范排斥，这是"暴露得最有价值的，也是李伯元、吴趼人所不曾写到的"[③]。小说通过袁世凯宦海升沉的描写，"不仅是要表现'媚朝家而忘种族者，一旦冰山失势，其结局亦不过如斯'，而且还要揭示清政府的所谓立宪之假，启发人们对立宪派、特别是对清政府假立宪应有正确认识而绝对不可抱有幻想"[④]。又如《宦海潮》写一帮王公大臣腐败无能，平时除了结党营私，只会谈些金石字画，对政治一无所知，这自然是谴责小说的写法，但作者写这些不仅是为了暴露时政弊恶，更是意在与张任磐出使西洋时所见的先进科技文化相映照，表达其对国家安危的深重忧患："当环球斗智时代，以若辈当国，安得不危？"[⑤]另外，黄世仲的小说不仅公开反对清王朝的专制统治，还通过艺术描写，展示了一幅未来中国的蓝图：仿效西方国家的"开

---

① 参阅吴锦润《关于黄世仲的存世小说〈黄粱梦〉（残）》（《明清小说研究》1997年第2期）、赵淑妍《关于黄世仲所著之稀见小说〈镜中影〉》（《兰州教育学院学报》1999年第1期）等文的有关论述。

② 鲁迅：《中国小说史略》，上海古籍出版社，1998年版，第205页。

③ 阿英:《晚清小说史》，东方出版社，1996年版，第156—159页。

④ 颜廷亮：《黄世仲革命生涯和小说生涯考论》，人民出版社，2012年版，第638页。

⑤ 黄世仲：《宦海潮》凡例，浙江古籍出版社，1995年版，第2页。

明政体”，发展先进科技，建立与西方列强平等互利的通商关系，富国强兵，与西方列强抗衡等。如在《洪秀全演义》中，作者对洪仁玕的《资政新篇》就做了新的解释，把太平天国写成“泰西文明政体”的雏形。因此，与当时著名的谴责小说相比，黄世仲的小说也许在文采、笔力方面略显逊色，但其思想先进，立意高远，更能顺应社会变革的时代潮流。

从艺术上看，晚清谴责小说多采用“集锦式”“珠花式”等结构方式来胪叙社会怪现状和官场丑闻黑幕等，缺乏贯串全书始终的中心人物与主要事件，结构比较松散[①]。黄世仲的小说则采用主线人物纵贯式结构，善于通过一个主要人物的兴衰际遇来反映社会众生相和一些重要的政治历史事件的始末，并且该主要人物并不是旁观者，而是当事人或参与者。例如，《廿载繁华梦》主要写广东官场，“是和《官场现形记》同一类型的作品”，但是“结构和《官场现形记》不同，写一个整体故事”[②]。又如，《宦海升沉录》写北京上层官场，叙描“纵的史实”，“以袁氏为全书骨干”，“在组织上，他用了一个很强的干线，沿着干线的发展，写了晚清十余年的中国军事政治”[③]。其实，这种结构方式，明显取法于明清世情小说。像《金瓶梅》《红楼梦》等，就擅长以一个主要人物的命运浮沉作为艺术表现的中心，以主要人物的活动作为贯串各色人物事件的线索，通过主要人物的社会交往来展开故事情节，这样就将纷纭错杂的人事勾连在一起，形成了一种自然而又严谨的叙事结构。《廿载繁华梦》《宦海潮》和《宦海升沉录》等，正是采用了这样的结构方式。从人物形象的塑造来看，谴责小说由于旨在“揭发伏藏，显其弊恶”，人物形象的塑造反而在不同程度上受到了轻视，其作者往往喜欢用一件或几件怪状、丑闻

① 参阅陈平原《二十世纪中国小说史·第一卷》第五章，北京大学出版社，1989年版。

② 阿英：《晚清文学丛抄·小说三卷》叙例，中华书局，1960年版，第1页。

③ 阿英：《晚清小说史》，东方出版社，1996年版，第157—159页。

来描述一个人物，写完了就换成另一个人物，因此性格鲜明、丰满的典型人物实不多见。而黄世仲的小说往往能够根据现实生活的逻辑，抓住主要人物（如周庸祐、张任磐、袁世凯等）一生的命运遭际，写出人物性格生成、发展、变化的历史，写出人物真假善恶的复杂性情，使人物血肉丰满，具有较高的审美认识价值。

3. 因为黄世仲的小说创作活动是在粤港两地展开的，并且实绩显赫，影响甚巨，因而对清末广府地区小说创作的繁荣与发展，对广府地区政治、历史、社会、民俗、文化的艺术再现等做出了不可磨灭的贡献。

清末，广府人中从事创作并在国内外产生较大影响的小说家，主要有吴趼人、苏曼殊、黄世仲等人。如果从地域文化的眼光来看，黄世仲对广府地区小说文化的贡献无疑是最大的。因为吴趼人和苏曼殊固然写了不少小说佳作，但是他们的小说创作与刊行主要在江浙等地，对广府地区的影响比较有限。黄世仲起初创办《粤东小说林》，便是鉴于上海等地说部繁兴，“惟吾粤缺如”，因而“深以为憾”，“爰组织此社，特聘出色小说家多人”[①]，来共同推进粤地的小说创作。并且，他的小说多取材于粤港地区的真人真事，所写多为粤港地区极重要的政治历史人物，如洪秀全、张荫桓、周东生、康有为等；所叙多为粤港地区有重大社会影响的政治历史事件，如太平天国运动、陈开起义和黄花岗起义等；所绘又多为粤港地区的世态风情，带有浓郁的地域文化色彩和人文情调，因而深受粤港地区读者大众的喜爱。他的小说在读者大众深刻地认识粤港人在近代社会政治文化变革中所起的极重要作用，了解当时粤港人的物质生活、精神风貌与民俗文化的魅力，促进粤港小说创作的繁荣等方面，可以说是厥功甚伟。

4. 黄世仲的小说创作除了带有浓郁的广府文化色彩，同时还能放眼看世界，自觉地通过对异域先进文明的描绘，表现其对中国社会、政治和

① 黄世仲：《中外小说林之趣旨》，《中外小说林》1907年第1期。

文化的反思，这使其小说呈现出比较突出的先锋文化意义。例如《宦海潮》写张任磐出使西方列国时，通过考察，敏锐地觉察了中西文化的差距和本国文化的积弊，并由此悟到“这就是国势强弱的由来”。其见闻与反思，既揭示了中国科技之落后、文化之积弊，又表现出了一新天下耳目的新思想与新境界。

总之，黄世仲的小说无论在思想性还是在艺术性方面，都取得了令人瞩目的成就，其在中国近代政治、思想、文化、小说史上产生的重要影响，实不可低估。正因如此，研究者们对其小说的评价也越来越高。如李育中认为：“在晚清所有小说家中，论思想性与艺术性，他都达到当时的高水平”，“大可以与那些写谴责小说的名家角胜”①。许翼心更认为黄世仲超过了晚清四大谴责小说家：“比起李伯元、吴趼人、刘鹗和曾朴等近代谴责小说四大家，黄世仲作品不仅在思想内容方面远胜一筹，在小说艺术成就方面也毫不逊色。”②颜廷亮也指出：“如果从岭南小说史研究的角度看，他的地位应当说是高于吴趼人和苏曼殊的。加上他在报告文学、政论、谐文以至剧本等创作上的贡献，其在整个岭南文学史上的地位，恐是并无过之者的。因而，研究黄世仲，也就有了岭南文学史研究的重要意义。”③这些评价表明黄世仲的小说在近代文化史上，特别是小说史上的确应该占有重要的一席之地，诚如杨世骥所说，黄世仲的“小说皆有所为而为者，宛若经天的虹彩，在近代文学史上放着瑰异的光芒”④。

最后，需要说明的是，本书主要以《广州大典·子部·小说类》、

---

① 李育中：《〈洪秀全演义〉作者黄小配》，《随笔（第一集）》，广东人民出版社，1979年版。

② 许翼心：《作为革命家和宣传家的黄世仲——近代革命派小说大家黄小配散论之一》，《香港笔荟》，第11期，1997年3月。

③ 颜廷亮：《黄世仲研究漫议四题》，《兰州教育学院学报》，1998年第1期。

④ 杨世骥：《文苑谈往（第一集）》，参见《洪秀全演义》，人民文学出版社，1984年版，第577页。

《中国近代小说大系》（百花洲文艺出版社，1996年版）等所收黄世仲小说为依据，并参酌黄世仲、黄伯耀主编的《中外小说林》等相关文献资料，对黄世仲及其作品进行梳理与解读。与现有的一些评介或研究黄世仲的论著不同的是，本书不仅有选择地吸收了学术界关于黄世仲的最新研究成果，对黄世仲其人其作进行了简明扼要的导读，还精选了其小说代表作的部分章节，根据情节内容，拟定标题，予以深入浅出地赏析与点评，语言力求生动、流畅，图文并茂，以期充分阐析黄世仲小说的思想意蕴与艺术特色，揭示其审美价值与文化意义。当然，由于笔者水平有限，书中难免有解读不当或不足之处，敬请读者诸君给予批评、指正。

小说选读

一、群英花县结大义

——《洪秀全演义》选段一

钱江每日闲暇，或研习兵书，或玩游山水，已非一日。那日正游至附近一个小山上，正当七月时候，天气尚在炎热。钱江独行无伴，便小憩林下，正见一书生迎面而来，头上束着儒巾，身穿一件机白麻布长衣，下穿一条玄青亮纱套裤子，脚登一对薄皮底布面鞋，年约三十来岁，眉清目秀，仪容俊美。把钱江估量一番，便揖说道："看先生不像本处人氏，却独自游到这里，可不是堪舆大家，讲青鸟寻龙穴的么？"钱江笑道："某志不在此。自古道，人杰地自灵，讲甚么真龙正穴？足下佳人，奈何作一般迷信呢？"那人急谢道："小弟见不及此，才闻高论，大敬于心。请问足下贵姓尊名，哪里人氏？"钱江答道："某姓钱名江号东平，浙人也。"那人又问道："可不是县里张老爷衙的幕府么？"钱江道："是。"那人纳头便拜，欢喜说道："闻名不如见面，见面胜似闻名，素仰已久，幸会幸会！"钱江急回礼道："小可钱江，却劳老兄如此敬爱，请问先生上姓尊名？"那人答道："小弟姓冯，单名一个逵字，别号云山，向在山中念书。近闻先生不求仕进，却到敝县管理刑名，人民悦服，此实敝邑之幸。可惜无门拜谒，今日相遇，良非偶然。请借一席地，少谈衷曲，开弟愚昧，实为万幸。"

钱江听罢，暗忖这人气宇非凡，谈吐风雅，倒把人民两字，记在心胸，料不是等闲的，正要乘机打动他，便答道："不虞之誉，君子羞之。老兄休得过奖。倘不嫌鄙陋，就此席地谈心的便是。"冯逵大喜，便班荆坐地。钱江假着问道："方今天下多故，正豪杰出头的时候，老兄高才，却不寻个机会出身，这是甚么原故呢？”冯逵答道：“先生说的虽是，叵耐鞑靼盘踞中原，大丈夫昂昂七尺，怎忍赧颜北面称臣？故隐居于此，愿先生有以教之。”钱江见他说出此话，正要试他，便说道：“足下志量，令人钦佩。只是鞑靼盘踞中原二百年矣，君臣既有定分，足下反以仇雠视之，岂不大谬？”冯逵听到这话，不觉怒道：“种族之界不辨，非丈夫也！某以先生为汉子，聊以直言相告，何反作一般忘国事仇的见识，倒说出这无耻的话来？先生休矣！”言罢，拂袖便去。

钱江仰面哈哈大笑，冯逵回首道：“先生笑怎地？”钱江道：“非笑足下，还笑谁人？”冯逵道：“某有何可笑？任先生是县里幕府，拿某作一个不道的人，市场丧首，牢狱沉冤，誓不悔也。”钱江越加笑道：“试问足下有几颗头颅，能够死得几次？纵有此志，倒不宜轻易说此言。弟若忘国事仇，今日当不到此地了。方才以片言相试，何便愤怒起来呢？”冯逵急谢道：“原来先生倒是同情，不过以言相试。某一时愚昧，冒犯钧威，望乞恕罪！”钱江听了，便再请冯逵坐下，随说道：“足下志气则有余，还欠些学养。俗语说得好：逢人只说三分话，路上须防人不仁。足下方才这话，还幸撞着小弟的耳朵里，若遇着别人，是不得了的。须知此事非同小可，成则定国安民，败则灭门绝户。事机不密，徒害其身。死也不打紧，只恐人心从此害怕，那鞑靼盘踞中原，又不知更历几百年了。”冯逵道：“先生之言甚善。耐某见非我族类，却要来踞我山河，不免心胆俱裂。窃不量力，欲为祖国图个光复，只救国有心，济时无术，若得先生指示前途，愿随左右以供驱策。但恐鞑靼根深蒂固，不易摇动耳，余外并无他虑。不知先生以为何如？”钱江答道：“足下休惊，胡虏气数将尽矣！”冯逵大喜，问道：“先生何以见之？”钱江听罢，便不慌不忙的说出来……（第一回）

话说当时钱江说出胡虏气数将尽，冯逵不胜之喜，便问钱江怎地见得。钱江答道：“自古道：国家将兴，必有祯祥；国家将亡，必有妖孽。

方今客帝无道，踢死青宫，信任嬖臣，烟尘四起，活是个亡国的样子。且近年来黄河溃决，长安城门无故自崩，水旱瘟疫，遍于各地，皆不祥之兆。谋复祖国，此其时矣。两年前江浙童谣说道：‘三十刀兵动八方，天地呼号没处藏。安排白马接红羊，十二英雄势莫当。’据童谣看来，上一句‘三十刀兵动八方’，明年正是道光三十年，这时定然刀兵大起了；第二句见得这次兵戈声势非同小可；末二句便是有英雄崛起的意思了。某前者尝夜观星象，见南方旺气正盛，将星聚于桂林，他日广西一带，豪杰不少。足下既有这等大志，自今以后，物色英雄，密图大事，若徒把这一般话挂着口头，虽日日愤激，怎能济事？某此行不远千里，别来贵省，正为此意。若不是这样，彼区区一县令的幕府，怎能笼络鄙人呢？”

冯逵听那一席话，便道：“先生天人，令冯某佩服不置。自今以后，愿不时教诲为幸。”钱江道：“休说小弟夸奖，若有机会成就这一件事，不过如探囊取物。不知足下在广东，曾得有可以同事的人否呢？”冯逵道：“同志中人，本不易得。所见有洪秀全者，真英雄也。此人就是本县人氏，器量宽宏，确有龙凤之姿，天日之表，且胸怀大志，腹有良谋。少年曾进黉门秀士，只不屑仕进，今年已三十正，和小弟同砚念书。若得此人共事，不忧大事不成。改日便当和他往谒先生，共谈心曲，你道如何？”钱江道：“小弟幕里谈话不便，倒不必客气了，不劳足下来见。就请以明天午刻为期，足下到这里少候，同往谒见洪兄罢了。”冯逵喜道：“如此又劳先生枉驾，何以克当？”钱江谦逊一回，看看夕阳渐下，二人便说几句珍重的话，各自握手而别。

不说冯逵回去，且说钱江回至幕里，暗忖冯逵这人，倒有一副热心，只是性情太急，若不再陶养，将来或误事了。但所说洪某，又是不知怎地好处，待明天会他一面，才作计较，果有机会，自然不好错过。想了一会，便把公事草草发落去后，胡混睡了一夜。

巴不得等到天明，梳洗已毕，用过早饭，可巧这日又没甚么公干，恐误了与冯逵相约期限，便独自一人走出县衙，依旧路而来。到了昨日谈话处，已见一人在这里等候。钱江仔细一望，正是冯逵。钱江喜道："云翁如何先期早到？想劳久候了。"冯逵急迎道："既蒙先生约诺，怎敢失信呢？"说罢，便携着手同行。

一路上但见山势崇隆，树林幽雅，流泉有韵，百鸟飞鸣。钱、冯二人正在赏玩，忽林后走出一人大喝道："你两人干得好事！连日在山林里图谋不轨，要背朝廷的。我今便要在县里出首，看你们怎地逃去？"冯逵听说大惊，急回视其人，乃大笑道："孝翁要来作剧，好惊煞人也！"钱江即问那人是谁，冯逵答道："此人就是某所说洪君的次兄，双名仁达，别号孝庵的便是。倒是同志的人，方才说那些话，不过相戏耳。"洪仁达便向钱江声诺，展问姓字。钱江回过，洪仁达就在林下剪拂过了。仁达道："昨天云翁对某的兄弟说及先生的大名，不胜仰望，巴不得急到县里走一遭，拜谒先生。今天又劳枉驾到来，很过意不去，某故在此迎接。"钱江道："君家兄弟如此热心，云翁说的不错，某真相见恨晚也。"冯逵和洪仁达一齐谦逊，一路上又说些闲话。

《洪秀全演义》插图

忽冯逵指着前面一人说道："洪大哥却亲自来接也。"钱江举头一望，但见那人生得天庭广宽，地阁丰隆，眉侵入鬓，眼似流星，长耳宽颐，丰颧高准，五尺以上身材，三十来岁年纪，头戴济南草笠，身穿一领道装长服，脚登一双蒲草鞋儿，手执一柄羽毛扇子。钱江看着那人，暗地里早喝一声彩。约摸远离二三丈，那人见了钱江拱手道："劳先生行得苦，折煞洪某了！"说罢纳头便拜。钱江急回过礼，说道："刀笔小吏，何劳远接？足下可不是云翁说的洪秀全哥哥么？"那人答道："小可正是姓洪，原名仁活，字秀泉，后隐名于此，改名秀全。昨天听得云翁说起先生盛名，只以贵幕里谈话不便，未便造次进谒。今蒙枉顾，足慰生平。"钱江听了大喜。

四人一齐行来，不多时早到一个山寺。这寺虽不甚宽广，倒却幽静。钱江在门外贪看一会，才携手同进寺里来。转弯抹角，正是"曲径通幽处，禅房花木深"，真个好所在。秀全便导至一密室，分宾坐下。

秀全卸去那济南草笠，露出头上完发蓬蓬。钱江惊道："原来洪君是个道者，某真失敬了！"秀全道："哪里说？小弟不忍循异族剃发制度，削弃父母的毛血，故乔扮道装，免暴官污吏的捕风捉影，也是真的。若中原未复，反甘心作方外的人，弟所最鄙，先生休再思疑。但恐此事非同小可，纵有热心，没从着手，也是枉然。若得先生曲赐教诲，实为万幸。"钱江便答道："自甲申遭变以来，清初屡起革命，亦足见人心未忘祖国也。吴三桂误于前而悔于后，本不足以服人心，且日暮途远，卒以致败，自是满洲势力完固，虽吕留良、曾静、戴名世之徒，鼓吹风潮，终难下手，亦势为之耳。嘉庆间川楚以邪教起事，尚能纵横数省，震动八方，况足下以命世之杰，具复国之诚，而伸大义于天下，名正言顺，谁不望风而归？方今朝廷失道，盗贼纷起，足下若因其势用之，总揽贤才，拯扶饥溺，此千载一时之机也。惟足下图之。"秀全听罢大喜道："先生之言，洞中机要。奈今广东人民风气未开，沉迷不醒，若要举义，计将安出？"钱江又道："广东滨临东海，足下舟师未备，粮械未完，非用武之地也。广西则地形险阻，豪杰众多，又无粮食不敷之患。今大鲤鱼、罗大纲等，虽绿林之辈，然皆聚众数千，势不为弱。足下若携同志士，间道入广西，抚其众，勉以大义，旌旗所指，当如破竹。然后取长沙，下武昌，握金陵之险要，以出幽燕，天下不难定也。”说罢，秀全避席谢道：“先生名论，顿开茅塞，但广西一路，不知何时可行？”钱江道：“且勿造次。方今中外通商之始，外教流行又盛，足下当潜身教会，就借传道为名，直入广西行动。一来可劝导人心，二来足下起事，和外国同一般宗教，准免外人干预，实为两便。成事之后，制度由我，逆取顺守，足下以为何如？”这一席话，说得洪秀全叹服不置，便请钱江齐入广西，共图大事。钱江道：“这又去不得如此容易。足下先宜进身教会里，就借传道为名，直入广西，才好行动。若是不然，足下到了广西，便算个别省的人氏，稍有举动，反令人疑心，不免误却大事也。足下且宽心。日前县令前赴省会，谋见总督林公，那林公还赞本县的事务办得妥当。后来县主说出某的姓字，林公不胜之喜，正要请某到督衙里去。某若得这个机会，结交三五豪商，凭三寸不烂之舌，说他们协助军需，有何不可？如此却不忧大事不成。”说罢，秀全见钱江议论纵横，确有见地，便道：“先生此来，洪某受益不少。自今以后，常常赐教可也。”

正说话间，见一人岸然直进房里。钱江见那人赤着双足，头戴簑笠，手挽犁锄，气象粗豪，像个农夫模样，心里倒觉诧异，只得起迎。秀全道：“先生不劳拘礼。这是长兄仁发，别号道生，隐居寺里已有数年，方才在后园种菜消遣。虽生得性情戆直，却怀着一副热忱。彼此均是同志，就请坐下谈心。但有失礼，先生幸勿见怪。”钱江道：“英雄韬晦，今古一般，哪有见怪？君家兄弟，如此志气，怎不令人敬爱？”洪仁发听罢，便向钱江通问姓名，钱江答过。仁发道：“原来昨天云山兄说的就是先生，想煞我了，今日幸会！”钱江谦让一回，各人又谈了一会。

看看天色渐晚，冯逵说道：“天时晚了，先生不便回衙，就请在这里用过晚饭，再作竟夕之谈也好。”钱江道：“不必客气，小可回衙还有公事，改日再谈的便是。”说罢便要辞退。只洪家兄弟哪里肯依？钱江被强不过，只得复行坐下。仁发道："只是留一晚饭，又没有甚么菜，还要留来留去甚么？"仁达劝一声退下，仁发便退转出来。秀全道："家兄性直，出语伤人，真好过意不去。"钱江道："那等正是任事之人，休小觑他也。"

冯逵随即出来嘱咐仁发打点，都是鸡鸭蔬菜之类，不一时端到上来。仁发开了一坛酒，齐肃钱江入席。钱江本欲谦让，又恐仁发抢白起来，只得坐了客位。各人一齐坐下，秀全道："今日此会，良非偶然，某当与诸君痛饮一醉。"说罢举杯相劝。仁发见各人要劝来劝去，忍耐不住，一头饮，一头吃，各人见他素性如此，且不理他。便饮了一会，又谈些心曲。

正说得入港，仁发见酒尚未完，肴已将尽，便再到厨里，又宰了一头鸡，煮得热喷喷的上来。冯逵道："我们只顾说，还是仁发兄省得事呢。"仁发道："这是饮吃的时候，谈了好半天，还要说甚么？"各人听了，一齐笑起来。饮至更深时分，钱江道："酒太多了，请撤席罢。"秀全自觉有七分酒意，便说一声简慢，各自离席。仁发仍将杯盘端下去。

几人再谈一会，已是二更天气了。秀全道："某有一言，不知先生愿闻否？"钱江道："既已知己，还怕怎的？有话只管说便是。"秀全便说道："先生明天准要回衙去，某不敢强留，致误先生公事，但恐别时再会，比不得今夕齐全。不如我几人当天结义，共行大志，你道如何？"钱江道："此事正合弟意，准可行之。"秀全大喜。冯逵、仁达、仁发自没有不应。

当下五人焚香，表告天地，誓要勠力同心，谋复祖国；若背此盟，天诛地灭。各人祭告已毕，仁发道："如有一个背了盟誓的，休教他撞着我手里！"说罢连钱江都忍笑不住。几人便重复坐下来，再谈了一个更次而罢。（第二回）

品读

本段故事节选自《洪秀全演义》第一回《穆彰阿惑主害青宫　钱东平访贤游幕府》、第二回《会深山群英结大义　游督幕智士释豪商》。小说开头由道光皇帝“信任嬖臣”穆彰阿，暴虐无道，赐死太子，以致“烟尘四起”写起，由此揭开了乱世英雄乘势而起，意欲推翻清朝统治、谋复汉家天下的序幕。

小说中率先出场的是胸怀大志、足智多谋的钱江，他目睹朝廷无道，“两广一带，贼盗四起”，觉得“今天下大势趋于东南，珠江流域必有兴者”，于是“舍家游粤”，访求豪杰，先后结识了冯云山和洪秀全兄弟。

钱江与冯云山的一席对话，不仅剖析了“方今天下多故，正豪杰出头”的时势，更在于彰显“驱除鞑虏，恢复中华”的种族革命大义，赋予即将兴起的太平天国运动以一种崇高的正义性与使命感。书中借冯云山之口说：“叵耐鞑靼盘踞中原，大丈夫昂昂七尺，怎忍赧颜北面称臣？”“种族之界不辨，非丈夫也！”后来，又借洪秀全之口说：“若中原未复，反甘心作方外的人，弟所最鄙。”实际上，洪秀全、冯云山揭竿而起，并无如此明确的种族革命信念，小说这样写，显然是为了借此表达以孙中山为首的资产阶级革命派的种族革命诉求。

钱江见到洪秀全后，纵论天下大势，指出“广东滨临东海，足下舟师未备，粮械未完，非用武之地”，建议洪秀全“潜身教会，就借传道为名，直入广西行动。一来可劝导人心，二来足下起事，和外国同一般宗教，准免外人干预，实为两便”，并且预示在广西起义得手后，可以“取长沙，下武昌，握金陵之险要，以出幽燕，天下不难定也”。这就为洪秀全起义制定了战略决策，明确了进取的方向，擘画了平定天下的宏伟蓝图。熟悉《三国演义》的读者，一看便知这是诸葛亮“隆中对策”的翻版，并非按史演义。作者在《洪秀全演义》的“凡例”中也直言不讳地说钱江犹如诸葛亮，而他之所以让钱江率先出场，虚构他面对冯云山、洪秀全发表一番高屋建瓴的滔滔宏论，既是为了开宗明义，替太平天国革命定性、正名，同时也是为了提纲挈领，引领叙事方向。我们看到此后的太平天国革命正是循着“取长沙，下武昌，握金陵之险要，以出幽燕”的路线发展的。

作者在写人叙事时，也明显受到《水浒传》的影响，如书中写洪秀全“胸怀大志，腹有良谋”，自称“小可”，便有宋江的影子；而写洪仁发“性情戆直”，说话直来直去，也无疑带有李逵的遗风。至于写钱江、冯云山与洪秀全兄弟对天盟誓，焚香结义，显然效仿的是《三国演义》中的“桃园三结义”。

二、洪秀全起义金田

——《洪秀全演义》选段二

且说洪秀全自从冯云山去后，打点保良会事务越加用心，因此日盛一日。自古道：声名洋溢，无远弗届。那洪秀全的踪迹，便飞到平南县马兆周的耳朵里。因日前桂平县张令行文各县，早知洪秀全是个逸犯，登时带了二十名差勇，直过金田，捉洪秀全。才到了金田，急寻到黄文金府上，口称与洪秀全相会。黄文金已知马县令的来意，便答称洪秀全不在这里。马县令不信，定要把黄文金府上搜过。黄文金哪里肯从？便和马县令口角。马县令好不知死活，还仗着官势，口称要捉捕黄文金。那差勇更是狐假虎威，只听得马县令一声喝起，早把黄文金拿下。

那些保良会中人都是崇拜上帝的，平日最爱黄文金和洪秀全两人，这番见把黄文金拿捕，便一齐上前，问个原故。黄文金心生一计，道："这赃官到来索贿，黄某不从。今要把我们拿捉，速来解救才是。"那时一般保良会中人，只知有上帝，哪知有官府？联同一二百人之多，立即将黄文金抢回，并把二十名差勇，一个一个打得落花流水。

马县令见不是头路，撇了差勇，独自逃命，急望县城回去。余外二十名差勇，整整打死五名，单留十五名，都是焦头烂额，狼狈奔回。马县令看见，又羞又恼，急得知会临近浔州府，并附近州县，报称金田保良会窝藏逸犯，拒杀官兵，聚众为乱，请合兵攻剿等情。依着官场惯例，少不免把保良会讲得十分凶悍。这会浔州知府白炳文听得这点消息，非同小可。又听得洪秀全是有意谋乱的人，一面详禀上台，一面调拨人马，会攻金田保良会。当时浔州一带盗贼虽众，究竟太平日久，兵马无多，三路合齐，计得兵勇一千名。用都司田成勋统领二百人为前队，余外马兆周领三百人居中，白炳文合后，浩浩荡荡，杀奔金田而来。

早有探子把这个消息报到黄文金府上。黄文金便请洪秀全召集各地保良会首领会议。谭绍洸先到，不一时间，各首领俱已到齐，即有许多保良会中人到场观看。洪秀全当众说道："洪某到来贵省，不过为传播道理，别无他意。就是联合保良会，今日也不过为地方谋保卫。谁想虎狼官吏，不能捕盗安良，反来攻击。诸君若甘心受祸，好自为之；若要保全身家性命，当急谋捍卫。非是洪某好事，实事势不得不如此也。"各人听罢，皆大呼道："人生在世，哪有不爱身家性命？愿听洪先生指挥便是。"当下一人一口，声如雷动。秀全一声说道："既是如此，限明早便要各乡保良会到这里聚齐。官兵不来攻击犹自可，若攻击时，即当竭力抵御。我们保良会原谋保护地方，实是美事，是非曲直，当有上台知之。若等州县小吏，何足介意耶？"各人听罢，都不胜之喜，立即回去，打点一切。

果然到了越早，不约而同，一齐携带枪械，到黄文金府上，听候洪秀全的号令。那秀全待各地保良会到齐，点过一回，却不下二千人。洪秀全便令父子同来者，父去子留；兄弟同来者，兄去弟留；并无兄弟及一切残弱者，一发安慰一番，发遣回家去。单挑得精壮一千人。随对韦昌辉、黄文金等道："官兵虽属无用，仍是操过的队伍；我军虽然强壮，究竟未经训练。待彼来时，当以散队击之。"就把一千人分为五队，每队二百人，先令谭绍洸领二百人回村驻扎，以壮声势。

谭绍洸去后，忽探子回报道，官军离此尚有三十里之遥。秀全听得，便道："彼军行程甚缓，盖欲待夜分掩军袭击，为一网尽擒也。此处村口，约离十五里，有一小山，树木深丛，文金兄弟可领一军，在此埋伏。彼军到时，休要管他。待彼退时，彼必提灯笼火把，兄弟却望火光处攻之，当获全胜。"黄文金得令去了。又令胡以晃、韦昌辉各带二百人，在村后分东、西两路埋伏，胡以晃在东路，韦昌辉在西路，但听号炮一响，一齐攻出。

各人分拨停妥，秀全却与洪仁发将所余二百人，分藏各巷内，以暗击之，却把各巷闸门紧闭，只留得村口一条大路，让官军进来。并令各家关闭门户，以防彼军骚扰，均不准张灯举火，以疑敌军。各人都依令而行。秀全便与仁发在黄文金府上等候，以盼佳音……（第八回）

话说洪秀全计划已定，专候官军到来接战。等了一会，已见夕阳西坠，天色夜了。忽报称官军离村外十里扎了大营，不知何意。秀全正在沉吟，突见一人进来，口称奉官军之命，到来投递书函，说罢把函呈上。秀全就案上拆开一看，却是白炳文责黄文金把自己交出，如若不然，大兵一到，玉石俱焚的话。秀全看罢，立援笔照来书尾批了几句，说道："此处保良会，原是御暴安良，并无歹意。虽有洪秀全，岂能交出？若能体谅，固是感激；若是不能，请听尊意便是。"复了，立发来人回去。白炳文接着，不胜之愤。不觉骂道："这几句话，分明是要来挑战，谅鼠辈何足拒吾大兵？"便令督兵前进。

及到村来，已是初更而后。这时正是七月将尽，月色无光，村中又无动静。前军都司田成勋恐防中计，不敢擅进，忙向白炳文禀报情形，兼请号令。白炳文道："若辈有何计策，不过闻我们大兵到来，预先逃避耳。急宜挥军前进，勿被他们逃走。"田成勋听罢，心中不悦，上台号令，怎敢违抗？便回军中传令，直进村里来。只见各门紧闭，又无灯火，并无一人来往，心上好生疑惑。

少时，马兆周中军已到，田成勋急会合商量计策。马兆周便欲纵火焚村，成勋道："为恶的只是黄文金与洪秀全，何忍祸及全村？老兄前曾到黄文金府上，料知路径，不如前往拿住黄文金，然后解散村民，较为上策。"马兆周听罢，深韪其言，遂合兵同进。

然后，前村锣声震动，火光之中，摇旗呐喊，似有应敌之状。田、马二人正在惊惶，不提防各巷枪声齐发，都向田、马两军火光中击来。田、马二军措手不及，中枪者不计其数。急欲回枪接战，奈闸门紧闭，暗黑中又不知保良军伏在何处。急欲逃时，韦昌辉、胡以晃两军已自分头杀到，谭绍洸又在前村杀来接应，把官军困在垓心，急难逃脱，只得勉强混战一场。

不提防洪仁发领了数十人，从东巷内转出，枪声响处，马兆周应丸落马。田成勋大惊，自料寡不能敌众，后军又不见到来助战，正要杀条血路逃走，忽听得来路上喊声大震，胡以晃所领东路保良军，纷纷逃避。田成勋仔细一望，火光中认得旗帜，却是白炳文亲领后军到来，此时心上稍安，与白炳文会合。

不料后面大队赶来。原来胡以晃逃避之意，深恐腹背受敌，特让官军合为一路，然后合兵从后击之，这时来势更是猛烈。田成勋早失了队伍，反冲动白炳文一军立脚不定。那韦昌辉、洪仁发、谭绍洸都随着胡以晃分头赶来。官军又不识路径，唯有东奔西窜。白炳文哪里还有心恋战？只得死命逃走，不得数里，从林中号炮轰天震地，黄文金领二百人，从林内杀出，弹如雨下，都向火光中击射官军。田成勋左臂上早中一弹，犹自死命坚忍，保护白炳文杀条血路，落荒而走。黄文金大呼道："降者免死！"各军士多各顾性命，听得黄文金这话，纷纷向保良军投降。黄文金急把降军作后队，正要督兵追捉白炳文，只见洪秀全亲自赶到，急止住黄文金道："彼辈如亡魂之鸟，捉之不足为功，留之不足为害，徒伤人命，不如收兵。"黄文金听罢，便领众同着洪秀全而回。

这时田成勋保着白炳文落荒而逃，将近浔州，才觉心安。计点败残军士，仅存二百人，多半是负伤的，好不气恼。又见军士捱了一夜，肚中料是饥饿，即令埋锅造饭，然后趱程。饭后回到衙内，一面把损兵折将及马兆周战死情形，禀报上台去，自请治罪，并称洪秀全如此猖獗，实为大患，要求再兴大兵征剿。

那时广西巡抚周天爵得了这道消息，一惊非小，暗忖金田平南县所管，县令马兆周平时失于觉察，临时又不能解散，致激成民变，究属不合。除马兆周已死，姑置免议。白炳文未经禀报，擅自兴兵，越境图功，以致误事，一并革职。另委新官，赴平南之任，兼办团防。又以洪秀全如此声势，竟能大破官兵，自料广西兵力单薄，盗贼又多，尚不敷调遣，如何是好？想了一会，急调提督向荣入桂林，商议应敌之计。一面申奏朝廷，一面写文书到广东总督徐广缙处，布告乱事，兼请兵助战，不在话下。（第九回）

品读

本文节选自《洪秀全演义》第八回《冯云山夜走贵县　洪秀全起义金田》、第九回《劫知县智穷石达开　渡斜谷计斩乌兰泰》，主要叙述洪秀全率众发动金田起义的经过。小说写洪秀全、冯云山等人入广西传教，宣传组织群众，建立拜上帝会，开辟革命基地，吸收韦昌辉、萧朝贵、杨秀清、罗大刚、黄文金等人入会，形成领导核心，又借助保良会不断发展武装力量，声势日益浩大，引起了官府的警觉。平南知县马兆周侦知洪秀全藏身金田，率众赶来捉拿，然“保良会中人，只知有上帝”不知有官府，齐心协力将官兵打得落花流水。浔州知府白炳文得知情况后大为震惊，纠集上千人马，浩浩荡荡，杀奔金田。

小说重点描写了洪秀全杰出的组织能力和军事指挥才干。面对来犯之敌，他先是动员会众，晓以大义，鼓舞会众斗志；接着，挑选精壮，组建队伍；此后，又料敌于先，遣将设伏；结果将官兵诱入圈套，杀得官兵丢盔弃甲，损伤大半，县令马兆周当场阵亡。小说还有意突出了洪秀全的仁者胸怀，写他聚众对敌时，“令父子同来者，父去子留；兄弟同来者，兄去弟留；并无兄弟及一切残弱者，一发安慰一番，发遣回家去”；官兵败逃时，他又急止黄文金追击，指出：“彼辈如亡魂之鸟，捉之不足为功，留之不足为害，徒伤人命，不如收兵。”另外，黄文金计激民变，与谭绍洸、胡以晃等配合洪秀全伏击、合围官兵等，也初步展现了太平军将领的智勇善战。

金田起义初战告捷，极大地激发了广大穷苦百姓反抗清朝统治、建立太平天国的士气与信心，他们在洪秀全的率领下，以摧枯拉朽之势向清王朝发起了猛烈冲击，正式拉开了太平天国革命的序幕。

三、钱江设计败向荣

——《洪秀全演义》选段三

忽流星马飞报军情，说称林则徐在湖州身故，清廷现派大学士赛尚阿都督广西诸军事，现已到了；且向荣自从全州一败，飞文告急，故周天爵又派劳崇光领新军万人，堵握上流，抵御杨秀清；今向荣又与张敬修合军，专候赛尚阿号令，与我军交战。各人听了，都见清军复振，面有惧色。钱江转仰面大笑，洪秀全便问笑的怎地原故。钱江道："若是林则徐到来，此人老成谨慎，可称敌手。今委赛尚阿来，那厮懂得甚事？却好断送广西军人的性命。今向荣既委赛尚阿号令，非三四天后不能出战。我们赶此时机，就先取平乐府，作个老营可也。"说罢便带了十名小校，亲自往观平乐府城形势。行不一二里，忽前途一骑马飞来，钱江看得奇异，急命小校截住去路，把那人拖下来，问他去处，还是不答，盘他身上，只得一函，却是平乐府知府差往张敬修军里，催取救兵的。因忖平乐府城里早已空虚，若以兵力急攻，彼忖向荣会合之众，必死守以待救兵。如此反费时日。想罢便令韦昌辉退兵，随附耳嘱咐如此如此；又唤赖汉英，嘱咐如此如此。两人去后，钱江自与胡以晃领军一千，预备接应。

此时，平乐府知府周应鸿听得韦昌辉兵退，只道向荣、张敬修两人大兵到，故韦昌辉收兵御敌。且以城门久闭，阻碍行人，便率兵到城楼上守护，将西门开放，以便行人，来往人等盘诘甚严。奈城门闭了数天，一旦仅将西门开放，因此来往拥塞道路，挑瓜卖菜赶柴打草的不绝。赖汉英就趁这个时候，约带百数十精健的人，扮作挑买卖的，乘机混入城中。

夕阳既下，城门复闭，挨到初更时分，行人渐息，时因兵戈告警，各家都关门早寝。忽然飞报知府衙门火起，周应鸿正在各城门巡查，猛听得吃了一惊，急奔回衙去。不一时，东南两门又一连几处报告被火。周应鸿料知有奸细在内，只这时居民纷纷出门观火，乱做一团，哪里分得是乱党还是居民？赖汉英趁势奔到南门，还喜守城军士，都跑往府衙及东南两门救火，仅留下几十个残兵。赖汉英便率数十人，逐散军士，斩开城门。

原来韦昌辉先时已得了钱江号令，带三百人在南门附近埋伏。这时便一拥进城，大呼“降者免死”。居民呼天叫地。周应鸿听得革命军进了城来，黑夜里不知人马多少，军士又无心恋战，但听得革命军由西南角拥进，只得领军向东南冒火而逃。才走至北门，只见赖汉英已亲领百人赶到，斩开城门，早放钱江、胡以晃两人引一千人马拥进。周应鸿急得回马逃走，望东门而来。忽火光中喊声大震，韦昌辉所领数百人，截住去路。周应鸿见前后受敌，料不能逃脱，遂下马投降。钱江便令安抚余兵，一面使人救火，三更而后，方才扑灭。越日便出榜安民。

此时洪秀全得了捷音，即令罗大纲、黄文金谨守大营，独自进城与钱江商量计策。钱江道：“今番彼军失了平乐，向荣必亲自到来。彼军本无能事之人，向荣虽勇，却没有七头八臂，已如强弩之末，不足惧也。若破向荣一军，余皆不足道矣。”正议论间，忽报杨秀清遣秦日纲至，要禀请前途军令。钱江便唤入嘱道：“此间甚是顺手，就请足下复致杨兄弟，休要妄动，若赛尚阿、向荣大军拥下，即可出兵，或战或不战，以牵制之。某自有破敌之计。”秦日纲拜领去后，钱江又道：“某向闻李秀成此人，好生了得。恨某迟来一步，未及与彼相见。今有一个紧要去处，恐非他不能了事，如之奈何？”说罢，只见韦昌辉进道：“运筹帷幄，自在先生；若是冲锋陷阵，弟等亦未尝落后。先生何轻视人耶？”钱江道：“非是某轻视兄弟，但此任甚是紧要，倘有差失，实非同小可。”昌辉道：“若得先生明示，倘有差失，愿按军法就是。”钱江大喜，便嘱咐道：“彼军粮台，现驻阳朔。兄弟可领三千人，于明日黄昏而后，直入阳朔，放火为号，彼军必即回兵相救，兄弟却移兵转攻向军大营。某自有计接应。”韦昌辉得令去了。钱江又附耳向秀全授计，令与黄文金、罗大纲如此如此；随令胡以晃驻守平乐，遥为声势。分拨已定，自与赖汉英来替洪秀全镇守大营。

《洪秀全演义》插图

且说赛尚阿自从到了广西，便会合各路人马，且得劳崇光这一支生力军，因此声势复振，遂大举南下，来攻秀全。唯向荣心上，只欲坚守，以待广东援军，颇与赛尚阿意见不合，只得把一切情形详禀巡抚周天爵。奈周巡抚见洪氏羽翼已成，早没了主意，又因柳州一带告警，所以移动不得，惟有劝向荣谨顾大局而已。

那一日赛尚阿便令张敬修为前部，劳崇光为后应，自与向荣亲攻秀全。此时两军对峙，罗大纲自为先锋。安营即定，洪军却不出战。张敬修便自挥军进来。罗大纲略战一会，望后而退。张敬修却不来追赶，正向中军赛尚阿禀请行止。赛尚阿便令向荣亲统本部前来，会同张敬修追击洪军。

不料向荣未到，洪秀全却亲自出营讨战。张敬修只道罗大纲败去，秀全亲自进来，暗忖拿得洪秀全一人，便是大事停妥，还恐失此机会，急得引兵赶来。秀全略战一会，又望后而退。张敬修见连战得手，遂挥军直下。

那张敬修正在追赶之时，忽向荣赶到，传令退军。张敬修忆起全州之役，向荣分兵时，谓他非洪秀全敌手，便疑向荣忌他成功，因自推托，不愿退兵。向荣道："洪军退得齐整，恐是诱敌，非真败也。将军不信，后悔无及矣！"正自争论间，忽见阳朔城内，火光冲天，军心已自慌乱，随见飞马报道，韦昌辉已直取阳朔去了。张敬修乃大惊道："果不出将军所料！阳朔为三军粮食所在，不可不救！"说罢，便急领军望阳朔赶来救应。

时已夕阳西下，秀全探得彼军移动，急同罗大纲引兵杀回。向荣情知中计，只有死力混战。不提防张敬修将到阳朔，韦昌辉已自退去，反乘势攻向荣后路。向荣大惊，急欲退时，被秀全一拥而进。向荣队伍错乱，军士被杀的不计其数。

这时赛尚阿探得前军大败，正要提兵接应。忽然正东一带，鼓声震地，火光中现出无数旗帜。立即使人探听，却是黄文金一路。赛尚阿便不敢妄动。向荣看看救兵不到，便奋力杀退韦昌辉，只望与赛尚阿合兵。谁想罗大纲并力赶来，枪弹如雨点一般；黄文金又从东杀至；韦昌辉见向荣左右受敌，复奋力赶来。三路兵把向荣困在垓心。

向荣正自危急，忽然西路上一支军杀入，冲动罗大纲一军，直入重围，力挡韦昌辉，救护向荣，却是张敬修。此时向荣心中稍定，张敬修道："四围皆是敌军，不宜再战，速退为妙。"向荣便与张敬修会同，带领败残军士，只顾在枪林内奔走。秀全大呼道："不入虎穴，焉得虎子？诸军速宜追赶。"三军一时得令，都奋勇赶来。黄文金一马当先，本部军兵继进，齐望中营伞盖红顶花翎的放枪击来。向荣见许多弹子都落在身边，唬得心胆俱裂，急令从人撤去认记。话犹未了，一个弹子正中向荣坐下马，把向荣掀倒在地来……（第12回）

……正在危急之际，忽一骑马飞入，救起向荣，急取从人的马换与向荣骑坐。众视之，乃中军前中营帮带郭定猷也。向荣得命，急向后而逃。

忽然正西一路纷纷冲入，原来罗大纲领人马奋力杀将来。张敬修支撑不定，前面又遇韦昌辉阻截，张敬修只得望东而逃，因此冲动中军。此时清军已如七断八落。这罗大纲一支人马，本是绿林豪客，个个能征惯战，比别军更自利害，死命望张军赶来。张军中纷纷乱窜，那张敬修正在狼狈，又听得前途喊声大震，唬得张敬修几乎坠马，正欲令人打点，忽前途报称是赛尚阿领兵到来救应。张敬修心神稍定，急与赛尚阿会合奔回。

不多时漫山遍野都是洪军，正南洪秀全，西南罗大纲，正东黄文金，正西韦昌辉，分四路进来。洪秀全传令道："时不可失，这回不到桂林不休！"三军听罢，人人猛进，个个前驱，卷地杀来。

赛尚阿哪里还敢恋战？惟有策马奔逃。正逃走间，忽一人撞入中军，口称奉向荣将令到此。赛尚阿急令传他进去面禀，那人便上前禀道："向提督以三军大败，若是各军会合一处而逃，必被敌人追赶不了，且又失援应之力。望中堂速行打算。"赛尚阿听了，暗忖此言甚是有理，便令张敬修退入永福，向荣望灌阳而去，自己却回桂林。洪秀全恐夜深不便追赶，只得暂且收军。

这一场大战，清军死的三千有余，都、游以下将校，不下丧了十余名，杀得个个魄落，听得洪秀全名字，胆也寒了。一路上收兵，但见尸横遍野，血流成河，好不凄惨。秀全叹道："均是汉族同胞，却令涂炭至此，某实不得已也。"洪军中，见清官有戴着翎顶，死在路旁的，或以足践之，秀全急止道："彼亦死节忠臣也。各为其主，何必如此？"三军听得此言，无不叹服。时人有诗赞道：

大度恢宏处，英雄自有真。
敬怀忠烈士，畛域不须分。

当时又有诗赞钱江用兵的道：

平乐城边杀气冲，先生帷幄运筹工。
中兴从此成基础，仿佛南阳起卧龙。（第13回）

品读

本文节选自《洪秀全演义》第十二回《洪秀全议弃桂林郡　钱东平智败向提台》、第十三回《张国梁背义加官　赛尚阿单骑逃命》。金田起义之后，太平军在广西境内纵横驰骋，所向披靡。洪秀全原打算攻取桂林，以为基业，因此迁延不进，幸得钱江及时赶来，劝其虚攻桂林，会兵全州，直进湖南。而清廷则委派大学士赛尚阿前来都督广西诸军事，此人“未经行阵”、不谙兵法，故而钱江嘲笑他“懂得甚事？却好断送广西军人的性命！”至于广西提督向荣，虽然勇于战斗，却短于机谋。所以，钱江决定，趁赛尚阿未到、向荣不敢妄动之机，“先取平乐府，作个老营”。碰巧平乐知府周应鸿的求救信又被太平军截取，于是钱江设计让围攻平乐府的韦昌辉主动退兵，使周应鸿误认为救兵已至，放松警惕，打开城门，被赖汉英带人混入城中，到处纵火，太平军里应外合，轻取平乐。

接着，钱江又设计，让韦昌辉领兵攻打官兵屯粮之地——阳朔，等官兵赶去救应时，再移兵转攻向军大营；与此同时，又定下诱敌深入之计。当赛尚阿与向荣率军来攻之时，太平军或不出战，或略战一会、一退再退，有意让总兵张敬修“连战得手”，以骄其志。虽然向荣已意识到太平军“恐是诱敌，非真败也”，无奈张总兵已被胜利冲昏头脑，结果陷入太平军的重重包围，惨遭四面伏击，以致大败亏输。一场大战下来，“清军死的三千有余，都、游以下将校，不下丧了十余名，杀得个个魄落，听得洪秀全名字，胆也寒了”。

此次战役大获全胜，是钱江“初出茅庐第一功”，充分展现了他“帷幄运筹”、神机妙算的军师风采，正如文末诗歌所赞：“平乐城边杀气冲，先生帷幄运筹工。中兴从此成基础，仿佛南阳起卧龙。”可见，作者是有意仿照诸葛亮来写钱江的，就连钱江用激将法智激韦昌辉，以及用计时“附耳嘱咐如此如此”，也都秉承了诸葛亮的衣钵。当然，这样写，也是有意设置悬念，增强叙事的吸引力。

作者笔力雄健，叙事快捷，如文中写：“洪秀全传令道：‘时不可失，这回不到桂林不休！’三军听罢，人人猛进，个个前驱，卷地杀来。赛尚阿哪里还敢恋战？惟有策马奔逃。”这便将太平军奋勇杀敌的气势渲染得淋漓尽致。

四、洪秀全拒谏封诸王

——《洪秀全演义》选段四

话说钱江引石达开等十余人，入见洪秀全，皆俯伏同呼万岁。洪秀全便对钱江道：“诸君以大义责孤，孤不敢不从。只今宜先定国号，布告中外，然后整饬制度才是。”钱江道：“主公以宗教起义，崇尚天父天兄。今主公既为天子，可称天王，国名就唤天国的便是。”众人听了，皆鼓掌称善。秀全又道：“年号又将若何？”钱江道：“长沙城外已有玉玺出现，早露出太平二字，此皆大王上应天命所致，就依作国号，何必多疑？”洪秀全一一从之。便改为天国太平元年，颁行天下，时满清咸丰元年也。

随后即商议改正制度。李秀成道：“满清入关时，下剃发之令，屠杀汉人不计其数，实汉人莫大之耻。今我国正宜返本还原，一律蓄发易服，以复我皇汉威仪，则华夷之界辨矣。”秀全点头称善，即令钱江改定制度、服色。随奉洪天王冠天冠，服黄龙袍，祭告天父天兄。各事停妥，便议封赏各有功的兄弟。

钱江进道：“光复汉家，战功不可不封，名爵亦不可太滥。宜仿汉朝制度，定为侯爵三等，以辨等差；其余就依着指挥使的名目，下的就是都尉、检点、都监等名目。文官设总丞相府，掌枢密事；余外六部，皆作丞相，各有专司。今大事草定，实难完备，待天下一统光复时，因时制宜，逐渐修改可也。”秀全道：“孤自与众兄弟起义以来，奔走患难，皆如手足，各以兄弟相称，原是平等的道理。若以孤一人徒居大位，使各兄弟不能共享荣名，孤不忍也。孤意欲择贤加封王位，以壮国家声势。事成之后，各使就土归藩，仿姬周封建之法，俾兄弟功臣，累世拥护王室。先生以为何如？”钱江谏道：“大王差矣。天赋虽是平等，只名位原有高下；且所以能令众者，以号令所出耳。大王若亲贤爱士，则君臣如师友，何必使名位相同而始谓之亲爱耶？上观往古，旁观各国，未闻有君臣同尊者。即周室称王而诸侯封建，上者亦不过称公。纵大王不忍专权，在百官亦宜分次序。若是不然，恐久后必难令众。愿大王思之。”李秀成又道：“钱先生之言是也。方今军事方殷，必有主持军政者，而后诸将可以奉行。若各自为王，恐名位相当，即权势等，亦谁肯奉令而遵调动者？初则互争权柄，继则抗违军令，皆所不免。如此，则国家未定而水火内兴，祸将不远。昔汉封七国，晋封八王，乱随相属。行诸承平之日，犹且不可，况在今日乎？大王高明，何以见不及此？”秀全听罢，终不释然，便问石达开意见如何。达开道：“料事深远，臣不如钱先生；多谋能事，臣不如秀成。何必多问？臣等非不欲居高位，享荣名，想亦时势不可耳。大王当自审也。”当下各人议论纷纷。

且说杨秀清听得各人推戴洪秀全，有劝进之事，便和萧三娘商议。三娘道：“此乃大事，亦是公事，君侯何以不与闻？宜速趋进朝，赞成此举，当不失为开国元勋。当人心归一之时，君若稍怀异心，不特国家难救，抑且祸患难知，不可不察。”秀清以为然，便趋上谒见洪秀全，并呼万岁，随说道：“臣弟秀清，适有微恙，是以未能与各兄弟同来。今病稍愈，特来进谒。”天王道：“劳贤弟多矣。”说罢，即把拟封诸兄弟王位之事，问秀清意见若何。秀清道：“大王自广东聚义以来，即与众兄弟同趋广西。臣弟等毁家赴义，正是生死与共，祸福相同；且云山已死，朝贵又亡，臣弟每一念及，常为伤感。今大王已有今日，若不使各兄弟得享同等荣华，窃为大王不取也。”洪秀全意愈决。钱江又道：“诚如李秀成之言，若此，恐诸王相争，各不用命，大事即去矣，臣何忍见此？”说时不觉泣下。黄文金、洪仁达便挟钱江出去。

少顷，石达开、李秀成亦辞出。钱江于路上谓李秀成道："某等追随患难以来，言听计从，诚不料有今日也。"石达开道："国家隐患，即伏于此，是不特吾等的不幸，实汉统的不幸。吾等何不以去就争之？"钱江道："大王畏忌杨秀清，方欲以王位买结其心。若秀清未到时，或犹可切谏及止。今秀清一力主张，是大王意决矣，争亦何益？"说罢复叹道："云山若在，断能使大王不行此事也。"石、李二人听得，均为叹息。

不说三人回去，且说秀全自钱江等出后，心内原有些悔意，只秀清在前既已主张，自己又早已说出来，自然不得不行。便即封杨秀清为东王，追封冯逵为南王，萧朝贵为西王，封韦昌辉为北王。四王封后，秀清、昌辉一齐谢恩。又洪仁发封安王，洪仁达封福王，石达开封翼王，钱江封靖国王，领丞相事。以秦日纲为天官丞相，胡以晃为地官丞相，李开芳为春官丞相，林凤翔为夏官丞相，黄文金为秋官丞相，罗大纲为冬官丞相，皆封公爵。又以李秀成、陈玉成、曾天养、李世贤、谭绍洸、赖汉英皆为副丞相，俱位侯爵，兼指挥使。其余李昭寿、陈坤书、杨辅清、苏招生、吴定彩、陆顺德、洪容海、罗亚旺、范连德、万大洪、林彩新、郜云官、林启荣皆任元帅，兼都检使。以上各员，俱以天将名之。余外进秩有差。

定议后，即令制造官服，分颁各兄弟功臣。杨秀清又奏道："大王既正位天王，继承汉统，兄弟等皆受殊恩，只是六宫内政，主持不可无人。臣弟有一女，年已十八，甚有贤德，欲进侍大王，助理内政，未审大王意下如何？"洪天王听得，见秀清一旦如此恭顺，心甚欢喜，便准奏而行。自此杨秀清既与天王称兄称弟，又为国丈，位东王，掌军机；且李开芳、林凤翔、杨辅清一门羽翼，皆任丞相，贵盛无比。

那钱江听得天王封自己为靖国王，意欲上表力辞，即往商诸李秀成。秀成道："天王既定主意，各官受封，料不能更改。且先生若退居下位，恐更不能令众矣。"钱江觉得有理，便罢力辞之意。李秀成便示意石达开，使言于洪天王，更以钱江为军师，兼军中大司马之职。天王一一允从。又令各王妻室，皆称王娘，丞相以下妻室，皆称夫人。

品读

本文节选自《洪秀全演义》第十九回《封王位洪秀全拒谏　火汉阳曾天养鏖兵》，主要叙述洪秀全封王建制的故事。洪秀全率众打下永安，革命远未成功，为何就急于封王建制了呢？这实际上是借宗教的名义，为农民起义正名，确立其斗争的合法性和正义性，以便号召天下，吸聚人气，不断壮大革命队伍。

孔子曾说："名不正，则言不顺；言不顺，则事不成。"如果洪秀全一直不称王，那么天下人就难免会将他领导的农民起义视为犯上作乱的盗贼；而一旦称王建制，就等于昭告天下，除清王朝外，现在又有了一个与清王朝分庭抗礼的新王朝。清王朝已搞得民不聊生、民怨沸腾，那么宣扬"耕者有其田，人人平等"的太平天国就自然带给贫苦百姓以新的希望，吸引他们投奔天国，另谋出路。所以，称王建制是必要的，它可以使农民起义名正言顺，鼓舞起义者建功立业的雄心壮志，增强起义队伍的向心力与吸引力，进一步发展壮大太平天国的力量。

但问题是洪秀全不仅自称天王，还一口气封了五个王。本来，"王"乃一国政权的绝对核心，只能有一个，而现在却出现了五个王，那不就等于有了五个核心吗？一个需要政不二出、号令天下的军队，居然有五个核心，这仗还怎么打？五个核心倒也罢了，关键是东王杨秀清还拥有与洪秀全平起平坐的权力，这就为后来太平天国政权内部争权夺利埋下了隐患。

对此，钱江、李秀成、石达开是有清醒认识的。钱江指出："纵大王不忍专权，在百官亦宜分次序。若是不然，恐久后必难令众。"李秀成也认为："方今军事方殷，必有主持军政者，而后诸将可以奉行。若各自为王，恐名位相当，即权势等，亦谁肯奉令而遵调动者？初则互争权柄，继则抗违军令，皆所不免。”可洪秀全拒不纳谏。这又是为什么呢?

表面上看，这是洪秀全不忍心“以孤一人徒居大位，使各兄弟不能共享荣名”，可实际上这也是他为自保权位而不得不采取的妥协之法。因为洪秀全虽然是拜上帝教的发起者，但他并不是一个绝对的核心，冯云山、杨秀清、萧朝贵、韦昌辉、石达开等都是开基立业的大功臣，尤其是杨秀清，因政治、军事才干过人，在太平军中有着极高的威望。小说中，钱江便说：“大王畏忌杨秀清，方欲以王位买结其心。”洪秀全的确想通过分封诸王的形式，一方面笼络杨秀清，另一方面建立一种分化权力、相互制衡的机制，以维持政权的正常运行。这样做，既为太平军顺利北伐、定都天京提供了制度保障，但同时也为太平天国留下了“诸王相争，各不用命”的后患，并直接导致了天京事变的爆发。

五、林启荣尽节九江府

——《洪秀全演义》选段五

且说曾国藩会合五路大兵，为攻取九江之计，至是乃探得李秀成全军已回金陵，乃与各路水陆并进。仍让鄂督官文为主将，沿长江而下。曾国藩先以本部人马，由建昌起行，先夺了南康府。侍王李世贤本欲往救，却为左宗棠所牵制，移动不得。曾国藩遂夺了南康，复以知府沈葆桢驻守，乃规划将攻九江。时正是三月将尽，天气清和，正合用兵。适接官文来书，欲以四路分攻四面，而以水师为助。曾国藩以为不然，以林启荣精悍得人，语云困兽犹斗，况勇如林启荣乎？遂改令只攻三面，留东路让林启荣逃走。于是鄂督官文与诸将攻西路，曾国藩与诸将攻南路，胡林翼、李续宜与诸将攻北路，以水师为会攻。计划既定，准备出发。

及九江太平守将真天侯林启荣听得消息，谓左右道："清兵此来，不啻以全国大兵与吾决生死矣。不特五路之众，大兵十余万，战将百余员，为争九江，即用以牵制各路者，亦皆为九江而设。彼以全国之众，以争吾一九江，吾此次若能破之，彼此后再不敢正视九江矣。诸君立功，尽在今日，各宜勉之！诸君不负吾，吾亦不负诸君也！"左右听得，皆为感动。林启荣知此次战事必然利害，乃先行表告金陵，即商议应敌。

正在筹议间，已报官文、曾国藩、胡林翼、李续宜及水师杨、彭等将，已各路齐至。林启荣即率兵登陴守御，传令以洋枪从远击之，休令敌兵近城。部将李兴隆问道："昔者九江历次战事，将军皆调兵于外，为内外夹攻。今独主内守，不主外战，何也？"林启荣道："兵法不能执一。此次敌兵太众，即调兵于外，亦不能制之，故不如以全力守之耳。"李兴隆又问道："前破塔齐布，乃故令纵之近城；今必从远击之，不令敌兵逼近城下，又何也？"林启荣道："塔齐布兵少，且志在暗袭，我故将计就计，因其意而用之。今官、胡等以十余万众，若一经近城，彼将开地道埋地雷矣，是以从远击之。此时势不同故也。"李兴隆听得，大为叹服。

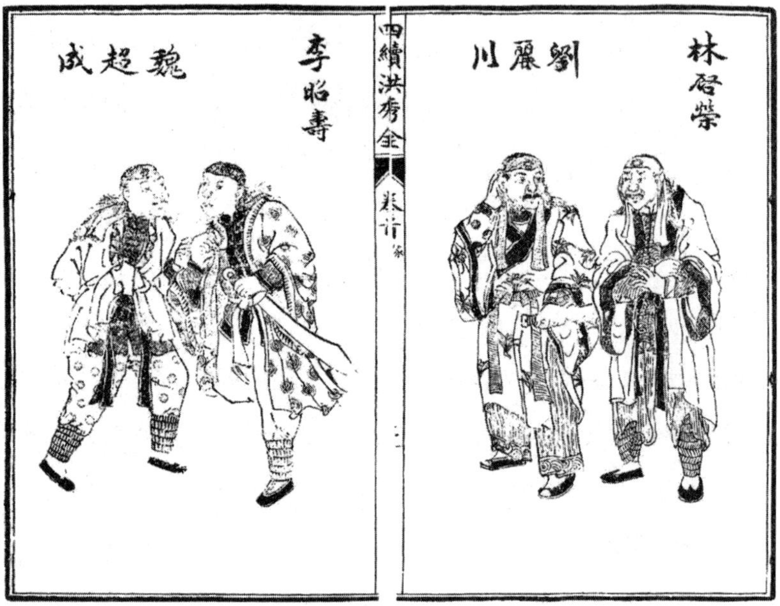

《洪秀全演义》插图

正说话间，已报敌兵大至，曾国藩从南路攻来，官文从西路攻来，胡林翼、李续宜从北路攻来，并会同水师夹攻，三路大兵并进，各路人马不知多少，唯声势甚大，已将至城外矣。林启荣听了，却令九江水师固守濠道，不宜远攻，所编划艇，俱扼城下水道，以防掩袭。即令陆军，以火器拒战，每六十人为一队，以二十人持火器，以二十人施放排枪，以二十人司放巨炮。时林启荣早知敌人屡窥九江，已从上海与洋人购得枪炮，故所用枪炮，亦多新式。林启荣复与诸将衣不解带，手不离旗，指挥诸军抵御。又令军士各备干粮，昼夜御敌，不准退后。

时三月二十九日，天有微雨，清钦差官文与诸将齐出，且攻且进，以逼府城。那林启荣下令，远者以炮击，行近时即放洋枪，再近者拒以火器。自辰至午，清兵各路共伤死八千余人，绝不攻得九江要害。官文乃传令暂退，以林启荣所用枪炮，多新式利器，反受吃亏，正要另筹别计，李续宜道："我众而彼寡，我攻而彼守，自宜分兵轮班，不住攻击，使彼应接不暇而后可，此李秀成攻六合法也。"官文以为然，于是分兵为两班。次日改以巨炮为前驱，鼓噪而进。不料林启荣亦知此次清兵以全力到来，志在必克，非一二日战事可了，自不应疲其兵力，故亦分兵为两班，轮流拒守；另招乡兵为工程队，以备城垣若有损坏，好随时修葺；又分兵守险，以为犄角。

到次日清兵已复至，沿途不发枪，只从远发炮攻城。那林启荣却早已准备在先，预将城垣增加坚厚，比旧日城垣加高五尺，加厚八尺，以软灰杂以碎石，筑城坚固，并植以野草，使日益坚实。外垣铺以棉花，外罩铁网，以御炮弹。城垣下复掘长濠，深逾一丈五尺，阔逾二丈，所有外攻的炮弹，既遇棉花，自然不着城垣要害，且炮弹更从铁网泻于濠中。故九江城垣，号为至坚最固。

时清将官文、曾国藩等，愤前日之败，折去八千余人，及次日进势愈猛。官文并檄告诸将道："是役无论生死，务要拔九江险要，则长江敌垒可复，一劳永逸，是所望于诸君！"故诸将听得，无不奋起。官文更会同各路奋进，直薄城下。林启荣在城上指挥军士，远者炮攻，近者枪击，清兵死伤盈道，仍不退却，冒死直扑城下。林启荣更令以火器掷下，清兵多葬在火坑，计又死去七千余人，清兵大为震惧。官文亦见攻不着九江要害，徒进无益，又唯有传令退军。

时清兵各营，自经两次败挫，共死伤万余人，无不震恐，各有退心。官文与曾国藩大为忧虑，乃作慰劳书，以示诸将，由此人心稍定。官文乃大会诸将，会议再攻九江之计。李续宜道："九江四面，而我军只攻其三，只欲留一路，以待林启荣之逃走，或可省去兵力耳。早知林启荣精悍好斗，必不轻弃九江，徒留一生路，以便其转运，实非长策也。今唯有将九江四面围定，使其运道不通，断了接应，然后假时日以困之，庶乎可矣。”各人皆以李续宜之言为是。以官文攻其西，以曾国藩攻其南，以胡林翼、李续宜分攻东、北，四路并进，而水师则沿河且攻且进。

林启荣欲先破其水师，乃令水军部将魏超成，伪为通款于清提督杨载福，约以西门濠道相献，杨载福信以为真，约以二更时分，与彭玉麟同率水师，直捣西濠。魏超成又约以白旗为号，如见白旗掩映，即可进兵。果然二鼓时分，杨载福在前，彭玉麟在后，领水师船二十余号，偷进西濠，果见濠口白旗当风招展。正欲猛进，忽然迎头炮声震动，枪弹如雨，两边火器纷纷掷下。彭、杨二将正待退时，各船早已着火，城上又叫喊助威。杨载福乃改乘小艇而逃，还得彭玉麟在后接应，始得逃出。所有二十余号船上水军，不死于火，即死于水。

是时官文等正奋攻九江四门，与林启荣军并力搏击，自午至夜，清将轮班攻击，城内亦轮班抵御，两军各有死伤。忽见西门外火起，官文等自念此次攻城，未尝定火攻之计，此次之火，定是林启荣之火，究不知是何原故。唯见城上林军耀武扬威，料知是已军有失。正踌躇间，已报到水军中计大败。杨、彭二将虽然逃出，唯兵士已死去数百人了。清将闻得，不免心惊，以为林启荣能用计破我水师，不难用计破我陆军，故清营大小将校，又多疑惧，因此攻力已缓。

林启荣却令船只，载运陆军二千人，由西濠出城登岸，直劫官文大营。那时官文不料城内有兵杀出，故绝无准备。时林启荣所遣二千人，由城中李兴隆领着，直冲官文大营，一头放枪，一头纵火。官文部下将校，皆措手不及，死伤五千余人。提督李曙堂、都统舒保俱受重伤，其余军校死伤亦数十名，败走三十余里。比及胡林翼遣军来救时，林军已自回城去了。

自官文大败，各路亦死伤不少，于九江城池仍毫无动弹。曾国藩、官文唯有传令暂退。自计三次进攻，死伤二万余人，尤以官文一军，吃亏更重。到夜间，曾国藩微服巡视各营，见诸将皆有怨声，以为徒恃兵力攻人，并无妙计在先，以至屡败，今大兵城下，徒自取死而已。曾国藩听得，更为忧虑，急与官文计议。

时官文亦因屡败，损兵折将，心极焦急，闻诸将已无斗志，即问曾国藩计将安出，曾国藩道："吾等以五路之众，十万大兵，若不能敌一林启荣，诚为天下后世笑矣！"说罢，不胜太息。适胡林翼到来，曾国藩具述其故，胡林翼道："诸将若有退心，大事去矣。正唯九江难攻，则九江益为重要，吾等宁死于此地，亦断不能退军也。此次以全国兵力，争一九江，若不能克，自后更无人敢窥九江矣。是九江永为洪秀全所有，东南各省亦无恢复之日也。今当一面慰告诸将，以激起其雄心；一面将九江围困，断彼交通之路，料九江城内，必有绝粮之日，此时因而破之，易如反掌耳。"曾、官二人遂从其计，乃为檄示，普告各营，力言与诸军共死生，以十万之众，而不能克一九江，不特为林启荣笑，且为后世讥也。自此诸将稍有奋志，乃定议先进者赏，后退者杀。即将各路人马，又复分班，效李秀成取杭州之计，以一半剪除九江附近地方，使九江孤立，并防敌兵外援；其余一半，即分四面围定九江，以四路陆军轮流攻击，使九江城内粮械绝尽，然后乘之。官文、曾国藩等，计划既定，依次而行。

不意又历攻两月，清兵若猛攻，则林启荣用猛御；清兵若缓攻，林启荣又用缓拒，终不能奈九江何。原来林启荣最得人心，自镇守九江以来，初则与地方缙绅款洽，不计尊卑，不拘形迹，以次及于居民，如同一家，于贫民尤时有赈恤。在九江数年，设立义学，以教贫家子弟；设保婴局，以抚养无靠之孩童；又立义仓，积谷防饥，随时赈济；并立善堂，以赠医施药，居民无不歌功颂德。又设宣讲所，劝民以大义，人民多受感化，积五六年无有构讼者。每月分四次，在四城亲自演说。居民皆呼为林侯爷，没有一人唤及林启荣名字者。林启荣又能敬老爱幼，每届冬至前后，必预期布告，置酒款宴乡老，凡年六十以上者，皆得与会，故每次赴宴者，常至千或数百人。又设恤孀局，凡夫死妇人无依，一届岁暮，即按名赒给。以故九江城内军民人等，无不悦服。林启荣又善于将将，所有部将皆称为兄弟，既不爱惜金钱，又好归功部曲，将校多乐为用。且能与士卒同甘苦，慰问死伤，待如子弟。因此镇守九江数年，最得人爱戴。每有战事，莫不甘为效死。那林启荣既优待一体军民，自士卒以至居民，皆共相守望。

又知九江为重要之地，敌人在所必争。于太平天国六年，增凿四门河道，引水入城，以防断绝水道；又垦辟荒地，令军士屯田，且与业户税田开耕，以裕粮草，务使九江城内，常有两三年的饷项；复开辟铁炼局，制造器械，遂使九江一城，无物不备。种种计划，久为清将所知，以至曾国藩亦常称林启荣为林先生，景仰极切。此次曾国藩会合五路，来攻九江，前后数战，损伤二万余人，于是从胡林翼之策，围困九江，志在断绝九江交通，以望九江粮械当有断绝之日。不料林启荣既筹备在先，防患未然，故虽被困日久，九江全无损害。

官文一发纳闷，又与诸将计议。李续宜道："攻之不克，困之不能，惟有挑选死士，自为一军，以与林启荣决个生死耳。"官、曾、胡三人，至是亦无别法，急下令军中募死士二千人，分为四队，每队五百人，欲冒死至城垣焚之。其愿充此役者，死后恤银二百；伤者恤银五十；若不死不伤，每人奖银十两，以资鼓励。此令一下，约三日后，已募得二千人，准备行事，而以大军为后继。

那林启荣见清兵三日不出，料其必有异谋，急令军士小心防备。时九江居民，见九江被困，多愿出营助力。林启荣大喜，乃令乡民备任工役，将一切兵士，尽作防战，增携火器，以为对付。到次日，果见清兵前队人数不多，分四路而来，大军则随后拥护继进。林启荣见之，谓左右道："彼前驱小队，殆将冒险誓死以来矣！"即下令军中，休令敌兵前队近城，凡见火器可及，即掷火焚之。军士得令，果见清兵前队，每约五百人，并无长枪，各携短火，另负小包而来，至是已知清兵志在焚城。惟林启荣已令军士，先掷火器，从远焚之。还亏林启荣平日训练军士，却另有两法：一是令军士由高跳下，或由下跃高，初则由二三尺或四五尺，渐至丈余，皆可跳跃；一是令军士抛掷物件，使能及远，视所掷之物重量若干，看掷得最远者，即受上赏。军中练习有素，故那时抛掷火器，皆能及远。当清兵前队犹未至城下，已多被林军火器所焚。唯是时清兵前队亦能冒险，皆冲火林而进，把纵火之物，向城垣掷来。这一场算是火战，两军烟火熏天，喊声动地。清兵所掷火器，还是不多，固前队各五百人，多已先为林军烧毙。林启荣令军士一面掷火，一面发枪发炮，清兵死伤极众。鄂督官文见焚不着九江城垣，急令发炮攻击。少时清兵火器亦尽，火烟散处，已见尸骸遍地。惟林启荣一军，仍不住抛掷火器，清兵死伤山积。胡林翼见势不佳，急下令退军。计是役，清兵死伤万余，巡抚李续宜亦被枪弹击伤左腿，其余各路部曲，亦死伤数千人，林启荣军中，亦死伤二千余人。自辰至申，历战八句钟，方始收军。

林启荣知清军损伤更众，唯本军亦死伤二千余人。自念清军在外，即死伤众多，亦易催救，惟自己在城内，死一千即少一千，乃飞报各道，催取救兵。奈金陵被胜保等所扰，洪秀全不肯放李秀成离去金陵，陈玉成、李世贤又各被牵制。李秀成乃飞报李世贤力当各路，使抽出黄文金往救九江而去。

惟官文等败后，觉叠次进攻，皆徒损人马，未尝攻得九江要害，乃大集诸将计议，胡林翼道：“斗智斗力，林启荣皆足以拒吾。今唯有开地道，埋地雷，以炸之耳。”曾国藩道：“彼拒御极能，安能埋藏地雷乎？”胡林翼道：“今当令三军步步为营，节节而进，一面攻城，一面掘通地道以炸之可也。”官文道：“恐兵士损伤过多，不得不退，是地道反无成矣。”胡林翼道：“此易事耳。前军宜结阵坚固，阳作攻城，以专从事于地道。四门皆用此法，以林启荣不能出而求战，即不能伤我地道工兵矣。”说罢，诸将皆以为然。乃每日必分兵攻城，先固前阵，虚作进势。

林启荣在城楼上观望，不觉面为变色，暗谓部将元戒道：“敌人非直进攻，殆有预谋也。观其后营，尘头大起，往来挤拥，是从事于地道无疑。此次若无外援，九江危矣。”说罢，欲就近飞催李世贤来救。怎奈四城被围得铁桶相似，不能杀出，又日望救兵不至，林启荣闷极，猛思一计，忽令三军亦从城内开掘地道，以透出城外，直逾城外长濠，在地穴中，排以铁板，并累以巨石，以阻清兵地道之策。毕竟清兵人马多众，自屡败后，又复增兵，以数万人从事四城地道。林启荣又不知其着力何处，四城辽阔，反防不胜防，唯日日鼓励三军，以图死战。

那一日大集诸将议道：“今清兵以数十万众，来撼九江，若外援不至，九江必有难守之日。林某受国重寄，当与城存亡。吾实不忍祸诸君，如诸君见事机难挽，请各自图生，另立功名可也。”诸将听得，无不垂泪，皆道：“某等断不忍离将军而去。若九江失守，则将军死忠，吾等死义，亦分也。”说罢大哭，林启荣亦哭。此时林启荣早以死自誓。忽报敌兵已各率大队，猛扑四门，林启荣听得，乃复率兵登城抗守。……（第四十七回）

话说林启荣在九江城内，知道清兵要开掘地道，定计亦从城内开掘以拒之。叵耐清兵人马多众，虽自攻围九江之后，死伤不下四万人，又复陆续增兵，竟将九江东南西北，四面开掘，真令林启荣防不胜防，阻不胜阻。林启荣自知难破此策，因人马不敷分遣，无可如何，日唯盼望救兵，奈救兵依然不至，又唯有以死自誓。

那日报到清兵大队，分四路围攻，林启荣即引兵抵御，还幸士卒用命，各愿受林启荣指挥，并无分毫畏惧。城内居民亦出而相助，或从事工役，或为军人炊爨，不辞劳苦。林启荣见之，慨然下泪道：“有兵如此，有民如此，若吾不与此城共存亡，非人也！”

当时城外清兵枪炮交攻，林军亦率兵以枪炮还击，两军喊杀连天。林军凭高视下，伤毙清兵极众，幸城楼上各有躲身之所，故城内林军，还不大受伤。奈清兵虽死伤枕藉，又陆续加增，并不退后。甫进一程，即扎营停止，不再攻击。林启荣见此情景，知道官文用意，视地道所至，为进攻之程。欲不住抵攻清兵，又恐枪弹不继，心极焦急，唯督兵猛力开掘地穴，以阻清兵地道政策而已。

是时城内守兵已逐渐稀少，因死伤数千人，虽仅在清兵死伤十分之一，但一来城内守兵，只约二万人，除死伤外，只存万余人；二来城已被围，凡死伤之人，其尸首无由出城安葬，只埋诸城内地道，且尸首久停，遂成疠疫。从前林启荣所设赠医局，皆应接不暇，或兵或民，日中死者常数百人，病者不计其数，药肆几为之一空。从前只准备粮食，哪有准备药材？因是居民大为惶恐。

林启荣意殊不忍，欲图自尽，任军民献城。惟一切军民，皆不愿见林启荣自尽，于是病者多讳言疾病。奈死者众夥，林启荣无可如何，乃在城北购民房数十间，辟为空地，以葬死者于一隅。居民一闻此令，皆愿献屋，不愿领价。惟林启荣不忍，饬令给还价值，使另行觅地而居。自此另辟葬地，疫症似乎略减。但此时兵力不免稍疲，惟仍体谅林启荣，各贾余勇，以待救兵。

是时李世贤亦得李秀成文报，着以援应九江。李世贤以苦被左宗棠牵制，不能抽出，乃力当各路，令黄文金驰救九江。那黄文金即引所部人马，直向九江进发，以击李续宜、曾国藩两军之后。清兵以九江救兵已到，心固惶急，又因各处开掘地道，已被林启荣破了两处，清兵更有些灰心。都统舒保乃请诸官文，以九江难克，宜约兵暂退。

是时官文已无主宰，乃商诸胡林翼，林翼大怒道：“吾军到此不易，若即行退兵，恐已死之数万人，亦有怨声也。”乃决议力攻。即令李续宜一军，抽出江忠义；曾国藩一军，抽出周凤山；胡林翼一军，抽出江忠济，共三路合当黄文金。其余诸军，仍悉力攻城。

时林启荣盼得黄文金援兵已到，唯仍不能通进九江，心中已觉无望，又见子弹渐少，兵民皆有倦色，不觉双眼垂泪，唯见一日守一日耳。时清兵所开地道，前后已被林启荣破了数处，压死清兵四五千人，仍从事开掘不已。凡未经林启荣所破之地道，尚有西、北两处，皆藏了炸药。

那日是六月初七日，官文、曾国藩、胡林翼、李续宜引兵齐进，并力环攻四门。林军在城上一齐发枪抵御，清兵死在城下者，又如山积。两军方猛战间，忽然轰天响震，西北城垣陷了百余丈，砖石与血肉腾飞空中。太平人马在西北城者，俱已毙命，尸首掷至半空，清兵死伤更众。官文、胡林翼率兵践尸而进，四出放火，乘势冲杀。

太平兵犹抵死巷战，城内人民亦怒清兵乱杀，皆同在街巷相拒。此时烟焰蔽天，不见人影，但闻喊杀之声，积尸流血，壅塞街衢。太平守将真天侯林启荣先已自尽，其部将李兴隆、元戒、张辉、杜应时、陈官义等二十余人，皆奋力抵杀，力尽而殁，至是九江遂陷。（第四十八回）

品读

本文节选自《洪秀全演义》第四十七回《曾国藩会兴五路兵　林启荣尽节九江府》与第四十八回《龙虎战大破陈玉成　官胡兵会收武昌府》，主要叙述林启荣率领太平军将士坚守九江、抗击清军、慷慨就义的故事。九江是太平天国长江防线至关重要的城市。九江若破，则下游的安庆势必难保；安庆失陷，则天京将无险可守。对于九江的战略地位和重要意义，交战双方都心知肚明，所以曾国藩纠集五路大军，十万余众，会攻九江，志在必得；林启荣也对部下说道：“清兵此来，不啻以全国大兵与吾决生死矣。不特五路之众，大兵十余万，战将百余员，为争九江，即用以牵制各路者，亦皆为九江而设。彼以全国之众，以争吾一九江，吾此次若能破之，彼此后再不敢正视九江矣。”

首次攻城，曾国藩采用了三面围攻、网开一面的策略，试图将林启荣打得弃城而逃。不料，林启荣视死如归，整暇以待。面对来犯之敌，他下令“远者以炮击，行近时即放洋枪，再近者拒以火器”，首仗就让清兵死伤八千余人。

第二次攻城，清军改用“分兵轮班，不住攻击”之法，而林启荣也如法炮制；清军又从远处发炮攻城，可是九江城墙早就被林启荣率众构筑得固若金汤；清军冒死猛进，林启荣则指挥军士“远者炮攻，近者枪击”，“更令以火器掷下，清兵多葬在火坑，计又死去七千余人”。

第三次攻城，清军开始四面围攻，并想借此切断九江对外联系。林启荣先是以诈降之计，火烧敌军水师，接着又趁清军攻力已缓，主动出兵直劫清军大营，清军猝不及防，死伤五千余人，败走三十余里。

三次攻城，清军损失惨重，导致清将丧失斗志，萌生退心。胡林翼赶来献计，“一面慰告诸将，以激起其雄心；一面将九江围困，断彼交通之路”，等到“九江城内粮械绝尽，然后乘之”。可是，清军历攻两月，仍无成效。

为何九江如此久攻不克？一方面是因为林启荣多谋善断，随机应变，指挥有方；另一方面则因“林启荣最得人心”，驻守九江以来，不仅“与地方缙绅款洽”，而且亲民爱民，赈贫恤寡，崇教移风，敬老爱幼，“且能与士卒同甘苦”，因而军民一心，“莫不甘为效死”。又加上他一向注重构筑城防，平时垦荒屯田，又设铁炼局，“制造器械，遂使九江一城，无物不备”。

清军因九江“攻之不克，困之不能”，于是又组织敢死队，冲锋陷阵，志在焚城。无奈林军训练有素，擅长抛掷火器，清兵死伤万余，再次败退。

清军又用挖地道、埋地雷之法，步步逼近，轰炸城墙。林启荣也想以彼之道，还施彼身，无奈清军从四面八方穴地而进，林实不知从何处发力据之。于是，在外无救援、守兵日减、疠疫流行，清军又四面穴地、埋雷轰炸的情况下，九江城终于失守，林启荣本人也在城破后慨然尽节。而城内军民，则奋死巷战，竟无一愿意降服，清将胡林翼看到如此悲壮的场面，亦“不禁下泪，乃谓左右道：‘不意林先生结得人心一至如此，古所未闻也！’”

小说将林启荣领导的九江保卫战写得层次分明、跌宕起伏、惊心动魄，有力地彰显了林启荣坚忍无匹、智勇兼备、奋不顾身、视死如归的英雄气概和“德泽及于闾阎，声名闻于敌国”的人格魅力，热情地赞扬了九江城军民一心、不怕牺牲、奋勇杀敌、誓与城池共存亡的大无畏精神。读后，令人热血沸腾，深受太平军将士为反清事业舍生取义之革命精神的感染。

小说还通过清军将帅对林启荣的敬畏之情，侧面烘托了林启荣的军事才干与人格情操。如曾国藩、胡林翼、左宗棠等，都称林启荣为林先生，不呼其名。曾国藩曾慨叹：“林启荣之坚忍，吾辈不能及也。”左宗棠也说：“吾敢以孤军与百万之众战于沙场，不敢以本部与林启荣决胜负于九江城外。”

作者还赋诗赞道：“智勇真无匹，将军本绝伦。奇才摧大敌，遗爱及斯民。身与城俱碎，心同石不磷。古今谁似汝，惟有一张巡。”

六、李秀成大败曾国藩

——《洪秀全演义》选段六

李秀成乃部署人马，以赖文鸿为先锋，以古隆贤、陈坤书为副将，带同部将部永宽、陈赞明、黄子隆、蔡元隆、汪安均、汪大成等及补王莫仕葵、首王范汝曾，共大军六万余人，由潜山而下。先传令安庆守将陈得才、张朝爵，准备舟楫渡河；又飞令堵王黄文金，由江西接应，以防半渡被击。一路旌旗蔽野，枪械如林，浩浩荡荡，声言欲夺九江，望南而下。

早有消息报入曾国藩军中，国藩即与诸将计议道："吾正欲进窥安庆，今李秀成以大兵先争九江，是先发制人之计耳。吾料李秀成未能一刻忘九江也。将以何计御之？"彭玉麟道："九江城未复，恐难固守。不如候其渡江之时，于半渡击之，则江西无事矣。"杨载福道："敌人渡江，必分军而渡，吾将于何处御之，尚在难定。今秀成此来，志在必胜，且军势浩大，若与交兵，胜负难决。不如飞文湖北，请官、胡二人，调鲍超一军，径入秀成之后，若幸而得胜，即不待渡江，而秀成已退矣。"曾国藩道："二公之言，亦有见地，但所筹只在未战之前。设李秀成竟能渡江，与我求战，又将奈何？"部将周凤山道："兵来将挡，水来土掩。九江虽无险阻，未尝不可一战。秀成远来疲惫，亦易与耳。今当分为十数路，使之接应不暇，而以大军为后继。若得十数路中，胜负俱半，即以大军乘之，亦将全胜矣。"曾国藩乃从其计。一面飞文湖北，请胡林翼调鲍超，以要秀成之后；却令彭玉麟尽统水师，以阻秀成渡江；再令部将杨载福转统陆军，并部将周凤山、周天培、张运兰、吴坤修、江忠泗，各统兵三千人，分屯九江，以备交战；自己却与刘崇佑、刘连捷、萧启江、普承尧等，尽统大军，由湖口相继而进；又令南康知府沈葆桢分兵出瑞昌界，为九江后援。

分拨既定，李秀成知曾国藩重防九江，大喜道："吾今番必得成功矣。"乃急令陈玉成故作南下之势，以防鲍超东来，且兼顾安庆。时太平大将雷焕、张祖元方由南昌驻军饶州，秀成急派飞马传报黄文金，檄令雷焕、张祖元之众沿南康先握九江下游。部将汪安均道："忠王非趋九江，而必令雷焕、张祖元独赴九江，何也？"秀成道："正以此坚曾国藩之心，以为吾必赴九江耳。"说罢，又令苏招生、陆顺德以水师压湖口，以阻彭玉麟。遂引大军风驰电卷而下，沿望江直渡彭泽，所有船只都是陈得才、张朝爵准备在先，故安然而渡。彭玉麟上游水师，皆为苏招生、陆顺德所压。

时曾国藩听得彭泽告警，乃惊道："李秀成扬言欲攻九江，今非攻九江也，吾中计矣！"便欲移兵而东。忽报黄文金引兵来攻湖口，同时九江各地，又报雷焕、张祖元引兵大至。曾国藩情知中计，但此时已不能移兵，乃督令诸将，奋力战退黄文金。同时九江诸将，亦将太平将雷焕、张祖元两路人马杀退。不料两地交战间，李秀成大队已渡过彭泽矣。

曾国藩此时不敢东进，亦不能退，乃将九江人马留周天培守九江，余外尽移至湖口，以图应敌；一面令彭玉麟引水师泊于江岸以防太平水军，而号令各路陆军与秀成交战。以杨载福为前部，而以张运兰、吴坤修、江忠泗、周凤山分为四路，自与诸将为中军。部将刘崇佑道："敌人虽重屯兵于彭泽，然安知不再调人马，另取九江？设九江有警，周天培一人，必守九江不住也。"曾国藩道："吾本欲鲍超一军，急袭秀成后路，今秀成已渡江，吾料鲍超亦趋九江矣。"

正说间，探马飞报太平将英王陈玉成现会合捻党苗沛霖，又得大兵数万，已离潜山，直下宿松，要与鲍超决战。今鲍超现驻宿松一带，若一经离开，恐陈玉成将复进湖北，故鲍超不能来矣。

曾国藩听得，觉少了鲍超一军，九江更危，乃问部将，谁肯助守九江。赵景贤道："某昔蒙李秀成不杀，纵回本国，仍得效力于麾下。某曾说过，此后不复与秀成交锋以报之。今大敌当前，愿诸公立功沙场，某愿以本部，前往助守九江，望大帅原谅。"曾国藩听罢许之。原来赵景贤自得李秀成省释之后，以不复与李秀成交锋一语，颇为当道不喜，特以其有用，故仍留之，因此迭著战功，仍屈为道员，至是乃派守九江一地。

是时李秀成已知曾国藩檄调九江各路，前来助战，即令黄文金兼统雷焕、张祖元之众，往蹑九江，乘间回截湖口，一面进兵，与曾国藩交战；仍令赖文鸿为先锋，独挡杨载福；却令古隆贤、陈坤书、莫仕葵、范汝曾，分当各路清兵；自与诸将共攻曾国藩。并下令道："若前军足敌曾国藩各路，吾自可以破曾国藩矣。"复令部将部永宽、陈赞明为各路援应。分拨既定，以明日五更造饭，平明进兵。

时曾国藩久知李秀成用兵算无遗策，已自知不敌，先把困难情形报知家乡。原来曾国藩性情固执，在营中无论如何多事，皆每日必写一家书，或某日不暇，则下日补之，习以为常。此时所写之函，已有安危不知、性命不计之语，盖自知必败，但不能遽退，亦号令三军，准备迎敌。

部将刘连捷道："吾军势力不弱于李秀成，但近见大帅若忧形于色，何也？"曾国藩道："古人说得好：一子错，全盘皆乱。李秀成扬言欲争九江，吾据探报即信之。至今吾方重顾上流，而秀成已安稳渡江。军心气沮，欲胜难矣。然兵法云，置诸死地而后生，务望诸君奋力可矣。"

正说话间，已报李秀成兵马大至，前部赖文鸿及古隆贤、陈坤书、莫仕葵、范汝曾，亦相继而进，皆望曾军击来。曾国藩即檄诸军速进。于是杨载福、张运兰、吴坤修、江忠泗、周凤山，亦分头抵御。不意秀成一军，已养精蓄锐，且渡江以后，军心更稳。又因九江及二郎河两败之后，秀成欲求一大捷，故下令道："敌人自一胜于九江，再胜于二郎河，其气骄矣。骄者必败，视在诸君奋力耳。"三军得令，无不奋勇。又因秀成平日得人，故军士用命，曾军如何抵挡？

时清将杨载福正与赖文鸿鏖战，后面周凤山、吴坤修等四路亦一齐向前。李秀成即令古隆贤、陈坤书等，亦分四路而出战。时已近辰牌，秀成忽令退兵。杨载福恐其中有诈，已不敢径追。秀成见诱之不动，乃令前军真退，转攻曾国藩大营，而自己反与诸将合击曾军前部。清兵见李秀成旗号，心上早吃一惊，杨载福乃独战李秀成。秀成将本部分而为二，以夹击杨载福，而以部永宽、蔡元隆、黄子隆、汪安均，分敌周凤山、张运兰、吴坤修、江忠泗等。两军喊杀连天。

秀成下令道："彼一路若乱，则诸路俱乱矣。"乃复分部将汪大成，夹攻江忠泗。江军受斜里一击，队伍俱乱。汪大成复引健卒五百人，直捣江军，并传令军中："如吾红旗一举，即齐向敌人主将击射。"于是五百健卒，一齐发枪，江忠泗身被数十弹子，登时毙命。汪大成复以第二队继进，时江忠泗既亡，全部皆不敢恋战，已互相逃窜。汪大成、汪安均乃合击江军，斩首千余，伤者不计其数。

时近午牌，江忠泗既死，汪大成、汪安均既破江军之后，乘势合击周凤山、张运兰、吴坤修等。太平将部永宽更下令道："汪兄弟部下，已斩将立功，诸君不宜落后也！"军士得令，更为奋勇，直攻周凤山一军。

那时周凤山方竭力抵御，忽已报到江忠泗阵亡，江军尽没，周凤山大惊，人人胆落。少时复见张运兰、吴坤修两军，已自退后，为蔡元隆、黄子隆所压。周凤山见各路俱溃，兵士死伤又众，正在不能立足，谁想太平将汪大成、汪安均，已分道抢来，合同部永宽，分三路把周军围定，弹子如雨点而下，周兵死伤更众。

周凤山正待杀出重围，乃亲自擂鼓，督兵向南而去，忽右腕上早着了一颗弹子，痛不可忍，鼓声顿歇。兵士只道主将已亡，一时哗乱。部永宽乘势压之，周军左队两营，皆逃不及，已倒枪投降。部永宽乃尽缴降兵枪械，移诸后军，然后悉力进逼，把周凤山困在垓心，不能得脱。看看太平将汪大成、汪安均又已逼近，时周军部下本有五千人，此时只存二千人左右。

正自危急，突见汪大成后军自乱，只见一队人马，冲过太平兵杀入，乃吴坤修兵也。周凤山遂乘势杀出，并问道："足下何以至此？"吴坤修道："吾与张运兰二军，已为蔡元隆、黄子隆所截，首尾不能相顾，且闻张运兰亦败走矣。吾军被压，不能退后，故至于此。正闻足下被困，特来相救。"于是周凤山亲自当先，令吴坤修在后，奋力杀出。

不意太平人马各路齐到。前有汪大成、汪安均，后有郜永宽，一齐夹击。蔡元隆以既退张运兰之后，又再复来攻杀来。周凤山更四面受敌，料知不能前进，乃与吴坤修约兵退后，转望东而逃，只顾前走，不顾后追，合力杀退郜永宽。此时部下只存千人左右，吴坤修部下所存更不及千人，乃合而为一，望东而奔。

忽见前路喊声又起，原来杨载福一军已为李秀成所败，杨载福只易服杂在军中逃走，其余军士皆东奔西窜。周凤山、吴坤修欲赶上相救，只是后路太平将郜永宽、汪大成、汪安均、黄子隆等四路已卷地杀来。周凤山、吴坤修又不能屯驻，乃与杨载福败兵同逃。

此时队伍全乱，所逃亦无一定方向，唯见路则奔，复被李秀成率诸将大杀一阵。杨载福、周凤山、吴坤修三人，合计所存，不及二千人马，唯落荒而逃。汪安均力请与诸将同追杨载福等，李秀成道："吾志不在捕一无名小卒，而志在捉曾国藩耳。"乃立令诸将会合，仍令赖文鸿为先锋，直捣曾国藩。

是时曾国藩已听得前军已自失利，乃尽提本部大兵，与诸将所部前来接应。忽探马报到，太平将士，如赖文鸿、古隆贤、陈坤书、莫仕葵、范汝曾，共五路人马，每路约四五千人，已一齐攻到，曾国藩大惊道："赖文鸿乃秀成先锋，今已到此，岂吾前军皆已败绩乎？"说罢，心中更惧，唯有号令诸将，准备迎敌。

忽先后又报道，先锋杨载福及周凤山、吴坤修、江忠泗、张运兰，俱已溃败矣。曾国藩听报，乃谓左右道：“五路人马不为弱少，何败之速耶？”此时正不知所措，忽见张运兰奔到，部下只存约千人，多是焦头烂额，见了曾国藩，气喘言道：“前军各路，已尽为秀成人马所破矣，江忠泗且阵亡去也。”曾国藩急问杨载福、周凤山、吴坤修何往，张运兰道：“眼见周、吴二军被压，与末将首尾不相顾，现不知何往。”曾国藩至是唯摇首叹息。

忽听得号角喧天，喊声动地，赖文鸿等五路，一齐拥至，国藩急叫迎敌。不想军士皆如惊弓之鸟，自听得前军各路俱败，已心胆俱裂，一闻号令，唯有勉强接战。赖文鸿乘胜之威，人人奋勇，如何抵敌？陈坤书更下令道：“吾等先与敌人前军接战，未能取胜，今反他人立了头功，吾等有何面目？今唯有竭力以搏一胜耳。”乃引兵一马当先，古隆贤、范汝曾、莫仕葵亦同时继进。

曾国藩令刘崇佑、刘连捷、萧启江、普承尧分敌四路，而以中军副将周天孚，独当赖文鸿，自己亦率人马，为各路声援。唯赖文鸿在秀成军中，枪法著名，准头命中，百无虚发。故周天孚到时，早被赖文鸿窥定，枪声响处，周天孚早已落马而死，于是中军大乱。赖文鸿乘势猛扑，直冲敌阵，如入无人之境。

那时刘崇佑、刘连捷、萧启江、普承尧各路，正与太平人马相持，忽见周天孚全军俱溃，无不大惊。曾国藩当调军来救时，方虑各路俱败，实因所在战场不好，诚惧一经同败，更无退路，故那时极欲奋战。怎奈周天孚阵亡之后，三军已自惊惧。

忽然李秀成大队又至，陈坤书、古隆贤等更为得势，各军加倍奋力。刘崇佑、刘连捷、萧启江、普承尧各军，立足不住，皆望后而退。李秀成率大军，拥入混战。一来太平人马奋勇，二来乘胜之威，三来此时兵数已数倍于清军，清军如何抵敌？曾国藩已先自逃走，诸将亦随后俱退。

秀成号令三军："一齐追赶，如捉得曾国藩者，赏银五万，位列公侯。"诸将一闻此令，更为奋勇。赖文鸿率兵，当先冲进，直向清军中来，要寻曾国藩。刘崇佑恐曾国藩有失，急以兵随曾国藩之后，力挡赖文鸿。那赖文鸿急提枪猛击，刘崇佑左腿上早已被伤，只得策马奔逃，其军亦纷纷乱窜。赖文鸿更不理会，只令降者免死，即直冲清兵而过。

是时漫山遍野，皆是太平兵马，清兵除降者死者，唯东奔西撞。秀成惟率诸将直追，忽见首王范汝曾，带伤而回，秀成急问其故，范汝曾道："某正追赶萧启江，看看赶上，方欲发枪，不意面上先着了一颗流弹，故此先回。"秀成即令回营养伤，自率大军前进。

突见一队人马，秀成问之，乃普承尧败兵也。因普承尧已带亲兵先逃，故军中无主，特地投降。秀成令尽缴其军械，褫下号衣，安置在后，令本部亲兵穿着，扮作普承尧败兵，直蹑曾国藩而来。中途却先遇刘连捷。那些扮着普军的太平人马，不知秀成志在单捉曾国藩，竟乘势杀起来，刘连捷一军，也被杀去大半。刘连捷亦仓皇奔遁。秀成见之叹息："吾此计欲捉曾国藩，今却大题小做矣！"说罢，仍督兵奋追。

时古隆贤、陈坤书、莫仕葵等各军，皆如入无人之境，但闻清兵已呼天叫地。赖文鸿一军，更在秀成之前，远望曾国藩旗号，早已不舍。国藩正人困马乏，忽见刘崇佑负伤而至，即道："后路皆是敌军，吾军已覆去大半矣，速宜逃走。"说罢，后面喊声渐近，国藩叹道："吾今番死矣！"

正说话间，却见周凤山、吴坤修赶到，只存些少败残人马，护着曾国藩而逃。时曾国藩不暇问及败兵之事，只顾奔走。周凤山道："吾等败后，已落荒而逃，适见后军又败，故引残兵至此。今不特赖文鸿追到，即李秀成大军，亦追近矣。战力既失，彼来势更猛，宜早作区处。"曾国藩道："能逃则逃，否则死之，吾身断不可辱也！"

不料说犹未了，已见前途尘头大起，忽有一队人马拥至，截住去路，乃太平大将堵王黄文金也。曾国藩见了，魂飞魄散。前面既有黄文金，后路又有李秀成及诸将卷地追来，此时清兵皆如七断八续，已毫无次序。曾国藩前后受迫，传令暂歇于小山之上，自料必死。正在急迫之际，已见张运兰奔到，即言道："前后大兵至矣，现彭玉麟方引水师，屯于岸边，大帅速下兵船逃生，否则危矣！"曾国藩听得，即引败残兵马，望北奔来，随后刘崇佑、刘连捷、萧启江、普承尧亦陆续赶到，乃一同奔走。

不多时，李秀成大军掩至，清兵皆如波开浪裂。太平人马皆大叫："休走了曾国藩！"曾国藩更惊，不觉把鞭坠地，幸左有张运兰，右有吴坤修，保着同逃。曾国藩道："吾兵至岸边时，若被秀成掩至，则不知死所矣！"乃教普承尧、萧启江与诸部将竭力断后，然后与吴坤修、张运兰，同奔兵船逃走。

随后李秀成、黄文金追到，复大杀一阵，清兵已所存无几，清军诸将皆夺路而逃，独不见了曾国藩。后得降兵相告，知道曾国藩在水师逃命。李秀成见多杀无益，即传令收军。

计这一场战事，清兵统领以下将校，死伤数十员，军士约死伤三万人，降者万余。李秀成大获全胜，诸将乃请进兵九江，李秀成道："今日九江，非昔日可比。吾国得之，在昔日固倚为长城，以足以阻清兵来往要路也。今则九江已绝无险要可守。今日攻之，诚如摧枯折朽，留重兵守之，则徒费兵力。否则今日得之，明日即失矣，徒损军威无补也。"莫仕葵道："然则今日大胜，又将焉往？"李秀成道："吾军以北伐为主，其未得间而往者，固由天王之徒顾东南半壁，亦由敌军之每以兵力困余也。今曾国藩大败，湖北诸军将再出安徽矣，故速宜回顾皖省也。"说罢，乃令黄文金仍留江西，以分左宗棠兵力；并令雷焕、张祖元之众并属诸黄文金，以厚兵力。然后报捷南京，复引大队渡江，再回安徽境界而去。

品读

本文节选自《洪秀全演义》第四十九回《救九江曾国荃出身　战三河李续宾殒命》，叙述李秀成设计在江西湖口大败曾国藩的故事。在此之前，太平军已先败于九江，再败于二郎河，丧兵失地，军心大乱，士气空前低落，因此李秀成急欲求战于曾国藩，希望通过一次大捷，扭转战场颓势，稳住人心，一来可壮天王之胆，二来也好为太平军继续北伐创造机会。

那么如何引出曾国藩的主力，与之交锋呢？李秀成巧妙地采用了声东击西、引蛇出洞之计，通过佯攻九江，使曾国藩误判，引兵援应九江，然后安排太平军在九江东边的湖口将曾氏大军困住，使其进退失据，不得已檄调九江各路兵马前来助战。曾氏上当之后，李秀成再采取围点打援之计，一面调兵遣将，分挡各路清军，一面则亲自率军，激励士气，围攻曾国藩。

而在进攻过程中，李秀成又灵活采用各种战术，以应对瞬息万变的战斗形势。先是令前军佯败退走，诱敌入彀；见计不成，又分兵夹攻江忠泗一路，等击溃此一路之后，再一鼓作气，乘胜合击周凤山等部，直杀得清军东奔西逃，溃不成军；接着，他又采用“擒贼先擒王”之计，合兵五路，直捣曾国藩，“一来太平人马奋勇，二来乘胜之威，三来此时兵数已数倍于清军”，所以清兵望风披靡。李秀成又让部下换上俘虏盔甲，意在瞒过清兵，单捉曾国藩，不料部下未会其意，见到清兵，又乘势杀将起来，导致此计未能奏效。太平军诸将漫天卷地，追击曾国藩，使其不时发出绝望的哀号：“吾今番死矣！”“能逃则逃，否则死之，吾身断不可辱也！”听到太平军大叫“休走了曾国藩”，更是惊得马鞭坠地，魂飞魄散。若不是清军彭玉麟率水军赶来营救，曾国藩定然死无葬身之地。经此一仗，“清兵统领以下将校，死伤数十员，军士约死伤三万人，降者万余”。

湖口之战充分展现了李秀成的雄才大略。他善于审时度势，制定正确的战略决策，又能够因变制宜，灵活运用各种战术，堪称太平天国最有军事才华的一代战神。曾国藩与之相比，实在是相形见绌，也深知“李秀成用兵，算无遗策”，尚未开战，便“自知必败”；而开战之后，则惊慌失措，狼狈逃窜。

小说主要从李秀成一边写起，重点表现他多谋善断、指挥若定的领袖风采，突出太平军勇往直前、摧枯拉朽的英雄气势。其叙事快捷，笔力纵横，读之令人荡气回肠。经此一役，太平军成功地粉碎了曾国藩夺取九江后直捣天京的战略企图，扭转了战场上的被动态势，是太平军西征的一个转折点。

七、用心计欺舅谋库书

——《廿载繁华梦》选段一

喂！近来的世界，可不是富贵的世界吗？你来看那富贵的人家，住不尽的高堂大厦，爱不尽的美妾娇妻，享不尽的膏粱文绣，快乐的笙歌达旦，趋附的车马盈门。自世俗眼儿里看来，倒是一宗快事。只俗语说得好，道是："富无三代享。"这个是怎么原故呢？自古道："世族之家，鲜克由礼。"那纨绔子弟，骄奢淫佚，享得几时？甚的欺瞒盗骗，暴发家财，尽有个悖出的时候。不转眼间，华屋山丘，势败运衰，便如山倒，回头一梦。百年来闻的见的，却是不少了。

而今单说一位姓周的，唤做庸祐，别号栋臣。这个人说来倒是广东一段佳话。若问这个人生在何时何代，说书的人倒忘却了，犹记得这人本贯是浙江人氏，生平不甚念书，问起爱国安民的事业，他却分毫不懂。唯是弄功名、取富贵，他还是有些手段。常说道："富贵利达，是人生紧要的去处，怎可不竭力经营？"以故他数十年来，都从这里造工夫的。他当祖父在时，本有些家当，到广东贸易多年，就寄籍南海那一县。奈自从父母没后，正是一朝权在手，财产由他挥霍，因此上不多时，就把家财弄得八九了。还亏他父兄在时，交游的还自不少，多半又是富贵中人，都有些照应。就中一人唤做傅成，排行第二，与那姓周的本有个甥舅的情分，向在广东关部衙门里当一个职分，唤做库书。论起这个库书的名色，本来不甚光荣，唯是得任这个席位，年中进项却很过得去。因海关从前是一个著名的优缺，年中措办金叶进京，不下数万两，所以库书就凭这一件事经手，串抬金价，随手开销，或暗移公款，发放收利。其余种种瞒漏，哪有不自饱私囊的道理？故傅成就从这里起家，年积一年，差不多已有数十万的家当。那一日，猛听得姐丈没了，单留下外甥周庸祐，赌荡花销，终没有个了期。看着他的父亲面上，倒是周旋他一二，才不愧一场姻戚的情分。况且库书里横竖要用人的，倒不如栽培自己亲朋较好。想罢，便修书一封，着周庸祐到省来，可寻一个席位。

这时，周庸祐接了舅父的一封书，暗忖在家里料然没甚么好处，今有舅父这一条路，好歹借一帆风，再见个花天锦地的世界，也未可定。便拿定了主意，把家产变些银子傍身，草草打叠些细软。往日欠过亲友长短的，都不敢声张，只暗地里起程，一路上登山涉水，望省城进发。还喜他的村乡唤做大坑，离城不远，不消一日，早到了羊城。但见负山含海，比屋连云，果然好一座城池；熙来攘往，商场辐辏，端的名不虚传！周庸祐便离舟登岸，雇了一名挑夫，肩着行李，由新基码头转过南关，直望傅成的府上来。到时，只见一间大宅子，横过三面，头门外大书“傅寓”两个字。周庸祐便向守门的通个姓名，称是大坑村来的周某，敢烦通传去。那守门的听罢，把周庸祐上下估量一番，料他携行李到来，不是东主的亲朋，定是戚友，便上前答应着，一面着挑夫卸下行李，然后通传到里面。

当下傅成闻报，知道是外甥到了，忙即先到厅上坐定，随令守门的引他进来。周庸祐便随着先进头门，过了一度屏风，由台阶直登

《廿载繁华梦》插图

正厅上，早见着傅成，连忙打躬请一个安，立在一旁。傅成便让他坐下，寒暄过几句，又把他的家事与乡关风景问了一会，周庸祐都糊混答过了。傅成随带他进后堂里，和他的妗娘及中表兄弟姐妹一一相见已毕，然后安置他到书房里面。看他行李不甚齐备，又代他添置多少衣物。一连两天，都是张筵把盏，姻谊相逢，好不热闹。

过了数天，傅成便带他到关部行里，把自己经手的事件，一一交托过他，当他是个管家一样。自己却在外面照应，就把一个席丰履厚的库书，竟像他一人做起来了。只是关部的库书里，所有办事的人员，都见周庸祐是居停的亲眷，哪个不来巴结巴结？这时只识得一个周庸祐，哪里还知得有个傅成？那周庸祐偏又有一种手段，却善于笼络，因此库书里的人员，同心协谋，年中进项，反较傅成当事时加多一倍。

光阴似箭，不觉数年。自古道："盛极必衰。"库书不过一个书吏，若不是靠着侵吞鱼蚀，试问年中如许进项，从哪里得来？不提防来了一位姓张的总督，本是顺天直隶的人氏，由翰林院出身，为人却工于心计，筹款的手段，好生了得。早听得关部里百般舞弊，叵耐从前金价很平，关部入息甚丰，是以得任广东关部的，都是皇亲国戚，势力大得很，若要查究，毕竟无从下手，不如舍重就轻，因此立心要把一个库书查办起来。

当下傅成听得这个风声，一惊非小，自念从前的蓄积，半供挥霍去了，所余的都置了产业，急切间变动却也不易。又见查办拿人的风声，一天紧似一天，计不如走为上着。便把名下的产业，都糊混写过别人，换了名字，好歹规避一时。间或欠人款项的，就拨些产业作抵，好清首尾。果然一二天之内，已打点得停停当当。其余家事，自然寻个平日的心腹交托去了。正待行时，猛然醒起：关部里一个库书，自委任周庸祐以来，每年的进项不下二十万金，这一个邓氏铜山，倒要打点打点。虽有外甥在里面照应将来，但防人心不如其面。况且自己去后，一双眼儿看不到那里，这般天大的财路，好容易靠得住，这样是断不能托他的了。只左思右想，总没一个计儿想出来。那日挨到夜分，便着人邀周庸祐到府里商酌。

周庸祐听得傅成相请，料然为着张总督要查办库书的事情了，肚子里暗忖道：此时傅成断留不得广东，难道带得一个库书回去不成？他若去时，乘这个机会，或有些好处。若是不然，哪里看得甥舅的情面？倒要想条计儿，弄到自己的手上才是。想罢，便穿过衣履，离了关部衙门，直望傅成的宅子去。

这时，傅成的家眷早已迁避他处，只留十数使唤的人在内。周庸祐是常常来往的，已不用通传，直进府门到密室那里，见着傅成，先自请了一个安，然后坐下。随说道："愚甥正在关部库书里，听得舅父相招，不知有什么事情指示？"傅成见问，不觉叹一口气道："甥儿，难道舅父今儿的事情，你还不知道么？"周庸祐道："是了，想就是为着张大人要查办的事。只还有愚甥在这里，料然不妨。"傅成道："正为这一件事，某断留不得在这里。只各事都发付停妥，单为这一个库书，是愚舅父身家性命所关系，虽有贤甥关照数目，只怕张大人怒责下来，怕只怕有些变动，究竟怎生发付才好？"

周庸祐听罢，料傅成有把这个库书转卖的意思。暗忖张总督这番举动，不过是敲诈富户，帮助军糈。若是傅成去了，他碍着关部大臣的情面，恐有牵涉，料然不敢动弹。且自己到了数年，已积余数万家资，若把来转过别人，实在可惜。倘若是自己与他承受，一来难以开言，二来又没有许多资本。不如催他早离省城，哪怕一个库书不到我的手里？就是日后张督已去，他复回来，我这时所得的，料已不少。想罢，便故作说道："此时若待发付，恐是不及了。实在说，愚甥今天到总督衙里打听事情，听得明天便要发差拿人的了，似此如何是好？"傅成听到这里，心里更自惊慌，随答道："既是如此，也没得可说，某明早便要出城，搭轮船往香港去。此后库书的事务，就烦贤甥关照关照罢了。"说罢，周庸祐都一一领诺，仍复假意安慰了一会。是夜就不回关里去，糊混在这宅子里，陪傅成睡了一夜。一宿无话。

越早起来，还未梳洗，便催傅成起程，立令家人准备了一顶轿子，预把帘子垂下，随拥傅成到轿里。自己随后唤一顶轿子，跟着傅成，直送出城外而去。那汽船的办房，是傅成向来认得的，就托他找一间房子，匿在那里。再和周庸祐谈了一会子，把一切事务再复叮咛一番，然后洒泪而别。

慢表周庸祐回城里去，且说傅成到了船上，忽听得钟鸣八句，汽筒响动，不多时船已离岸，鼓浪扬轮，直望香港进发。将近夕阳西下，已是到了。这时香港已属英人管辖，两国所定的条约，凡捉人拿犯，却不似今日的容易。所以傅成到了这个所在，倒觉安心，便寻着亲朋好住些时，只念着一个库书，年中有许多进项，虽然是逃走出来，还不知何日才回得广东城里去，心上委放不下。况且自己随行的银子却是不多，便立意将这个库书，要寻人承受。

偏是事有凑巧，那一日正在酒楼上独自酌酒，忽迎面来了一个汉子，生得气象堂堂，衣裳楚楚，大声唤道："傅二哥，几时来的？"傅成举头一望，见不是别人，正是商人李德观。急急的上前相见，寒暄几句。李德观便问傅成到香港什么缘故。傅成见是多年朋友，便把上项事情，一五一十的对李德观说来。德观道："老兄既不幸有了这宗事故，这个张总督见钱不眨眼的，若放下这个库书，倚靠别人，恐不易得力。老兄试且想来。"傅成道："现小弟交托外甥周庸祐在内里打点。只行程忙速，设法已是不及了。据老兄看来，怎么样才好？"李德观道："足下虽然逃出，名字还在库书里，首尾算不得清楚。古人说：'一不做，二不休。'不如把个库书让过别人，得回银子，另图别业，较为上策。未审尊意若何？"傅成道："是便是了，只眼前没承受之人，也是枉言。"德观道："足下既有此意，但不知要多少银子？小弟这里，准可将就。"傅成道："彼此不须多说，若是老兄要的，就请赏回十二万两便是。"德观道：

"这没打紧。但小弟是外行的，必须贵外甥蝉联那里，靠他熟手，小弟方敢领受。"傅成道："这样容易，小弟的外甥，更望足下栽培。待弟修书转致便是。"德观听了，不胜之喜。两人又说了些闲话，然后握手而别。

不想傅成回到寓里，一连修了两封书，总不见周庸祐有半句回复，倒见得奇异。暗忖甥舅情分，哪有不妥？且又再留他在那里当事，更自没有不从。难道两封书总失落了不成？一连又候了两天，都是杳无消息。李德观又来催了几次，觉得没言可答，没奈何，只得暗地再跑回省城里，冒死见周庸祐一面，看他怎么缘故。谁想周庸祐见了傅成，心里反吃一惊，暗忖他如何有这般胆子，敢再进城里来？便起迎让傅成坐下，反问他回省作甚。傅成愕然道："某自从到了香港，整整修了几封书，贤甥这里却没一个字回复，因此回来问问。"周庸祐道："这又奇了，愚甥这里却连书信的影儿也不见一个，不知书里还说甚事？可不是泄漏了不成？"傅成见他如此说，便把上项事情说了一遍。周庸祐道："这样愚甥便当告退。"傅成听罢大惊道："贤甥因何说这话？想贤甥到这里来，年中所得不少，却不辱没了你。今某在患难之际，正靠着这一副本钱逃走，若没有经手人留在这里，他人是断不承办的了。"周庸祐道："实在说，愚甥若不看舅父面上，早往别处去，恐年中进项，较这里还多呢。"傅成听到这语，像一盆冷水从头顶浇下来，便负气说道："某亦知贤甥有许大本领，只可惜屈在这里来。今儿但求赏脸，看甥舅的面上就是了。"周庸祐道："既是这样，横竖把个库书让人，不如让过外甥也好。"傅成道："也好，贤甥既有这个念头，倒是易事，只总求照数交回十二万两银子才好。"周庸祐道："愚甥这里哪能筹得许多，只不过六万金上下可以办得来。依舅父说，放着甥舅的情分，顺些儿罢。"

傅成听罢，见他如此，料然说多也不得，只得说了一回好话，才添至七万金。说妥，傅成便问他兑付银子，周庸祐道："时限太速，筹措却是不易，现在仅有银子四万两上下，舅父若要用时，只管拿去，就从今日换名立券。余外三万两，准两天内汇到香港去便是。愚甥不是有意留难的，只银两比不得石子，好容易筹得，统求原谅原谅，愚甥就感激的了。”当下傅成低头一想，见他这样手段，后来的三万两，还恐靠他不住。只是目前正自紧急，若待不允，又不知从哪里筹得款项回去，实在没法可施，勉强又说些好话。奈周庸祐说称目前难以措办。没奈何傅成只得应允，并嘱道：“彼此甥舅，哪有方便不得。只目下不比前时，手上紧得很，此外三万两，休再缓了时日才好。”周庸祐听罢，自然允诺，便把四万两银子给了汇票，就将库书的名字，改作周耀熊，立过一张合同。各事都已停妥，傅成便回香港去。正是：

资财一入奸雄手，姻娅都藏鬼蜮心。

品读

本文节选自《廿载繁华梦》第一回《就关书负担访姻亲　买职吏匿金欺舅父》。小说主人公周庸祐原本是一个富家子弟，父母离世后，将家产挥霍殆尽，变成了破落户。幸亏在粤海关做库书的舅父傅成，不忍见他落魄不羁，就拉扯了他一把，安排他进了海关，代自己处理库书事务。

粤海关主要负责征收海外贸易关税，富可敌国。粤海关监督一般由皇亲国戚担任，而库书则是负责关税册籍登记、账目核算等业务的书吏，虽然是个小角色，但平时靠“串抬金价，随手开销，或暗移公款，发放收利”来“自饱私囊”。傅成就是靠做库书积累了数十万的家当。周庸祐接手库书事务后，善于笼络他人，与同事“同心协谋，年中进项，反较傅成当事时加多一倍”，不数年“已积余数万家资”。可见，他很会投机取巧、结党营私。

两广总督张之洞上任后，为筹军饷，要拿库书开刀。傅成见势不妙，跑到香港避风头。周庸祐见有机可乘，就想把库书职位弄到手。傅成一连修书两封给他，说要将库书以十二万两银子转卖给商人李德观，可是周庸祐故意不回信。等傅成冒险回来找他，他先以“告退”来为难傅成，接着又说“愚甥若不看舅父面上，早往别处去，恐年中进项，较这里还多呢”，然后才说他想接任库书，但又以手头钱不多，将价钱压到七万，并且当时只能给付四万。后来，傅成问他讨要剩下的三万，他就找各种借口，拒不还款。可见，这是一个工于心计、忘恩负义、唯利是图、不择手段的奸雄类人物。不过，也正因为他见利忘义、手段高明，他才能攫取巨额财富，后来变成一个买办型的官商巨富。

八、拜恩命伦敦任参赞

——《廿载繁华梦》选段二

话说潘学士劝令同周庸祐预备礼物，好来拜谒王爷。周庸祐就猛然想起自己在上海携带了两个绝色的佳人，又随带有二十来万银子，正好作为进见王爷之礼，因此拜托潘学士寻条门路，引进王爷府去。那时正是宁王当国、权倾中外的时候，王府里就有一位老夫子，姓江名超，本贯安徽的人氏，由两榜翰林出身，在王府里不下数年，十分有权有势，因他又有些才干，宁王就把他言听计从。偏是那王爷为人生性清廉，却不是贪贿赂弄条子的人，惟是有个江超在那里，少不免上下其手，故此求见王爷的，都在江翰林那里入马。叵耐宁王唯江翰林之言是听，所以说人情、求差使的，经过江翰林手上，就没有不准的了。这时潘学士先介绍周庸祐结识江超，那江超与潘学士又是有师生情分，加以金钱用事，自然加倍妥当。

闲话休说。那一日，江翰林正在宁王面前回复公事，因这年恰是驻洋公使满任的时候，就中方讨论何人熟得公法，及何人合往何国。江翰林道："有一位由广东来的大绅，是从洋务里出身的，此人很懂得交涉事情，只是他资格上还不合任得公使，实在可惜。"宁王道："现在朝里正要破格用人，若然是很有才干的，就派他前往，却也不妨。但不知他履历是个什么底子？"江翰林道："正为此事，他不过一个新过班的道员，从前又没有当什么差使，晚生说他不合资格，就是这个缘故。"宁王道："既然是道员，又是新过班的，向来又没有当过差，这却使不得。只若是他有了才情，还怕哪里用不着？究竟此人是谁呢？"江超道："晚生正欲引此人进谒王爷。他是姓周，名唤庸祐，年纪不上四十，正是有用的时候。王爷若不见弃，晚生准可引他进来拜谒。”宁王道：“也好，就由你明天带他来见见便是。”江超听了，拜谢而出。

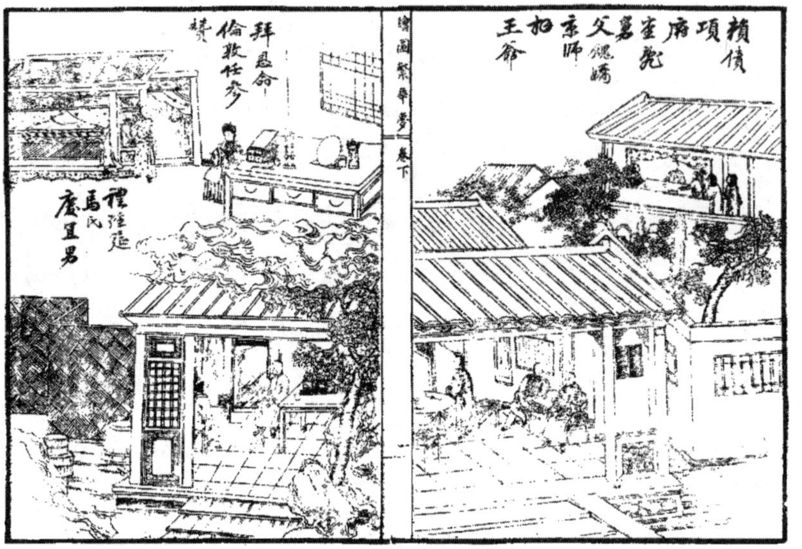

《廿载繁华梦》插图

次日，江翰林即来拜会周庸祐，把昨儿宁王愿见及怎么说，一五一十，对周庸祐说来。周庸祐听得王爷如此赏识，心上早自欢喜，就向江翰林说道：“这都是老哥周全之力，明天就烦老哥一发引小弟进去。但有点难处：因小弟若然献些礼物，只怕王爷不受，反致生气。若没有些敬意，又过意不去，怎么样才好？”江超道：“这事都在小弟身上，改日代致礼物，向王爷说项便是。”周庸祐不胜之喜，江超就暂行辞别。

次日，即和周庸祐进谒。原来那宁王虽然掌执全权，有些廉介，究竟是没甚本领的人，只信江超说周庸祐有些能耐，他就信周庸祐有能耐。所以周庸祐进谒时，正自惊惧，防王爷有什么盘问，心上好不捋上捋落。谁想王爷只循行故事的问了几句，不过是南方如何风景，做官的要如何忠勤而已。周庸祐自然是对答如流，弄得宁王心中大喜，即训他道：“你既然到京里，权住几天，待有什么缺放时，自然发放去便是。”周庸祐当堂叩谢，即行辞出，心里好生安乐。次日，即把从上海带来的妓女小霞小宝二人，先将小霞留作自己受用，把小宝当作一个选来的闺秀，进侍王爷；又封了十万银子，递了一个门生帖，都交到江超手上。那江超先将那妓女留作自己使用，哪里有送到王府去。随把十万银子，截留一半，适是时离宁王的寿辰不远，就把五万银子，说是周某献上的寿礼送进。宁王收下。

自古道："运至时来，铁树花开。"那一年既是驻洋钦差满任之期，自然要换派驻洋的钦使。这时，就有一位姓钟唤做照衢，派出使往英国去。那钟照衢向在北洋当差，又是□班丞相李龙翔的姻娅，故此在京里绝好手面，竟然派到英国。自从谕旨既下，谢恩请训之后，即往各当道辞行。先到宁王府叩拜，宁王接进里面，随意问道："这回几时出京？随行的有什么能员？"那钟照衢本是个走官场的熟手，就是王爷一言一语，也步步留神。在宁王说这几句话，本属无心，奈自姓钟的听来，很像有意，只道他有了心腹之人，要安插安插的，就答道："晚生料然五七天内准可出京了，只目下虽有十把个随员，可惜统通是才具平庸的，尽要寻一个有点本领的人，参赞时务，因此特来王爷处请教。"宁王一听，就不觉想起周庸祐来，即说道："这会十分凑巧，目下广东来了一位候补道员，是姓周的，向从洋务里出身，若要用人时，却很合式。"钟照衢道："如此甚好，倘那姓周的不弃，晚生就用他作一员头等参赞，只统求王爷代为转致。"宁王听罢，就点头说一声："使得。"

钟照衢拜辞后，宁王即令江超告知周庸祐。周庸祐听了，实在欢喜，对着江超跟前，自不免说许多感恩知己的话。过了一二天，就具衣冠来拜钟照衢。钟照衢即与他谈了一会，都是说向来交涉的成案，好试周庸祐的工夫。谁想周庸祐一些儿不懂得，遇着钟照衢问时，不过是胡胡混混的对答。钟照衢看见如此，因忖一个参赞地位，凡事都要靠他筹策的，这般不懂事，如何使得？只是在宁王面前应允了，如何好翻悔？唯有后来慢地打算而已。因说道："这会得老哥帮助，实是小弟之幸。待过五七天，就要起程，老哥回去时，就要准备了。”周庸祐答一声“是”，然后辞回。一面往叩谢宁王及江超，连天又在京里拜客，早令人打了一封电报，回广东府里报喜。又着冯少伍派人送香屏姨太太来京，好同赴任。

这时，东横街周府又有一番热闹，平时没事，已不知多少人往来奔走，今又因周庸祐做了个钦差的头等参赞，自然有那些人到来道喜，巴结巴结，镇日里都是车马盈门。因周庸祐过班道员时，加了一个二品顶戴，故马氏穿的就是二品补褂，登堂受贺。先自着人复电到京里，与周庸祐道贺，不在话下。

慢表周庸祐到伦敦赴任。且说马氏自从丈夫任了参赞，就嘱咐下人，自今只要称她做夫人了，下人哪敢不从？这时马夫人比从前的气焰，更加不同了。单恼着周庸祐这会赴任，偏要带同香屏，并不带同自己，心上自然不满意。有时在丫环跟前，也不免流露这个意思出来。满望要把香屏使她进不得京去，唯心上究有些不敢。原来马氏最憎侍妾，后来又最畏香屏，因马氏常常夸口，说是自己进到门里，周庸祐就发达起来，所以相士说他是银精。偏后来听得香屏进门时，也携有三十来万银子，故此在香屏跟前，也不说便宜话，生怕香屏闹出这宗来历出来，一来损了周家门风，二来又于自己所说好脚头的话不甚方便。所以这会香屏进京，只好埋怨周庸祐，却不敢提及香屏。

那日香屏过府来辞别，单是二房姨太太劝她路途珍重，又劝她照顾周大人的寒热起居，说无数话，唯马氏只寻常应酬而已。那香屏见马氏面色不像，倒猜出九分缘故，就说道：“这会周大人因夫人有了身孕，不便随去，因此要妾陪行。妾到时嘛，准替夫人妥妥当当的料理大人就是了。”马氏听了，就强颜说一声“是”，香屏自回屋子去了。

马氏即唤冯少伍上来嘱道：“这会子大人升了官，府上就该庆贺，且亲串们具礼到来道贺的，也该备些酒筵回敬。从后天起，唱十来天戏，况且戏台建造时，本不合向的，皆因择得好日子，倒要唱多些戏，那家门自然越加兴旺的了。”冯少伍领诺退出来，一发备办，先行发帖请齐各亲串，说什么敬具音樽。

果然到了那日，除亲串外，所有朋谊及那些趋炎附势的，男男女女，都拥挤望周府来。除骆念伯和冯少伍打点事务，男的在东厅，就请周少西过来知客，马氏就亲自招呼堂客。这堂客又分两停，凡各家太太、奶奶、姑娘、小姐们在西厅上，是马氏招呼；余外为妾的，却令二房伍姨太在厢厅招呼。先分发几名跟人，伺候男客。丫环、使妈、梳佣们都伺候堂客；若打茶打水，便有侍役掌执。到下午五打钟时候，宾客到齐，略谈一会，所有男女客，便都去外衣，然后肃客入席。男的是周少西端了主位，冯、骆两管家陪候，其次就是官家裴鼎毓、李子仪、李庆年，亲谊是马竹宾，绅家的就是潘飞虎、苏如绪、刘鹗纯之类，不一而足。女的是马氏端了主位，二房伍姨太陪候，其次就是潘家太太、陈家奶奶、周十二宅大娘子，也不能胜记。

饮了一会，兴高采烈，席上不过说些颂扬周府的话，有的说：“今儿做了参赞，下次自会升钦差的，自不难升到尚书的地位了。”又有说：“这时候外交事情重得很，人才又难得很，怕将来周大人还要破格入阁呢。”你一言，我一语，把个马氏喜得笑逐颜开。又好几时才撤席，都请到后园里听戏。男客依然是周少西招待。只是用过膳，马氏正赶紧抽洋膏子，招待堂客的事，虽然不可怠慢，只抽洋膏是最要紧，因此实费踌躇。欲使二房伍姨太代劳，又因她只是个侍妾，似乎对着那些太太、奶奶们不甚敬意。没奈何，只得令周十二宅的大娘子招待各家奶奶们，仍令二房招待各家侍妾。

各进座位后，马氏就在戏台对面的烟炕上，一头抽洋膏，一头听戏。那时唱的是杏花村班，小旦法倌唱那碧桃锦帕一出。马氏听得出神，梳佣六姐正和马氏打洋膏，凑巧丫环巧桃在炕边伺候着，转身时，把六姐臂膊一撞，六姐不觉失手，把洋烟管上的烟斗打掉了，将一个八宝单花精致人物的烟灯，打个粉碎。马氏看得，登时柳眉倒竖，向巧桃骂一声“臭丫头”，拿起烟管，正要望巧桃的顶门打下来。巧桃急的跪地，夫人前夫人后的讨饶，马氏怒犹未息。二房见了，就上前劝道：“小丫环小小年纪，懂得什么？也又不是有意的，就饶他罢。”马氏反向二房骂道：“你仗着有了儿子，瞧我不在眼内，就是一干下人，也不容我管束管束。怪得那些下人，恃着有包庇，把我一言两语，都落不到耳朵里！”且说且骂，两脸上好像黑煞神一般，骂得二房一句话不敢说。不想马氏这时怒火归心，登时腹痛起来，头晕眼花，几乎倒在地上，左右的急扶他回房子里。在座的倒觉不好意思，略略劝了几句，也纷纷托故辞去了。

是时因马氏起了事，府里上下人等，都不暇听戏。冯少伍就令骆子棠管待未去的宾客，即出来着人唤大夫瞧脉去了。好半天，才得一个医生来，把完左手，又把右手，总说不出什么病症，但说了几句没相干，胡混开了一张方子而去。毕竟是二房姨太乖觉，猛然想起马氏已有了八九个月的身孕，料然是作动分娩，且二房又颇识大体，急令人唤了稳婆来伺候，府上丫环们打茶打水，也忙得不得了。果然作动到三更时候，呱的三声，产下一个儿子来。马氏听得是生男，好不欢喜，就把从前气恼的事，也忘却了。又听得是二房着人找稳婆的，也觉得二房还是好人，自己却也错怪，只因他有了儿子，实在碍眼。今幸自己也生了儿子，望将来长成，自己也觉安乐。正自思自想，忽听锣鼓喧天，原来台上唱戏，还未完场。马氏即着人传语戏班，要唱些吉祥的戏本。因此就换唱个送子、祝寿总总名目。当下宾朋个个知得马氏产子，都道是大福气的人，喜事重重，又不免纷纷出来道贺。正是：

人情多似春前柳，世态徒添锦上花。

品读

本文节选自《廿载繁华梦》第十五回《拜恩命伦敦任参赞　礼经筵马氏庆宜男》。小说写周庸祐为了圆做官之梦，将自己在上海购买的美妓，连同十万两银子，送给宁王亲信江超，结果被宁王保荐为驻英国头等参赞。

宁王亲信江超明知周庸祐不学无术，其候补道员也是花钱捐纳的，但他晓得周庸祐腰缠万贯，可以趁机大捞一把。而那宁王虽然执掌全权，却是没甚本领之人，平时主要靠江超为他出谋划策，故而对江超言听计从。恰逢出任英国大使的钟照衢前来叩拜宁王，为了讨好宁王，请宁王举荐人才，宁王就把周庸祐推荐给他了。周庸祐就这样当上了头等参赞。尽管他对外交事务一窍不通，但钟照衢看在宁王的面子上，也只能自认倒霉，徒唤奈何了。

周庸祐的发迹为官，一方面反映了他不吝金钱美色、善于投机钻营的奸雄本色，另一方面也充分暴露了清末官商勾结、卖官鬻爵、贿赂公行的腐败现实。只要有钱财开路、美色加持，即便胸无点墨，也照样可以“运至时来”，做上外交官，可见晚清官场是多么黑暗腐败。

周庸祐做上头等参赞后，亲朋好友、左邻右舍，都争先恐后上门道喜，巴结奉承，车马盈门，热闹非常。其妻马氏更是气焰嚣张，对小妾、丫环等呼来喝去。正是“时来顽铁生辉”，马氏还生了个儿子，真是福星高照，家道日隆，喜事重重。那些趋炎附势的人，自然又纷纷出来道贺，正是：“人情多似春前柳，世态徒添锦上花。”后来，周庸祐遭查失势，那些趋附他的人立即“树倒猢狲散”，从妻妾到奴仆，从家人到朋友，一个个全换了副嘴脸和心肠。这前后的强烈反差，将世态炎凉、人情冷暖展现得淋漓尽致。

九、繁华世界，穷奢极欲

——《廿载繁华梦》选段三

话说海关德监督，因在任时金价昂贵，因此亏缺了数十万库款，填抵不来，向周庸祐借款不遂；又因解任之后，在公馆里，新任的不时来催取清做册数，自己又无法弥补。自念到任以来，周庸祐凭着关里所得的资财不少，如何没点人情，竟不肯挪借，看来求人的就不易了。再想广东是有名的富地，关监督又是有名的优差，自己反弄到这样，不禁愤火中烧，叹道："世态炎凉，自是常有，何况数十万之多，这却怪他不得。但抵填不来，倒不免个罪名，不如死了罢。"便吞金图个自尽。后来家人知得灌救时，已是不及了。正是：

空叹世途多险阻，任随宦海逐浮沉。

当下德监督既已毕命，家人好不苦楚！又不知他与周庸祐借款不遂之事，只道德监督自然是因在任专缺，无法填补，因求毕命而已。周庸祐听得德声已死，心上倒不免自悔，也前往吊丧，封了三五百银子，把过他的家人，料理丧事。暗忖德声已死，他在任时，还未清结册数，就在这里浮开些数目，也当是前任亏空的，实在无人知觉；况在德声在任时，亏缺的实在不少，便是他的家人，哪里知得真数？就将此意通知周乃慈，并与册房商妥，从中浮开十来二十万，哪里查得出来。那时把浮开的数，二一添作五，彼此同分，实不为过。那时造册的，自然没有不允，便议定浮开之数。周乃慈与造册的，共占分一半，周庸祐一人也占分一半。白地增多一注钱财，好不高兴。只可怜公款亏得重，死者受得苦，落得他数人分的肥。大凡书吏的行为，强半这样，倒不必细说了。

且说周家自买了黎氏这所大屋之后，因嫁女事忙得很，未有将宅子另行修造。今各事停妥，正要把这般大宅，加些堂皇华丽，才不负费一场心思，把十六万银子，买了这所料不到的大宅子来。一面传冯少伍寻那建造的人来，审度屋里的形势，好再加改作。偏是那间大屋，十三面过相连，中间又隔一间，是姓梁的管业，未曾买得，准要将姓梁的一并买了。那时一幅墙直连十三面门面，更加装潢。叵耐那姓梁的又是手上有块钱的人家，不甚愿将名下管业来转卖。论起那姓梁屋子，本来价值不过五六千银子上下，今见周家有意来拉拢，俗语道“千金难买相连地”，便硬着索价一万银子。谁想那周庸祐夫妇，皆是视财如水的人，那姓梁的索一万，就依价还了一万，因此一并买了姓梁的宅子，统通相连，差不多把宝华正中约一条长街，占了一半。又将前面分开两个门面，左边的是京卿第，右边的是荣禄第，东西两门面，两个金字匾额，好不辉煌！

《廿载繁华梦》插图

两边头门，设有门房轿厅，从两边正门进去，便是一个花局，分两旁甬道，中间一个水池，水池上都是石砌阑干。自东角墙至西角墙，地上俱用雕花街砖砌成。那座花局，都是盆上花景，靠着照墙。对着花局，就是几座倒厅，中分几条白石路，直进正厅。正厅内两旁，便是厢房；正厅左右，又是两座大厅，倒与正厅一式。左边厢厅，就是男书房；右边厢厅，却是管家人等居住。从正厅再进，又分五面大宅，女厅及女书房都在其内。再进也是上房，正中的是马氏居住。从斜角穿过，即是一座大大的花园，园内正中新建一座洋楼，四面自上盖至墙脚，都粉作白色；四边墙角，俱作圆形。共分两层，上下皆开窗门，中垂白纱，碎花莲幕。里面摆设的自然是洋式台椅。从洋楼直出，却建一座戏台，都是从新另筑的，戏台上预备油饰得金碧辉煌。台前左右，共是三间听戏的座位，正中的如东横街旧宅的戏台一般；中间特设一所房子，好备马氏听戏时睡着好抽洋膏子。花园另有几座亭台楼阁，都十分幽雅。其中如假山水景，自然齐备。至四时花草，如牡丹庄、莲花池、兰花榭、菊花轩，不一而足。直进又是几座花厅，都朝着洋楼，是闲时消遣的所在。凡设筵会客，都在洋楼款待。

自大屋至花园，除白石墙脚，都一色水磨青砖。若是台椅的精工，也不能细说。又复搜罗尊重的玩具、陈设。厅房楼阁，两边头门轿厅，当中皆粘封条，如候补知府、分省试用道、赏戴花翎、候补四品京堂、二品顶戴、出使英国参赞等衔名，险些数个不尽。与悬挂的团龙衔匾及摆着的衔牌，也是一般声势。大厅上的玩器，正中摆着珊瑚树一枝，高约二尺有余。外用玻璃围罩，对着一个洋瓷古窑大花瓶，都供在几子上。余外各厅事，那摆设的齐备，真是无奇不有，如：云母石台椅、螺甸台椅、云母石围屏、螺甸围屏以及纱罗帐幢，着实不能说得许多。除了进伙时，各亲串道贺的对联帐轴之外，凡古今名人字画，倒搜罗不少。山水如米南宫二樵丹山的遗笔，或悬挂中堂，或是四屏条幅。即近代有名的居古泉先生花卉却也不少。至于翎毛顾绣镜藏的四屏，无不精致，这是用银子购得来的，更是多得很。

内堂里便挂起那架洋式大镜子，就是在东横街旧宅时烧不尽的，早当是一件宝物。因买了宝华坊黎姓那宅子，比往时东横街的旧宅还大得多，所以陈设器具，比旧时还要加倍。可巧那时十二宅周乃慈正在香港开一间金银器及各玩器的店子，唤做□昌字号，搜罗那些贵重器皿，店里真如五都之市，无物不备。往常曾赴各国赛会，实是有名的商店，因此周庸祐就在那□昌店购取无数的贵重物件来，摆设在府里，各座厅堂，都五光十色，便是亲串到来观看的，倒不能识得许多。至如洋楼里面，又另有一种陈设，摆设的如餐台、波台、弹弓床子、花晒床子、花旗国各式藤椅及夏天用的电气风扇，自然色色齐备。或是款待宾客，洋楼上便是金银刀叉，单是一副金色茶具，已费去三千金有余。若至大屋里，如金银炕盅、金银酒杯，或金或银，或象牙的箸子，却也数过不尽。

周庸祐这时把屋子已弄到十分华美，又因从前姓黎的建筑时，都不甚如意，即把厅前台阶白石，从雕刻以至头门墙上及各墙壁，另行雕刻花草人物，正是踵事增华，穷奢极侈。又因从前东横街旧宅，一把火便成了灰烬，这会便要小心，所以一切用火油的时款洋灯子，只挂着做个样儿，转把十三面过的大宅里面数十间，全配点电灯，自厅堂房舍至花园内的楼阁亭台，统共电灯一百六十余火，每届夜分就点着，照耀如同白日。自台阶而道，与头门轿厅，及花园隙地，只用雕花阶砖；余外厅堂房舍，以至亭台楼阁，都铺陈地毡，积几寸厚。所有墙壁，自然油抹一新。至于各房间陈设，更自美丽。

单有一件，因我们广东人思想，凡居住的屋舍及饮食的物件，都很识得精美两个字，只是睡觉的地方，向来不甚讲究。唯是马氏用意，却与别的不同。因人生所享用的，除了饮食，就是晚上睡觉的时候，才是自己受用的好处。因此床子上就认真装饰起来。凡寻常的床子，多管是用木做成，上用薄板覆盖为顶，用四条木柱上下相合，再用杉条斗合，三面横笏，唤做大床，都是寻常娶亲用的。又有些唤做潮州床，也不过多几个花瓣，床面略加些雕刻而已。若有些势派的人，就要用铁床了，都是数见不鲜。只有马氏心上最爱的就是紫檀床，往上也说过了，她有爱紫檀床的癖，凡听得那处有紫檀床出售，便是上天落地，总要购了回来，才得安乐。自从宝华坊大宅子进伙之后，住房比旧宅还多。马氏这时，每间房子必要购置紫檀床一张。那时管家得了马氏之意，哪里还敢怠慢？好容易购得来，便买了二十余张紫檀床子，每间房子安放一张。论起当时紫檀木来的少，那床子的价，自然贵得很。无奈马氏所好，便是周庸祐也不能相强，所以管家就不计价钱的购了来。故单说那二十来张紫檀床子，准值银子二万有余。就二十来张床之中，那马氏一张，更比别张不同：那紫檀木纹的细净及雕刻的精工，人物花草，面面玲珑活现。除了房中布置华丽，另在床子上配设一枝电灯，床上分用四季的纱绫罗绸的锦帐，帐外还挂一对金帐钩，耗费数百金制成。床上的褥子，不下尺厚，还有一对绣枕，却值万来银子。论起那双绣枕，如何有这般贵重？原来那绣枕两头，俱缝配枕花。一双绣枕，统计用枕花四个，每个用真金线缝绣之外，中间夹缀珍珠钻石。那些珠石，自然是上等的，每到夜里灯火光亮时，那珍珠的夜明，钻石的水影，相映成色，直如电光闪飒。计一个枕花，约值三千银子，四个枕花，统计起来，不下万来银子了。实没有分毫说谎的。

所有府里各间，既已布置停妥，花园里面又逐渐增置花木。马氏满意，春冬两季，自住在大屋的房子；若是夏秋两季，就要到花园里居住。可巧戏台又已落成，那马氏平生所好那抽吸洋膏一门，自不消说，此外就不时要听戏的了。这会戏台落成，先请僧道几名，及平时认识的尼姑，如庆叙庵阿苏师傅、莲花庵阿汉师傅、无着地阿容师傅，都请了来，开坛念经，开光奠土。又因粤俗迷信，每称新建的戏台，煞气重得很，故奠土时，就要驱除煞气，烧了十来万的串炮。过了奠上之后，先演两台扯线宫戏，唤做挡灾，随后便要演有名的戏班。因马氏向来最爱听的是小旦法倌，自从法倌没了，就要听小旦苏倌，凡苏倌所在的那一班，不论什么戏金，都要聘请将来。当时宝华坊周府每年唱戏，不下十来次，因此上小旦苏信声价骤然增高起来。这会姓周的新宅子，是第一次唱戏，况因进伙未久，凡亲朋道贺新宅落成的，都请来听戏。且长女过门之后，并未请过子婿到来，这会一并请了前来。香港平日相沿的朋友，如梁早田、徐雨琴等，早先一天到了省城的。就是谈瀛社的拜把兄弟，也统通到来了。也有些是现任的官场，倒不免见周庸祐的豪富，到来巴结。前任海关德监督虽然没了，只是他与周庸祐因借款不遂的事，儿子们却没有知得，故德监督的儿子德陵也一同到来。至于女眷到来的，也不能细说。正是名马香车，填塞门外。所有男宾女客，都在周府用过晚餐。又带各人游过府里一切地方，然后请到园子里听戏。内中让各宾朋点戏，各视所爱的打发赏封，都是听堂戏的所不免，亦不劳再表。

品读

本文节选自《廿载繁华梦》第二十七回《繁华世界极侈穷奢　冷暖人情因财失义》，主要描叙周庸祐营建西关大屋，极尽奢华之能事。

小说开头写粤海关监督德声，“因在任时金价昂贵，因此亏缺了数十万库款，填抵不来，向周庸祐借款不遂”，被逼吞金自尽；而周庸祐则乘机造册，浮开二十万，转嫁到德声头上。由此可见，周氏是多么的贪得无厌、不讲情义！同时，这也反映了人心叵测、世情易变和宦海的凶险难测。

周庸佑因为久居海关，不择手段大肆敛财，遂成为当时广东数一数二的富豪。他花了十六万银子买下黎氏大屋，又将梁氏宅子收归己有，“差不多把宝华正中约一条长街，占了一半”，“又将前面分开两个门面，左边的是京卿第，右边的是荣禄第，东西两门面，两个金字匾额，好不辉煌”。

门面已很见气派，内里的布局可想而知。小说写“从两边正门进去，便是一个花局，分两旁甬道，中间一个水池，水池上都是石砌阑干。自东角墙至西角墙，地上俱用雕花街砖砌成。那座花局，都是盆上花景，靠着照墙。对着花局，就是几座倒厅，中分几条白石路，直进正厅。正厅内两旁，便是厢房；正厅左右，又是两座大厅，倒与正厅一式。左边厢厅，就是男书房；右边厢厅，却是管家人等居住。从正厅再进，又分五面大宅，女厅及女书房都在其内。再进也是上房，正中的是马氏居住。”可见周家主体大屋仍然是传统的中轴线左右对称格局。

还有后花园，“正中新建一座洋楼，四面自上盖至墙脚，都粉作白色；四边墙角，俱作圆形。共分两层，上下皆开窗门，中垂白纱，碎花莲幕。里面摆设的自然是洋式台椅。从洋楼直出，却建一座戏台，都是从新另筑的，戏台上预备油饰得金碧辉煌。……花园另有几座亭台楼阁，都十分幽雅。其中如假山水景，自然齐备。至四时花草，如牡丹庄、莲花池、兰花榭、菊花轩，不一而足。直进又是几座花厅，都朝着洋楼，是闲时消遣的所在。”可见周家大宅是一个中西合璧、居住娱乐集于一体的超级大豪宅。

周氏豪宅的整体布局如此宏大，室内装潢、摆设又岂能平淡？小说写大厅上的玩器，便有高约二尺有余的珊瑚树、洋瓷古窑大花瓶、云母石台椅、螺甸台椅、云母石围屏、螺甸围屏以及纱罗帐幢，还有古今名人字画、洋式大镜子、各种贵重器皿。洋楼里面则摆设着西洋餐台、弹弓床子、花晒床子、花旗国各式藤椅及夏天用的电气风扇。周庸佑之妻马氏喜爱紫檀床，仅买床就用了两万多两银子；一对绣枕，则花了一万多两银子。彼时电灯尚不普及，一般人家都点油灯，可是周宅“自厅堂房舍至花园内的楼阁亭台，统共电灯一百六十余火，每届夜分就点着，照耀如同白日”。

小说通过对周氏豪宅的细致铺叙，意在揭批周氏的挥金如土、穷奢极欲与张扬无度，这实际上也是后来周氏遭通缉、周府被查抄的祸因之一。清末胡子晋曾作有一首《广州竹枝词》，吟咏周家大宅被查抄后的荒凉破败景状："戏台倒塌长蒿茅，檐畔端宜燕作巢。廿载繁华如一梦，更怜帘户满蟏蛸。"读之令人唏嘘。另外，小说对周氏宅院的精描细绘，对于今人了解清末西关大屋的布局、构造、装饰与建筑风格等，也不乏一定的认识价值。

十、遭劾被查，黄粱梦破

——《廿载繁华梦》选段四

话说周庸祐那日接得港督请函，明日要赴茶会。原来西国文明政体，每一埠总督到任后，即开茶会筵宴，与地方绅商款洽。那周庸祐是港中大商，自然一并请他去赴叙。次日周庸祐肃整衣冠，前往港督府里。这时港内外商云集，都互相欢笑，只周庸祐心中有事，未免愁眉不展。各人看了他容貌，不特消瘦了几分，且他始终是无言默坐，竟没有与人周旋会话。各人此时都听得金督帅要参他的风声，不免暗忖，他一世之雄，而今安在？其中自然有怜他昔日奢华，今时失意的；又有暗说他财帛来的不大光明，应有今日结果的；又有等不知他近日惊心的事，仍钦羡他怎么豪富，今又由京卿转放钦差的，种种议论，倒不能尽。

说不多时，港督到各处座位与外商周旋。时周庸祐正与港绅韦宝臣对坐，港督见周庸祐坐着不言不语，又不知他是什么人，便向韦宝臣用英语问周庸祐是什么人，并做什么生理。韦宝臣答过了，随用华语对周庸祐说道："方才大人问及足下是什么名字，小弟答称足下向是港中富商，占有□□银行数十万元股本，又开张□记银号，且产业在港仍是不少。前数年曾任驻英使署参赞，近时适放驻□□国钦差，这等说。"那韦宝臣对他说罢，周庸祐听了，只强作微笑，仍没一句话说。各人倒知他心里事实在不了，故无心应酬。

周庸祐实自知这场祸机早晚必然发作，哪复有心谈天说地，只得随众绅商坐了一会，即复随众散去。回家后，想起日间韦宝臣所述的话，自觉从前何等声势，今日弄到这样，岂不可恼？又想这回祸机将发，各事须靠人奔走，往时朋友，如梁早田、徐雨琴及妻弟马竹宾已先后身故，只怕世态炎凉，此后各事更靠何人帮理？不觉低头一想，猛然想起还有一位周勉墀，是自己亲侄子，尽合请他到来，好将来赴京后交托家事。只他父亲是自己胞兄，他生时原有三五万家当，因子侄幼小，交自己代理。只为自己未曾发达以前，将兄长交托的三五万用去了，后来自己有了家当，那侄子到来问及家资，自己恐失体面，不敢认有这笔数，想来实对侄子不住。今番有事求他，未知他肯否雇我？想罢，不觉长叹一声。继又忖俗语说“打死不离亲兄弟”，到今日正该自悔，好结识他，便挥了一函，请周勉墀到来，商酌家事。

《廿载繁华梦》插图

时周勉墀尚在城里，向得周乃慈照拂，因此营业亦稍有些家当。这回听得叔父周庸祐忽然要请自己，倒觉得奇异，自觉想起前根后柢，实不应与他来往，难道他因今日情景，见横竖家财难保，就要把吞欠自己父亲的，要交还自己不成？细想此人未必有这般好心肝。但叔侄份上，他做不仁，自己也不该做不义，今若要不去，便似有个幸灾乐祸之心，如何使得？计不如索性走一遭才是。便即日附轮到港，先到坚道大宅子见了周庸祐，即唤声“十叔父”，问一个安。时周庸祐见了周勉墀，忆起前事，实对他不住的，今事急求他到来，自问好不羞愧，便咽着喉，唤一声“贤侄”，说道：“前事也不必说了，只愚叔今日到这个地步，你可知道？”周勉墀听了，只强作安慰几句，实心里几乎要陪下几点泪来，徐又问道：“十叔父，为今之计，究竟怎样？”周庸祐道：“前儿汪翰林到来，求充参赞，愚顺托他打点省中情事，今却没有回报，想是不济了。随后又有姓□的到来，道是金督帅最得用之人，愿替俺设法。俺早已听得他的名字，因此送了二万银子，托他在金督跟前说个人情，到今又统通没有回复，想来实在危险。不知贤侄在省城听得什么风声？”周勉墀道：“佘子谷那人要发作叔父，叔父想已知得。少西十二叔且要自尽，其他可想。天幸叔父身在香港，今日三十六着，实走为上着。”

说到这里，可巧马氏出来，周勉墀与婶娘见礼。马氏问起情由，就把方才叔侄的话说了一遍。马氏道：“既是如此，不如先进京去，借引见赴任为名，就求京里有力的官场设法也好。”周庸祐听了，亦以此计为是，便决意进京，再在半路听过声气未迟。想罢，即把家事嘱托周勉墀，又唤骆子棠、冯少伍两管家嘱咐了一番。再想省城大屋，尚有几房姨太太，本待一并唤来香港，只恐太过张扬；况金督帅纵然发作此事，未必罪及妻孥，目前可暂作不理。是夜一宿无话。

次日即打点起程，单是从前谋放钦差，应允缴交□□□万元，此项实欠交一半，就嘱马氏及冯、骆两管家打算预备此项。如果自己无事，即行汇进北京；如万一不妥，此款即不必再汇。一面挪了几万银子，作自己使用，就带了八姨太并随从人等，附轮望申江进发。那时上海还有一间□祥盛字号，系从前梁早田的好友，是梁早田介绍周庸祐认识的。所以周庸祐到申江，仍在这□祥盛店子住下。再听过消息，然后北上，不在话下。

且说金督帅因当时饷项支绌，今一旦兼管海关事务，正要清查这一笔款项，忽又得佘子谷到街帮助盘算，正中其意。又想周庸祐兄弟二人，都在香港营业的多，省城产业有限；若姓傅的家财，自然全在省里，不如连姓傅的一并查抄，那怕不凑成一宗巨款。便把数十年来关库的数目，自姓傅的起，至周乃慈止，统通发作将来。又忖任册房的是潘氏，虽然是由监督及书吏嘱咐注册的，惟他任的是假册房，也有个通同舞弊、知情不举的罪名。且他原有几十万家当，就不能放饶他。主意已定，因周庸祐已放□□国的钦差，恐他赴任后难以发作，便立即知照□□国领事府，道是“姓周的原有关库数目未清，贵国若准他赴任，到时撤他回来，就要损失两国体面，因此预先说明”。那□□国领事得了这个消息，即电知驻北京公使去后，□□驻京公使自然要诘问外部大臣。金督又一面令幕府缮折，电参周庸祐亏空库款甚巨，须要彻底清查；并道周某以书吏起家，侵吞致富，复夤缘以得优差，不特无以肃官方，亦无以重库款，若不从重严办，窃恐互相效尤，流弊伊于胡底等语。折上，朝廷大怒，立命金督认真查究，不得稍事姑容。

时周库书自抵中江，只与八姨太同行，余外留在省港的朋友，都不时打听消息如何，随时报告。这会听得金督参折考语，魂不附体。随后又接得京中消息，知道金督上折，朝廷览奏震怒，要着金督认真查办。周庸祐一连接得两道消息，几乎掉下泪来。便又打电到京，求权贵设法。无奈金督性如烈火，又因这件事情重大，没一个敢替他说情，只以不能为力等话，回复周庸祐。

那庸祐此时如坐针毡，料北京这条路是去不得的，除是逃往外洋，更没第二条路。只目下又不知家中妻妾儿女怎样，如何放心去得？适是晚正是□祥盛的东主陈若农请宴，先日知单早已应允赴席，自然不好失约，唯心里事又不欲尽情告人，只得勉强应酬而已。当下同席的原有八九人，都是广肇帮内周庸祐往日认识的朋友。因是时粤中要发作库书的事，沪上朋友听得，都是半信半疑，今又见周庸祐要赴京，那些朋友倒当周庸祐是个没事之人，自然依旧巴结巴结，十哥前十哥后，唤个不绝。那周庸祐所招的妓女，唤作张凤仙，素知周庸祐是南粤一个巨富的，又是花丛中阔绰的头等人物，便加倍奉承。即至娘儿们见凤仙有了个这般阔绰的姐夫，也替凤仙欢喜，千大人万大人的呼唤声，哪里听得清楚。先自笙歌弦管，唱了一回书，陈若农随后肃客入席。那周庸祐叫局的，自然陪候不离，即从前认识的妓女，也到来过席。

这席间虽这般热闹，唯周庸祐心中一团积闷，实未尝放下。酒至半酣，各人正举杯递盏，忽见□祥盛的店伴跑了进来。在别人犹不知有什么事故，只是周庸祐心中有事，分外眼快，一眼早见了□祥盛的店伴，料他慌忙到来，不是好意。那店伴一言未发，即暗扯陈若农到静处，告说道："方才工部局差人到店查问，是否有广东海关库书吏，由京堂新放□□国钦差的，唤做周庸祐这个人，当时店伴只推说不识此人。惟工部局差人又说道：'姓周的别号栋臣，向来到沪，都在你们店子里出进，如何还推不识？'店中各伴没奈何，便问他什么缘故。据差人说来，原来那姓周的是亏空库款，逃来这里的，后由粤东金督帅参了一本，又知他走到沪上，因此密电本埠袁道台，要将周庸祐扣留的。今袁道台见他未有到衙拜会，料然不在唐界，所以照会租界洋官，要查拿此人。后来说了许多话，那差人方始回去。"陈若农听了，一惊非小，暗忖这个情节，是个侵吞库款的私罪重犯，凡在通商的国都要递解回去的，何况这上海是个公共租界，若收留他，也有个罪名。且自己原籍广东，那金督为人，这脾气又是不同别人的，总怕连自己也要拖累，这样总要商量个善法。便嘱令来的店伴先自回去，休要泄漏风声，然后从长计算。

那店伴去后，陈若农即扯周庸祐出来，把店伴说的上项事情说了一遍。周庸祐听得，登时面色变得七青八黄，没句话说，只求陈若农怜悯，设法收藏而已。陈若农此时真是人面着情，方才请宴，怎好当堂反脸？且又相识在前，不得不留些情面。惟究竟没什么法子，两人只面面相觑。陈若农再看周庸祐这个情形，实在不忍，不觉心生一计，即对周庸祐说道："多说也是无用，小弟总要对得老哥住。但今晚方才有差人查问，料然回去下处不得，若住别处，又恐张扬。今张凤仙如此款洽，就当多喝两杯，住凤仙寓里一宿，待小弟明天寻个秘密所在便是。"庸祐答声"是"，随复入席。各朋友见他俩细语良久，早知有些事情，但究不知得底细，只再欢饮了一会，周庸祐托称不胜酒力，张凤仙就令娘儿们扶周大人回寓里服侍去后，陈若农又密嘱各友休对人说周某寓在那里。

次日，陈若农即着人到工部局力言周庸祐不在他处。工部局即派人再搜查一次，确没有此人。若农即暗引周庸祐回去，在密室里躲藏，待要逃往何处，打听过船期，然后发付，不在话下。

这时粤中消息，纷传周庸祐在上海道署被留，其实总没此事。金督帅见拿周庸祐不得，心中已自着恼，忽接北京来了一张电报，正是某王爷欲与周庸祐说情的。那电文之意，道是"周某之罪，确是难恕，但不必太过诛求，亦不必株连太甚"这等话。金督帅看了，越加大怒，暗忖周庸祐全凭得京中权贵之力，所以弄到今日。屡次劝他报效赎罪，种种置之不理，实是恃着王爷，就瞧自己不在眼里。我今日办这一个书吏，看王爷奈我怎么何？因此连忙又参了一本，略谓"周庸祐兄弟既吞巨款，在洋界置买财产，今庸祐闻罪先遁，作海外逍遥，实罪大恶极。除周乃慈已服毒自尽外，请将周庸祐先行革职，然后抄查家产备抵"等语，并词连先任库书傅成通同舞弊，潘云卿一律查抄家产。折上，即行准奏，将周庸祐革职，并传谕各省缉拿治罪。正是：

梦熟黄梁都幻境，名登白简即危途。

品读

本文选自《廿载繁华梦》第三十五回《赴京城中途惊噩耗　查库项大府劾钦差》，主要写周庸祐遭到新任总督查办，面临灭顶之灾的故事。

当金敦元到任两广总督时，周庸祐的噩梦就开始了。金敦元即影指岑春煊，他在两广大力惩办贪官污吏，推行新政，时人称其为“官屠”。恰在这时，曾被周庸祐耍手段弄入狱中现已刑满释放的佘庆云，以揭发库书积弊为要挟，勒索上百万两银子。周庸祐不答应，佘庆云便到金督处揭发了他的种种舞弊内幕，金督便下令查办周庸祐，抄封其家产。消息传开，周庸祐惶惶不可终日。港督宴请当地绅商，周庸祐愁眉不展，无心应酬，往日雄风，荡然无存。

周庸祐在省内花钱请人代为斡旋，却无济于事，于是决定赴京，找权贵设法。到上海便听说金督以“姓周的原有关库数目未清”为由，知照某国领事府，不能让其赴任公使，这便断了周的外逃之路；与此同时，金督又参劾周亏空库款甚巨，朝廷下令将其革职查办。上海道已得金督密电，要扣留周。周只得在妓女凤仙处暂避。此后，周氏在粤家产被查抄。马氏和几个儿子逃往香港。周庸祐重回香港，各房姬妾去的去，散的散，妻子马氏也冷漠无情；他怕总督与香港交涉，把自己提解回粤，只好向马氏嘱咐些家事，附法国邮船逃往暹罗。

小说将周庸祐大难临头时，惶惶如惊弓之鸟、急急似丧家之犬，东奔西藏，无计可施的落魄情状，描写得细致真切，与他之前结党营私、猖狂得意、骄奢淫逸、不可一世的奸雄形象，形成了鲜明的对比，从而凸显了“廿载繁华，恍若春风一梦”的主题，预示了腐败透顶的清王朝必将败亡的命运。

十一、出使美国，入关受辱

——《宦海潮》选段一

次日，又打点起程赴美。那送行的，自然又是车马如云，倒不细说了。不久船已离岸，那张任磐是曾经出过外洋的，却不大畏忌风浪。唯横滨的海道，是向来著名风浪险恶的，各随员不免潜伏房中，不敢行动，因此任磐颇觉寂寞。约半天，风涛渐渐平静了。因海程既远，同舟的西人，或操洋琴弄弦歌，或赌叶子戏，藉排积闷，任磐亦随观消遣。单是各西人都以他是一个钦差大臣，自不免与他招呼，唯任磐自己本不大懂西语，因此相会亦少，只在船上或是观书，或是望洋观景。还喜一路风平浪静，约行了十七八天，那加力轮船是很快捷的，早到了旧金山口。

就有中国驻埠领事欧阳明，乘小轮出来迎接。任磐先接至房舱中，寒暄后，方谈金山近事，忽船上宣传有一位搭客因患热症病故，各客一惊非小。因那时正在禁制华工，关吏藉端留难搭客的，平常已十分苛刻，况现在有搭客死了，料难免他把搭客鱼肉，就没有不惊惶的。唯任磐自恃是一个使臣，却不大留意。忽然见跟役前来报道：

《宦海潮》插图

“现金山美国官员以船上那死者系属疫症，凡搭客本身及随带的行李，都要赶上岸去，先用硫磺熏洗，然后问话。”任磐听了，暗忖：把满船搭客都要熏洗起来，岂不甚苦？自己是使臣，也有保护华侨责任，该替他们说情。不想自己正如此想象，又见一个跟役来报道：“现在满船搭客，不论贵贱，都要去熏洗。我也曾说船上有一位是到贵国做钦差的张大人，想不必熏洗了，谁想他说道，他们美国是立宪平等国，所有国家法律，无论贵贱上下人等都要遵守的，休说什么‘钦差’‘阳差’，快些打点去罢！这等语……”任磐听了，面色一变，自忖方欲替搭客讨人情，请免熏洗，不料自己也难免得，心中不觉大怒。

忽又见船主走进来，叽里咕噜说几声。任磐即令翻译官梁镇城来听船主说什么话。原来那船主亦是说船上死了一人，各客要登岸熏洗。任磐即托船主替自己说开，那船主道：“我说了多次，没奈他们总不允，真无能为力了。”任磐没法，即催欧阳领事回去，向美官说项，好讨个人情，免了自己熏洗。那欧阳领事便不再谈，即起行回去了。去后不多时，关差也来催促，张任磐即着通事替说道：“我是坐上等舱房的人，怎能与各客一般看待？况那死者未必是疫症，何必如此！”那关差怒道：“坐上等位的不只你一人，难道你一人就要抗法？况你又不是医生，那便知死者不是疫症？你休多说，快去罢了！”任磐道：“坐上等位虽不只我一人，只我是中国大员，又是来美国做钦差的，便是贵国总统见面时，尽有个礼数。你是甚等人，也不为我留体面罢了，然尽该为两国留个体面呢！如何要这般辱我？”关役听到这里，更怒道：“法律所关，医生所说，便是我国大统领也不能违抗。你是中国什么‘大员’，却把‘钦差’两字来吓我！休再说，你快些去罢！休待俺来动手。”任磐更怒道：“动什么手？难道要拿我吗！我只不去，看你如何处置。”关役便悻悻而去。

任磐余怒未息，又见关役引了几个人来，任磐料是关员来了，仍盛气以待。那关员又申说要往熏洗之语，任磐只是不从。那关员道：“船上中、西人一概如是，无论身体及行李都要熏洗的，你偏不肯，显然是来抗法了。”任磐道：“并非抗法，只我是驻贵国的钦差，两国交情怎地绝不留个体面？”关员道：“法律有什么体面可说？你既不是抗法，难道所携的行李也有违禁的物件不成？”说到这里，更发些怒色。任磐亦怒气相向，那关员大有动手要牵任磐之势。

正在纠缠不下，只见欧阳领事已到。任磐看看欧阳明面上觉带几分愁恼，料知所说无济于事，也不再问。那欧阳明即用华语向任磐细说道：“卑职曾力求总督，向医生及关吏说开，免此一场熏洗。那总督曾用电话向医生说道：‘加力轮上有位是中国来美的钦差，请免他熏洗。’奈医生不从。那总督道：‘医生既已不允，关吏处更无容说了。’因此不能有效，似此如之奈何？”任磐听罢，真是有口难言：意欲强硬不允，又恐他勉强把自己牵去，这时更失体面；欲去熏洗时，又下不得那点气。正左右为难之际，忽欧阳领事指着外边说道：“金山美总督来了！”任磐即起身预备迎接，那总督已自进来。任磐与握手见礼。那总督先道歉一回，即向关员说了几句，是着将各搭客先行熏洗，随后始请任磐随意自行熏洗的。欧阳领事把美总督之言对任磐说知。任磐不免怒中带喜，以为不幸之幸，乘机允了，即向美总督道谢，又略与美总督谈了一会。

果然各搭客熏洗已毕，即来请任磐熏洗。任磐没奈何，即登岸进浴房去，只带了一个跟役相随。登岸时，也有许多人环立码头，要观看新钦差。任磐此时也不敢仰视，面色带上四分红、六分青，自己觉十分可羞可恼。就是旁边观看的，也替他难以为情。惟任磐心里踌躇，觉虽失了观瞻，仍满意欲循例进过浴房，就退出来，尚可不至熏洗。不料到了浴房之内，已有两三个美人先在，恐任磐自不熏洗，特来监视的。任磐大失所望，没法可设，但觉满房硫磺之气酷烈扑人，几乎忍受不住。没奈，着跟人替他卸了外衣，随意熏洗了一会。那监视的仍向任磐指东说西，意谓他洗得不洁净。任磐一头羞，一头愤，任他如何说，也置之不闻。

熏洗过后，方才穿衣出来，以为经此一番羞辱，没处泄气，然仍料熏洗过后，可以无事，即要登岸住几天，然后乘火车直至美京。不提防关吏仍心怀不足，又故来把任磐留难，又生出件风潮出来……（第十八回）

话说张任磐既到旧金山，适船上有一名搭客死了，美关员因执防疫之说，令任磐到浴房自行熏洗。回船后，正欲登岸，好在金山住几天，然后乘火车入美京去。即令跟役检执行李，预备与各随员一齐登岸。不想关吏竟然拦阻。任磐听得，好不愤怒，便谓关吏道："俺是奉敝国皇帝之命，来贵国做钦差的。贵国既与敝国立约通商，自然是互派公使，一来为料理两国交涉，二来是保护敝国旅埠的商人，是万国的公法，一定的道理。若不准敝国钦差到来，便是不允与敝国通商，恐你们关吏未有此等权限呢！"关吏听了，以为任磐冲撞，更以为自己纵不能阻他登岸，实不难留难任磐的，便答道："你既是做钦差，只是凭你的口里说来，究竟有什么凭据？你又没有'中国驻美钦差'六个字雕在头顶上，我那里知得，是不能信你一面之词，遽准你登岸去了。"任磐道："你这样说，分明有意把我留难。难道做钦差的，都有假冒不成？"关吏道："那里说你！来美国还不止你一人，你还随带了几十个同伴，那里使得？且你们中国人贪图来美作工，动不动要冒作官员，或是冒作殷商。这等伎俩，我们也见得多了，现在倒不必多说，只你拿做钦差的凭据给我看也罢了。"张任磐道："我敝钦差自然是有国书，别的可假冒，若是国书，那里能假冒得来！"关吏道："既有国书，就请拿给来看。"任磐道："你忒大个胆子！你是什么人，要把国书给你看！除了你国大总统，便是你国什么内阁议院及各部大臣，怕还没有看我国书的资格呢！"关吏听了大怒道："没论我能看你国书与否，总之你不能把证据拿出来，我便不能真个当你是钦差。你若只把'钦差'两字来虚吓人，须知我是不受吓的，说多也是没用了！"说罢，悻悻然去了，更不回顾。

原来美国的工党最有势力，每届推举总统时，都是举他党的头领；

便是上、下议院的议员以至市长，都大半是工党中人。何况他们志在禁制华工，那海关一切人员自然是工党的势力所在，因彼防华工偷运入美，自须严密稽查，藉端阻止登岸。故当日任关员的，名唤黑假，却是工党里头的人物。一来那些关员有权，二来当时美国工党仇恨任磐不认禁约，方谋刺杀他；又因方才令任磐熏洗，究因总督说情，满意要羞辱任磐的，不能十分遂得心头。俗语说“借风出毒”，就要阻止他不能登岸了。那时任磐见关员已去，正是满胸怒火冲出顶门，差不多像荆轲入秦，怒发冲冠。但欲不理他，直行上岸，必然被关员拦阻，小则呼呼喝喝，大则驱逐回轮；甚则以自己没有做钦差的凭据，诈作不知，横加鞭挞。眼前枉受了吃亏，实是不值，反加倍丢了架子，如何是好？便与领事欧阳商议，看有什么法子。欧阳明道：“倒不如权且忍辱，把国书给他看看较好。”任磐怒道：“如此还有什么国体！若一个关吏能究查验国书，不特我国皇帝没了体面，便是他国总统还置诸何地？凡事须争一国体面，否则更令他们小觑自己了！”说罢，欧阳明没得可答。梁镇城亦说道：“没论国书重大，不能给他们看；就是给他看了，恐他们又要翻译那国书来察验，更把国书里头的御印左勘右验。更不堪者，说称要查勘那御印是真是假，藉端梗阻，又不知留难到几时了！”欧阳明此时亦以为然，并说道：“此言甚是。但今究不能登岸，不如小弟回衙，再见埠上美总督，告知关员如此无理，向美总督设法，你道如何？”任磐道：“除了此策，更没第二策了。”

欧阳明便别了各人，先自回衙，随往拜会金山总督，力言关员无理阻止钦差登岸，请他申饬关员。那总督道：“办事各有权限，比不像贵国做总督的，动不动能斥责下僚。今本部堂只向关员说明便是。”说了，随即用电话劝关员不必留难。不想那关员黑假复道：“查验登岸证据，是本关有权，如此办法，算不得是留难。那张任磐不过恃在做钦差的架子，横暴相抗罢了。”欧阳明不敢决，力请那总督再往晤任磐商议。

那总督亦以任磐的确是个钦差，如此留难，实过意不去。没奈何，更与欧阳明同往轮船。见了任磐，力请把国书给关吏看。任磐暗忖：这会初到美国，有此意外（交）涉，若争不转来，必被他们小觑自己，日后何以办事？因此坚持不允。那总督又再商关吏，请略予通融。唯关吏黑假以并无凭证，不能速信为钦差。时船主亦随到言道：任磐在香港登轮时，港官如何送行，广东督抚如何派兵轮护送，看来任磐的是钦差。只是关吏任如何说法，总是不听。任磐愤然对那总督道："弟有一个办法在此，请电询敝国北京政府，问弟是否来贵国做公使的，抑系做工人的。倘若不然，仍必要查看国书，待弟电询贵国大总统，看允否把国书给他们看。倘贵国总统能自降尊，不顾体面，任关吏查看国书，任磐就给他们看看便是。"说着，面上已十分发怒。时埠上各华商，亦预备马车来接任磐，已有一二百人挤拥码头，见关役如此情形，也十分愤怒。那金山总督随与关役密议道："料张任磐并非是假冒钦差，因他附搭加力轮船前来，报纸早已传遍了。况我国既认他来美出使，纵然开到议院，终不能阻他登岸的。若他电询总统，否认你们验看国书，料总统又必然说不必验看，这时难道连己国的总统也不留些体面？恐亦难以下场。不如图个转圜罢！"关吏此时，亦觉得此言有理，因任磐实在是钦差，究竟要准他上岸的。今闻总督之语，即乘势道："若督宪处允担保他真是钦差，就由得他登岸便是。"那总督自没有不允，即签名担保："张任磐及其随从人等，并不是工人。"遂得登岸。

这时任磐听得须由那总督担保，方能登岸，本意仍不肯用人担保，但各随员及欧阳明终恐闹个不了，反阻时日，力行相劝。任磐方才无语，即令跟役运妥行李，与随员一同登岸。早有华商接着，齐向任磐一揖，同上马车。先到了领事衙门，凡有体面的华商都到来相晤，大都慰问任磐舟车劳苦，又把关吏无理的情形说了一会。任磐道："本大臣是奉皇帝命来做使臣，尚且如此；若寻常客商往还，更不知怎地苛待了。"各华商齐道："这会大人亲见的，可知我们从前诉说被美人苛待各等情，不是说谎的了。”这时有愤怒的，有叹息的，倒不能胜说。少顷，各华商退去，欧阳明即治酒与张任磐及各随员洗尘。一宿无话。

次日，即有各华商邀请任磐先后到冈州会馆及宁阳会馆筵宴。因到金山大埠经商的，以广东新宁、新会、开平、恩平那四县人为多，那冈州会馆就是那四邑侨民的会馆。时任磐初到，亦愿与埠上商家款洽，一则叙桑梓之情，二则访问美国近事及种种情形，即允赴席。到时，凡有些体面的华商都齐集会馆里迎接。时任磐亦带三五随员同往，把当时华人受美人残害各案询问了一遍。各华商自然乐诉情由，便把原原本本一五一十说来，并请任磐与美人交涉，力为伸理。任磐唯权且应允而已。少时入席，任磐志在联结绅商，加倍谦逊，各绅商自然乐与周旋。席间都是说美人如何苛待，华侨如何受苦，这都不必细表。（第十九回）

品读

本文节选自《宦海潮》第十八回《谒古墓题诗怀俊杰　入沐房关吏辱钦差》、第十九回《索国书公使拒苛章　乘火车差官贻笑柄》。

19世纪80年代初，美国发生了周期性的经济危机，失业问题严重，引起了广泛的工人运动。美国资产阶级在镇压本国工人罢工斗争的同时，为了转移工人斗争的视线，谎称美国工人之所以失业，是因为在美华工抢走了他们的饭碗，煽动排华。一时间华工财物被抢劫，华人房屋被烧毁，侨民生命遭到威胁，入美从事公干或商务的华人也经常受到种种刁难、欺凌和侮辱。本文所叙张任磐出使美国，在旧金山海关受阻、被辱的故事，就是在这种背景下发生的。

小说写张任磐所乘之船有人病死，关吏已明知张任磐是钦差大臣，坐的是头等舱，却偏要让他登岸熏洗消毒，还说：“美国是立宪平等国，所有国家法律，无论贵贱上下人等都要遵守的。”张任磐认为如此无礼，有伤国体，“尽该为两国留个体面”，但是关吏不肯通融，即便旧金山总督出面，也无济于事。

经此一番羞辱后，张任磐本以为能入关了，谁料关吏又以张氏口说钦差无凭，需要查验国书，方肯放行。原来关吏如此刁难，是因为美国工党“志在禁制华工”，“防华工偷运入美，自须严密稽查，藉端阻止登岸”，而张任磐作为出使美国的大臣，又不认同“华工禁约”，故而招致工党痛恨，工党甚至想乘机谋杀他，因此在他入关时百般刁难。后来，就连旧金山总督也认为“如此留难，实过意不去”，亲自出面，对关吏晓以利害，并作担保，才使其得以入关。

张任磐因为有此切身遭遇，不由慨叹：“本大臣是奉皇帝命来做使臣，尚且如此；若寻常客商往还，更不知怎地苛待了。”此后，他从广东华侨那里了解到“美人如何苛待，华侨如何受苦”等诸般情形，应允与美国人交涉。

小说写张任磐受到关吏种种刁难时，如何大怒，如何羞恼，如何为了一国之体面而据理力争，又如何无奈、隐忍而委曲求全。读后让人充分体会到什么叫“弱国无外交”！当中国处于落后挨打的境况时，在美帝国主义的歧视、凌辱与排斥面前，所谓国家体面、个体尊严，均无法维持，甚至荡然无存。

十二、游历美欧，反思国运

——《宦海潮》选段二

话说张任磐与纽约总督同游博物院，游罢，正欲出门，只见许多华侨和许多美人像工党装束的，拥在门外。张任磐也被吓了一跳，急回转几步，向纽约总督道："外面拥着许多人，究是何故呢？"纽约总督道："料无别故。不过来观看贵国驻美的新钦差也是了。"张任磐暗忖自己到了许多时，何必今日会齐来看自己？似未可深信，便令跟役唤一二名华侨到来问讯。

《宦海潮》插图

即有一名年纪较老的，苍颜白发，约像七十来岁的了，走上前向张钦差和那纽约总督声一个"喏"。任磐即问道："你们拥在门外，究有什么事呢？"那老者道："不瞒大人说，我们华侨听得美国工党是要行刺大人的。方才大人和督宪来这博物院里，适我们同乡见几个美人做工的鬼头鬼脑，不多时又见许多美工人蜂拥到来，因此我们起了疑团，就会齐到来观看，一来防大人或有意外，二来纵遭着意外时，尽多三、五人帮拿凶手。故在街坊上就唤了百十人来，实在莽撞，望大人休怪。”

任磐听得，觉那老者所说的话，证诸日前闻人所说，似得有些来历，便把那老者之言，对纽约总督说道。那总督听了，未知此言是真是假，但亦听得从前有人说过，是美工党要刺任磐。且是想起工党平日的野蛮举动，虽未必有此事，究不可不信。倘或真正弄出事来，国际面上怎过得去？因此即令随行的差官，传令调几十名兵勇到来，好护送任磐回去；亦志在兵勇到时，即拿住那些工党，好来搜过身上，看有无携凶器等。传令后，即与任磐退转院里，令人守住头门，不准闲人入内。这时华侨和那些美工党仍然未散，只是互相交头接耳的说话。

不多时，一队兵勇已蜂拥而来，只见美工党也一溜烟散去了。那纽约总督听得兵勇已到，即出来要令兵勇向门外的美工党搜过身上，但见方才有百来人立在院外的，已没一个美工党的人影，只剩得几十个华侨仍然立着。便知那老者所言，是不尽虚的，觉无可造词，即请任磐登车，又把车遮盖密了，由兵勇分前后左右护着，回清国领事馆而去，自己却亲自随后护送。任磐登车时，令跟役传语那老者，到领事署相见，旋即登车缓缓而行。

那博物院距领事馆不远，不久便到。进署后，早有易领事学浩接着纽约总督，随握手而别。张任磐先向易领事，把纷传美工党要来行刺，得总督调兵送回一节说了一遍，已见那老者进来。任磐不觉起了敬老之心，让他坐下，问他姓名。那老者答道是姓李名荣，本贯广东新宁人氏。任磐又问他年纪，及到美几年，李荣答道：“老拙今年七十有四。自随先父来美，已近六十年。先父李洪自美国华盛顿开国时，已自航海来美，父子相继，在美已百年。”任磐道：“你究竟是中国人，有回家乡没有？”李荣道：“六十年前，先父回国一次，携了老拙到来。因全家在美，家乡没甚么亲眷，老拙亦在美娶妻生子。近见美人逐渐虐我华人，已不愿久居此土，志在稍有盈余，即回籍去。叵耐连年经营不就，从前稍有蓄积，倒折亏去了，因此未能回去。”任磐听罢，顾左右道：“可见华侨在外，实非甘受外人虐待。离乡别井，殆亦不得已之故。”说罢为之叹息。

徐又问及近日美人待华侨情形，李荣又道：“美人开国，没一事不靠华人之力。从前开采矿务，采伐森林，垦辟荒芜，统通是靠华人的。因美人自畏山岚瘴气，又利我们华人工值较廉，就请华人到来，做他的开荒牛马。可惜中国没有什么工艺安置国人，就令国人要流离异国。今美国商场盛了，工人多了，一切事业可不必再靠华人，就把我华人来驱的驱，虐的虐，种种苛残，是说不尽的了。只恼我们中国做官的没点子心肝，替我们华侨争点气，任令外人鱼肉，岂不可叹！”

当下李荣说了这一番说话，仍滔滔不绝。任磐听了，真是闻者心伤，亦为太息。虽李荣说话，在钦差、领事跟前骂到中国官场，本未免过激，但听李荣所说，究是实情，实怪他不得。任磐便慰几句，并说道：“现在本大臣到来，所有从前华侨受屈各案，将来新约，是必替你们办妥的。”说了，并赐李荣酒食，慰之使去。

自李荣去后，任磐想起美人现执强硬态度，就是他日与订禁约，料难争得十分权利。这样实辜负责任，但自审势力，亦无可如何。继想起纽约美工党如此叵测，更不宜久住。次日，即投函向纽约总督辞行，自己也不再出门去。惟纽约总督听得任磐要返美京，便来问几时趁火车，到时亦派兵来护送，更向任磐道歉一番。

任磐一程回至华盛顿京城，此时美外部大臣扒夏，亦接得纽约总督电报，到署来道歉。任磐恐扒夏不好意（思），即答道：“此恐是谣传，想未必有此事。贵国人民向受文明教育，未必有行刺外部使臣的举动。”扒夏听得此言，觉说美国人民“受文明教育”这一句，似是半讥半赞，听了便默然无语。任磐亦自觉失言。因急得便把别的话撇开，随问洛士丙冷案须几时开议。扒夏道：“须待敝国开议院时，然后提议，方能对贵大臣商酌。”说了便去。

恰可前任驻使郑光禄到来。因洛士丙冷一案是他经手，北京政府方令他暂缓回国，好帮同办理此案。旋见该案开议无期，所以到来请任磐代他电奏回京告病，请准允回国。任磐自然领诺。后来任磐有电回京，即准郑光禄离美。这是后话不提。

且说任磐派充出使美、日、秘国大臣，虽然驻扎在美，但兼理日斯巴（即西班牙）及秘鲁二国，仍有交涉事宜。到任后，本该到两国一行，好查核交涉事件。今见各事停妥，且洛士丙冷案亦未有开议之期，正欲往日斯巴一行，顺道游历法国，好流览风景，并调查近事。便把署内公事，交由参赞代办代行，即发电到京，奏报起程日期，打点前往……

约行了十来天，即到法京巴黎，已是四月中旬。时地方不同，天气亦异，觉得很热。恰当时驻法使臣是许景清，号竹员，也率随员来接。先到了一间大旅店，许景清一面治酒与任磐接风。席间，任磐因在美时，闻得德、法两国将有构兵之事，便问事情因何而起。许景清道：“因德人向例防范他国人侦探他的军情，且防法人尤甚。那日，有德员请一法员相会，德人就拿他，谓他是个法国武员，擅进德境。所以，法人听得，大为鼓噪，后来德人知道已国人请他进来的，就放还法员。那法人亦不再追究，现在已没事了。”任磐道：“为一人被拿，几动干戈。外人为争国体起见，且如此紧要，实可钦羡！”许竹员道：“都是两国势力相敌，故以如此。若是一强一弱，还有什么说呢！”任磐听得，想起在美华工被逐的事，交涉这般棘手，倘是已国强盛，怎能任美人藐视？想到这里，又不免伤感，便不欢而罢。

到了翌早，又听得日斯巴君、后，恰往离宫避暑，回宫无期。且巴黎地方，有名繁盛，不妨多游几天，便与许景清往大清公所来啜茗。那大清公所，本系法赛会时赫德氏所建，所有营造工匠，都是中国款子。到时又见门外挂起楹联道：

于此间得少佳趣，亦足以畅叙幽情。

旋至屋内，一切土木之工，雕镂精妙，金碧辉煌。所用茶盘，都镌以篆书，其余布置亦十分完美。闻建做实费十万余金，及赛会散后，把来送给法廷，倒是一个纪念。当下任磐坐了一时，即出来往公园游玩。

到了一条通衢，但见许多人蜂拥在一处，行近一看，却是大大的店子，摆下无数蜡偶。任磐看看，见有两个中国人的模样，也认得一位是李爵相龙翔，一位是曾袭侯文泽，那些衣冠形像，倒也相肖。忽任磐细看去，不觉笑起来，许景清急问何故。任磐道："竹公你仔细瞧瞧，他那副朝珠是怎样挂的呢？"许景清亦笑起来，因那副朝珠是倒挂的。再看其上，又有一幅图画，是当日德兵破巴黎时，法皇已被擒及法军逃溃的事迹。任磐看了，觉真有离乱奔避、兵燹仓皇的惨状。又有一个气球，仍隐隐可辨。任磐道："这是法人羞耻的事，偏绘来给人看，尽有原因的。"许景清道："这不过是欲激励众心，欲为'三年拜赐'之意。"任磐道："弟早已听人说过了，只这等事若在我们国中，不特不绘这些画；若绘将来，怕还要骂他羞辱国体呢！"许景清道："这就是国势强弱的由来了！"说罢，摇首而叹。

徐行至公园，那公园里面奇禽异兽是数见的，也不消说。单是园中很是宽广，羊车、人力车、骆驼车俱全，还任人在园里乘坐的，车价亦不甚贵。有一种大象，亦任人骑坐的，每象限坐八人。园中专设一道石桥，作骑象上下之站。看了觉西人用心无微不至，若在中国，那有如此布置呢！徐绕行一周，却有斑骓数头；更有一兽，其毛灰色，头鬈微白，在铁笼终日行走，没有停蹄。张、许二人不识是何兽类，欲问法人，偏又言语不通，即不复看。至于奇花古木，地方洁净，更不必详述。

游罢回转来，更转到博物院里。原来法国博物院，与别不同，但见里面遍布水师院各楼房，所制船式图专备人考究的。任磐见西人于游观之地，亦寓考求武备之意，更为叹服。许景清徐指道："这是中国福州崇安炮台，制成一座木样，你道是那里得来的呢？"任磐一想，就知是法人攻入福州府时模仿得来的，心中不免愧愤，也不暇答竹员之问。徐看去，又见许多镶玉石屏、雕漆螺钿，皆是中国物件，更有先贤冉求的神牌，这真是不知那里来的！又可见西人好奇之心实非中国人所及的。任磐想起福州的炮台，又不忍再看。且日色渐暝，便直回寓所而来。

一连在法京驻了几天，如制造厂、机器局，统通游过。复与法外部相会过后，已打听日斯巴君、后，已经回宫。徐即向法官辞行，与各员起程往搭火车。送行的都到车站而别。统计由法至日斯巴火车，行的很速，夜不能成寐。且那处火车，共穿山洞九十七处，沿路都是荒山，且与美车大不同。还幸车程不甚远，次日已抵日斯巴京城，早有使署驻员徐立斋等驾车来迎。到了使馆，只见各员向任磐纷纷叩头道贺，任磐正不知何故。正是：

沿途历尽荒凉景，到署先闻叩喜声……（第廿二回）

话说张任磐到了日斯巴，只见各随员纷纷向自己叩贺。问起原故，方知自己已有旨升了太仆正卿。因任磐在巴黎多住了几天，故这会方到。当即望京叩谢。随打算呈递国书，日王及后又约过谒见之期，这都是使臣应做的，自不必细表。

恰好见过日王之后，那日王即来书请观斗牛。任磐暗忖西人本尚赛马，因何日俗偏好赛牛？觉得奇异，自不可不往一观。原来日斯巴风俗，有一种赛牛之戏。大都是一种野牛，凶狠好斗，足为人害，故欲置之死地，遂托为赛牛，以图杀之。且那种野牛多是购来，每头须费数百金，因此每一次赛牛，所费不赀。惟日斯巴视此赛牛日为大庆典，自王及后，一切官僚以至庶人，举国若狂，无不往观的。这会任磐见日皇来请，只道牛与牛斗，没甚什么好看，惟观风问俗，却亦不妨。且又有日皇来请，更不好却意，便偕随员同往。

到时，但见各国使臣俱在，始知凡是驻日各国使臣，无不请看的。又见日国大小文武官员无不在座，场外更人山人海，较之各国赛马，更为热闹。场内遍插旗帜，十分辉煌。更有武装官员从中指挥，回环来往。任磐也看得眼都花了。不多时，听号声一响，牛从栏内奔出。原是与斗之牛先牵至栅栏内，到时始放出共斗。任磐这时犹道牛与牛斗，讵料不然，却是人与牛斗的。那些斗牛之人，身披重甲铜帽，刀矛刺不能入，以求立于不败之地。此一人与牛相斗，另有两人从旁伺隙相助，无不以重甲裹身，避牛角刺。但那种牛虽凶悍好斗，惟牛与牛相遇，绝少斗的；若一见人才来，即狂怒追逐。因此承命与牛斗的，亦手拿利剑相拒。至于从旁助斗之人，或拿箭，或拿剑，不一而足。

当时牛既奔出场中，逢人便逐。只是人既穿甲，牛既不能伤人，惟人更持剑刺牛，无不受伤的。有时牛势凶猛，把人摧倒；那人既披重甲，自不能起立，又靠助战的扶起。若有一剑伤及牛身，助斗的或用箭，或用剑互相插牛伤口，那牛伤重必殒。到这时就纷纷拍掌，以为斗胜。那些观者就或掷金钱，或掷物件，以为赏赐，欢呼之声，不绝于耳。

任磐看了，几乎笑起来，但日王及后与诸大臣、各驻使均在座，恐防失礼，唯有竭力忍笑，悄悄向随员道："这直是杀的为戏，以伤物类为乐，没什么可观处。一来以有知的人斗无知的牛，已操胜算；况人又披重甲，实是有胜无败。以此等恶习作为大典，所谓文明的国，不过如是！"说罢，仍自暗笑。那料任磐用华语说话，只道没人听得，谁料旁坐的一位日斯巴人，是曾随使清国，任习过华语的。任磐所说统听了，忍不住即向任磐道："那等斗牛亦有分别：若被牛摧倒，待人扶起的，便算斗不过了。"任磐听了，不觉面红。又忆起自己见人掷赏物，自己也掷赏物，偏一个被牛摧倒，待人扶起的，自己亦掷赏物于他，岂不是外行？这时实不耐久坐，但欲去时，又日王面上不好看，只得再看下去，觉斗法更有怪处：若那人斗不过时，却用助斗的人，引的另奔，左旋右转，务使牛力疲乏，然后主斗者再上前与牛再斗，是那些牛没有不败，且没有不毙的。任磐更询诸邻座，始知每届斗牛，必毙牛数百头不等，因此任磐满心怪其残忍。看斗至黄昏时分，方始完场，看者方散。

品读

本文节选自《宦海潮》第廿二回《赴纽约老客诉残苛　游巴黎旅途闻喜报》、第廿三回《害生灵心伤斗剧场　学语言情结虚无党》，主要写了三件事：一是老华工李荣向张任磐诉说在美华工遭受的残苛虐待；二是张任磐在巴黎的见闻与感受；三是张任磐受邀观看西班牙斗牛。

第一件事起因是美国工党欲行刺张任磐，一些华工闻讯后自发组织起来保护张氏。张氏知情、脱险后，从老华工李荣那里了解到在美华工的悲惨遭遇。原来美人开国时，利用华工做开荒牛马，开采矿务、采伐森林、垦辟荒芜等，可是等商业发达起来后，就开始驱赶、虐待华工。令人悲叹的是，清政府贫弱无能，不能维护华侨利益，任凭华侨遭人鱼肉。老华侨的一番血泪控诉，揭露了美帝国主义的血腥发家史和种族歧视、排外政策，同时也指出了中国贫弱，“没有什么工艺安置国人，就令国人要流离异国”的可悲现状。

小说中提到的“洛士丙冷案”，是发生在美国洛士丙冷煤炭产区的一桩残害华工的惨案。1885年，白人矿工要求华工参与提高待遇的罢工，华工拒绝。9月2日，150名白人矿工持枪，对华工进行了12个小时的屠杀和破坏，导致至少28名华工被杀、15人受伤，华人区房屋几乎全被烧毁。此案发生后，中国驻美公使郑光禄负责与美交涉。张荫桓（对应小说中的张任磐）到任后，接手处理，后来虽经多方努力，使受害华工获得了一些赔偿，但仍因办事不力遭到弹劾。

张任磐出使美国，还需要兼顾西班牙、秘鲁的相关事务。因出访西班牙，途经巴黎，他参观了巴黎的一些地区。他目睹了巴黎油画所绘德法战争中法国惨败的画面，由此感慨法国人不忘国耻、奋发图强的精神，领悟到“国势强弱”的根由；又在巴黎公园发觉“西人用心无微不至”，即便是游观之地，“亦寓考求武备之意”，“西人好奇之心实非中国人所及”。这种海外见闻与中西文化的对比、反思，反映了张任磐希望借鉴西学以富国强兵的文化诉求。

至于张任磐受西班牙国王之请，观看斗牛赛事，不仅展现了异国他乡的风俗民情，也由此反映了中西文化的差异带给张任磐的文化震惊，体现了不同文化传统中的旁观者对于斗牛意义的认知与判断。以儒家文化观之，斗牛不过是“以伤物类为乐”，堪称“恶习”，但是从西班牙民族精神形成的角度看，斗牛实际上为男人提供了一次展示智慧、胆识、技巧和意志的机会，被视为“勇敢者的游戏”。这当然是深受儒家文化熏陶的张任磐无法理解的。当张氏戴着儒家文化的有色眼镜观看西班牙的斗牛时，由于文化的隔阂、习俗的差异、价值取向的不同，产生文化上的惊诧、困惑乃至鄙夷的心理，也就是顺理成章的事了。

十三、革职充军，屈死新疆

——《宦海潮》选段三

话说张任磐到总署签押条约，闻侍卫官传凌相之命，传往相见，并说“凌相企候”，料然拿着朝谕；然后说得“企候”二字，因此不免心慌，不觉投笔于地。就知儿子与凌公子的事解说不开，要把“党案”发作来了。也不由不去，便离了总署，早把神魂丧失了一半。

及行至总署门首，那侍卫官即传声道：“请大人便服！”张任磐一听，已知革职是定了的，还怕革职之后，更要斩首，那时所有残魂剩魄，倒飞到爪哇国去了，连行也行不动，慌忙问那侍卫道：“谕旨里头有‘菜市口’三字否呢？”那侍卫官答道：“谕旨上什么说，我也不知，亦不敢泄漏。大人到相府便知！”

张任磐听了，更为慌乱。原来京中杀人，必在菜市口。任磐恐要斩首，故问有无“菜市口”三字，就是这个原故。当下任磐听得那侍卫官之语，以为谕旨中必有“菜市口”三字，不过他不敢泄漏而已，因此慌乱更甚，也掉下泪来。侍卫连催几声“便服”，任磐手足也不能动，几乎倒在地上。只有两跟人随着，一人插着任磐，一人替任磐易服。总署内各人见了，也为叹息。即卸去翎顶，脱下一品袍服，在随行衣箱取出常服，替他穿好。那时任磐已面如死灰，像死去了一半。那侍卫官及他跟人料他不能行动，一齐扶着他登了轿子，直往凌相府第而来。

那任磐在轿子上已不能说话，单向那侍卫官频频问“谕旨上有无‘菜市口’三字”。侍卫见他如此赘问，恐怕他真个吓死了，觉不好不说，又不好亲自直说，即对他跟人说道：“谕旨实无‘菜市口’三字，你且对大人说，安安他心罢！”他的跟人便拍着任磐的肩膊，高声说道：“大人不怕了，谕旨上实无‘菜市口’三字呢！”任磐一听，神色略觉定些，转向跟人问道：“谕旨上实无‘菜市口’三字么？”两跟人齐声答：“是！”张任磐又道：“你从那里得知？”两跟人齐指着那侍卫官答道：“是他说的！”任磐又问那侍卫道：“谕旨上真没有‘菜市口’三字样么？”那侍卫官也不说，只把头略点。任磐听罢，心上觉为一宽，自忖：虽然革职，惟此身尚在，凭着一副口舌，这一身本领，不难再运动开复的。

正想象间，已到了凌相府前。即下了轿子，仍由两跟人扶着。那侍卫官即进里面禀告：“张侍郎已到！”凌相即令传进来，两跟人即扶张任磐进去。只见凌相衣顶齐整，手拿谕旨，立在大堂之上。张任磐即趋前见了凌相，忙即俯伏跪下，口称：“罪臣听旨。”凌相见了任磐这个情形，面无人色，回念拜把交情，一时慈心发现，也不免感触，即谓任磐道：“你来了吗？你可回衙去，好打点家事，才回来听旨不迟。”张任磐听到这里，也不明凌相之意，只欲把自己忠勤之处揭表出来，望凌相矜悯，便答道：“兄弟自服官以来，向不知有家事，所以弄到如此。因为失了家教，不肖儿子在外胡行，今日累及父母。在兄弟这里，从前不知有家事，此后更无家事可以打点。既有恩旨，统望丞相昭示，俾兄弟领罪。”凌相听了，更觉可怜。

原来凌相之意：见面时情动于中，故藉打点家事之名，着任磐回去，自己好筹个善法，减轻他罪名。不想任磐不去，又见他说到“向来不理家事”之语，也怜他一片忠勤，至危不变，且任磐说“不肖儿子累及父母”，又不知有什么枝节原因，因此更为不忍。便又说道：“凡人尽有家事，你回去打点打点，且与尊夫人或有嘱咐之语，亦该回去一走。”张任磐道：“兄弟实不知有家事，虽然丞相一片慈心，兄弟作为心领，再不必回去了。但兄弟倘有不幸，统望恩相拿了兄弟的儿子，一刀两断，则兄弟在九泉之下，亦得瞑目。”凌相见他苦苦不去，急得没法，即再道：“无论如何，回去一转，也不妨事！”任磐又道：“兄弟并无后事可嘱，望恩相快将恩旨宣读罢了！”

凌相见他如此执意，即欲替他设法，怎奈谕旨已在手中；他又已到来听旨，断不能搁留谕旨不宣布的。想了想，一来看了任磐神形，已忆起拜把的交情；又听他说来，也像几分被人诬捏，自悔昨天参得任磐太速。触景生情，如何不动？便又劝了几次，使任磐回去一转。可怜任磐不知凌相之意已有转心，又不知凌相权势神通；只道谕旨已出，不能复挽，但把自己的忠勤感动凌相，好为后来开复地步。任凌相如何相劝，也抵死不肯回去。凌相无法可施，心上说道：“你真没造化了！”没奈何，即把谕旨宣读出来道：

总理各国事务衙门大臣尚书衔户部左侍郎张任磐，自服官以来，意荷朝廷恩宠，应如何感恩图报。乃辜负国恩，交通逆党，紊乱朝纲，并谋不轨。似此罪恶，原在不赦。姑念他服官多年，尚称忠谨；历办交涉，仍称得力。姑加恩贷其一死，着即革职，发往新疆，交该省巡按严行管束。钦此。

读罢，张任磐仍叩头谢恩。凌相即令发往刑部，听候起解。这点消息，已为张任磐家人知得，以任磐既已革职入狱，好不悲惨，即着人到刑部打点，欲使任磐得个好吃的食品及好睡的所在，花三五万也不惜。不知凌相于任磐进刑部后，念着交情，已替他打点停妥。任磐在狱中，已不大苦。

那日，任磐的妻到狱中问候。任磐道：“吾此次被罪，实出意外。为不肖儿子累到这个地步，即幸而获免，有何面目见人？但我充发之后，宜逐他出外，不认为子，此后可免再辱门墙！”其妻听罢，为之哽咽，自念儿子本属亲生，意良不忍，便说道：“罪儿亦自知罪过，昨由上海来了一函，自陈其罪，欲回京进狱陪候，并愿随侍边疆。因未得老爷主意，妾不敢作主。”任磐大怒道：“畜生牵我至此，还来戏我！我若要与他相见，除是到九泉之下！你速回信他，自后休认我为父，我亦不认他为子。谁要他随侍来！”其妻听了，不敢再说，只是啼哭。任磐道：“你回去也罢。天若庇佑，于充发边疆后，或可望回来相见；你若在此，反令我触目伤情了！”其妻没奈何，只得退出，仍留两个跟人伺候，专待充发起程。

计自任磐有旨革职充军之后，从前如翁相等得力人员也失了势。知交的，自年前孙、潘两尚书死后，如文廷格、盛子仪也因党狱牵累，自身难保；其同乡的，如许云台尚书因党人参劾，早革出了礼垣，此时党人案发，虽有开复消息，这时还未复官，更不易说话。只有姻家李文贤任礼部侍郎的，亦年前一病身故，得朝旨优厚，说他“学问渊通，克勤厥职”，赏他幼子以员外郎候补。这时，更无一人敢替张任磐递折分辩，便是爵相李龙翔也不敢与他出头。即从前奔走任磐门下，慕他声势赫奕，冀夤缘竞进的，到这时惧党祸牵连，亦缩埋头脑，不特不为设法解释，连狱中也不敢进去问候。真是世态炎凉，人情冷暖，倏忽盛衰，爱憎顿变。

那任磐寥坐刑狱中，已有旬日，即是起解之期。早有谕旨发下，着地方沿途派员管押，休得疏虞。那日在狱中提出起解，只有李爵相差人到车站慰送。凌相亦念昔日拜把之情，着人到送。那任磐的家人，自然先到车站等候，任磐也携着妻妾起行。

时他儿子张海成，听得父亲起解，倒为自己事情累到今日，如何不感动？正奔回京中，没命也要随父亲前往。那日正赶至车站，眼中含泪，听候同行。早被任磐一眼窥见，即怒声向海成骂道：“孽子！今日亦有面目来见我耶？你快回去！我不要你跟随！”张海成此时一言不发，即跪在地上，仍不回去。张任磐激得眼火横飞，急前行几步，飞起右脚，向海成一踢，骂道：“你还不死，留在这里则甚？”海成被这一踢，叫一声“啊唷”，早扑离几步，即有陪行的扶起他。料知这一踢非同小可，即觅药酒替他敷了，劝海成不必随去。此后张海成即回本籍。一来因父亲失势，已无从前的气焰；二来亦知从前罪过，也杜门不出。都是后话不提。

且说张任磐到了车站，即与来送的三、五人作别，起程而去。一路沿直隶，经山西，入陕西、甘肃，望新疆而去。正是：当年出使，行色辉煌；今日充军，程途苦况。沿路所经，倒由地方官派人管押，虽有尝仰慕任磐或怜悯任磐的，十分优待；只是遇着仇外及嫉恶党人的官吏，行次就有些不妥。回想在京时，佩带七个银印，历兼几个要差，何等煊赫！今一旦如此，何堪回首！想到此情，不免潸然下泪。

一路晓行夜宿，已非一日，到了新疆。还亏当时新疆巡按饶应熙，平日最爱慕张任磐的。自闻得任磐下狱，已替他可惜；及闻得任磐解到新疆，即亲自出城迎接。因上台如此重视任磐，凡他属下藩、臬、司、道、府、县，自然不敢怠慢。因谕旨中说“交新疆巡按管束”，饶应熙就在衙内拨出几座房子、一间花厅，给任磐居住，并吩咐人役殷勤伺候，一切供奉皆从优厚。先设宴款待任磐，并邀司、道各员陪宴。席间，都是谈些京中近事，及此案如何冤抑。各人听了，都为叹息，互为慰藉。饶应熙更说道：“以足下之才，不难开复；稍有机会，兄弟定必保奏！”任磐听了，自然称谢，并道：“弟亦不再望复官。宦海浮沉，今已看破。但弟以患难之身，平生与足下并无过从，却蒙如此厚待，已十分感激了！”说了，又畅谈一会而散。

自此任磐在新疆巡按衙中，虽名为管束，实则如处自己的高堂宅一般，绝无苦处，倒自安乐。……（第卌一回）

且说张任磐充到新疆，在饶巡按衙内居住，已历年余。当邪党闹事之初，早听得京中顽固大员袒庇邪党、残杀外人之事，就对饶巡按叹道：“这些举动，尽酿出大祸来了！”饶应熙道：“闻那些党人有了符咒，能御枪炮的，是不是呢？”张任磐道：“天下那有此理！总之，把外人杀得越多，外人越加愤怒。我国也不能与一国对敌，怎能与各国相敌呢？”饶巡按听了，犹半疑半信。及闻联军大至，邪党不敌，已服任磐高见，乃见任磐说道："若李相与老兄在京，必不主张此事。"任磐笑道："弟自然不主张，但弟若在京，料然性命不保了！"饶巡按道："这是何故？"张任磐道："你且看：如侍郎许子清、纳子山及京卿袁广，不过奏称'邪党难恃，外人宜保护，不宜仇杀'，就触了敦千岁、江丞相之怒，统通把来斩首。若小弟在京，如何能免？今充配到此，反得回性命。自古道：'塞翁失马，不知谁祸谁福。'端的不错！"饶巡按道："老兄料将来局面怎样呢？"张任磐道："闻邪党用数千人攻击一间使馆，且不能得手，这样如何抵得外人？是各国将来一定攻破京城的了！到那时，若然不幸，必被各国把我国瓜分；若得侥幸，亦必折无数钱财，方能说和了事，是势所必然的！"

饶巡按听了，半晌道："后来既要如此，不如及早说和，还不至大亏。弟奏保足下回京，派为议和大臣，向各国说和，你道何如？"张任磐笑道："现在敦千岁一班人，正如狼似虎，其意要杀尽外人，夺了大位，才了心头之愿。此时如何说得来！"饶巡按道："一切仇外事情，都是敦千岁主意，料非朝廷本心。足下向善于外交，乘此机会入奏，一来是足下开复有望，二来是国家受害还浅些，岂不甚好？"张任磐道："老兄既要如此，任由老兄尊意。但弟料此时尚早，老兄亦枉多此一奏。"惟饶巡按心里，既防国家将来受害更深，又要为张任磐谋开复，便不听任磐之言，竟自电奏，称"邪党难恃，外强难敌，请速筹议和，并请起复张任磐为议和大臣"等语。

岂知当时各省电奏，总要经敦千岁及江相之手。猛不防他接得饶巡按之奏，不觉大怒；惟同时又接得承天将军曾文琦电奏，亦请起用任磐议和的。那时敦千岁才想起：讲外交的人，还有张任磐一个。因自任磐充发年余，久已忘却了。今见有两人保他，即想起任磐尚在新疆，即与江相商道："好招引外人通商，及好与外人交游的，正是此辈。任磐实是罪魁，不杀此人，如何下得气？”江相自没有不赞成。便立刻拟一张谕旨，当是朝廷发下的，电致新疆饶巡按及范藩司两大员，要杀任磐。

时饶巡按在署中，听得有电旨来到，即立刻恭接。译出来看，那电旨道：

已革尚书衔户部左侍郎张任磐，前因与叛党同谋构逆，罪本不赦。惟朝廷向存宽大，念他服官多年，尚称勤慎，故曲予矜全，仅发边省疆臣管束，已是莫大之恩。乃仍不知改悛，近闻该革员有私通俄人、图谋不轨情事，似此罪大恶极，岂能稍事姑容。特谕新疆抚、藩，着将已革尚书衔户部左侍郎张任磐，即行斩首具报，以昭炯戒，而肃典刑。钦此。

饶巡按看罢，叫一声：“苦也！”呆了半晌，自忖自己正在保他，反弄出祸来了！又忖道：责他私通俄人，实是没有凭据的，岂能以“莫须有”之罪杀人么？但此电旨是并谕抚、藩二臣的，不能不与藩司相酌。便立请范藩司来到，先把电旨给他一看。范藩司道：“既有电旨，自然照办，何用多疑！”饶巡按惊道：“老兄休便说此言！试问有何人参他是通俄的？谕旨内的句语多属构拟之词，恐非朝廷本意。怕是敦千岁想起尚有一个张任磐，故嫌他好讲外交，要拿来杀了是真。”范藩司道：“弟不像大人多心，但知遵旨而行。倘不然，便有个违旨之罪，小弟如何担得起？”〔下缺一页，以张任磐被斩首结束。因残缺过多，不录〕（第卅二回）

品读

本文节选自《宦海潮》第卅一回《受严旨获罪发军台　纵邪术逞凶戕

使馆》与第卅二回《神京妖雾血向天飞　宦海风潮影随云散》，叙述张任磐因受康梁变法牵累，又得罪了凌朝禄（即荣禄），遭革职查办，发配新疆，最后被守旧派矫诏杀害的故事。张任磐因多次出使外国，了解欧美日本，故而受到光绪帝的器重与垂询，向光绪帝举荐了同乡康有为，且与康有为往来甚密。戊戌变法失败后，张任磐遭人弹劾，花费三十万两银子，贿赂丞相徐桐，侥幸脱祸。不料，其子与凌朝禄之子争赎一个男妓，争不到手的凌公子迁怒于张任磐，在凌朝禄面前搬弄是非，说张任磐是康党，而一些平日嫉恨张任磐的人又乘机落井下石，左讪右谤，弄得凌朝禄勃然大怒，立刻奏参张任磐，将其革职，听候查办。

当侍卫官传唤张任磐去见凌朝禄时，他立即意识到凌朝禄要拿"党案"问罪了，革职自是免不了的，只怕还会被绑缚菜市口开刀问斩。所以，他顿时吓得魂飞魄散，反复向侍卫官询问"谕旨上有无'菜市口'三字"，听说没有，才略觉宽心。其惶惶如惊弓之鸟的可怜情状，跃然纸上。

凌朝禄见他吓得面无人色，回念拜把子的交情，一时慈心发现，想藉打点家事之名，让他回去，"自己好筹个善法，减轻他罪名"。谁知他不解凌朝禄用心，执意不去，只想着用平时为官忠勤来感动凌朝禄，指望将来能被重新起用，就这样错失了被从轻发落的机会，殊为可惜！不过，这也形象地揭示了张任磐处于极度恐慌的情绪中，一旦抱住一个念头，便"执迷不悟"的真实心理。

张任磐被革职充军后，此前有交情的大臣，要么失势，要么死了，要么惧党祸牵连，做起缩头乌龟，满朝大臣竟无一人为张任磐递折分辩。人情之冷暖、世态之炎凉，由此可见一斑！张任磐本人也无奈地感叹："官场里那里说得定？宦海升沉，顷刻变幻！命运更有盛衰，是断不能恃的。"而借张氏的宦海升沉，反映人情冷暖，揭批世态炎凉，也是作者创作这部小说的动因之一。作者在《宦海潮·叙文》中就说："吾之为是书也，非所以表扬张氏”，而为“世态之炎凉，宦海之升沉，吾固不能无感”。在《宦海潮·凡例》中，他又说明其写作意图是“特借张氏以定人情世故之变幻无常者也”。

义和团运动开始后，清廷顽固派觉得民气可用，想借助义和团扶清灭洋。张氏在与新疆巡按饶应熙聊天时，预测这样做必将大祸临头。果然，八国联军很快攻入京城，饶应熙因此很佩服张氏的先见之明，并天真地以为清廷要与八国联军议和，正需要张任磐这样精干的外交家出面。张任磐则认为时机未到，可饶应熙不听，竟自电奏朝廷，保举张任磐出任议和大臣。不料，却因此触怒了朝中掌权的守旧派，他们居然矫诏，以“私通俄人，图谋不轨”的莫须有之罪，下令处死了张任磐。

张任磐无疑是被冤杀的，他是继戊戌六君子之后，为维新变法而捐躯的又一人，也是参与变法的朝廷大员中唯一的殉难者。他的死充分暴露了清王朝守旧派的极端顽固反动与暴虐无道，而这也注定了清王朝败亡的历史命运。

十四、袁世凯入京会群僚

——《宦海升沉录》选段一

当下主客十余人，各分次让座。袁世凯方自振起精神，要与各人谈论。不想你一言我一语，好半天都是议论文学，这一个优，那一个劣，及那一科得人，那一榜有什么名士，总不谈及国政两字，袁世凯好不耐烦。只见翁相道："不必说许远的事，只座上得各位光临，国内英才，已尽集于此。今日老夫贱降，竟成个儒臣大会了。"各人听得，更手舞足蹈。方滔滔不绝，忽见门上带了一个人，方走得汗涔涔、气喘喘的。带同上来，把一封密函，打个千儿，递给张侍郎荫桓。张侍郎接了一看，登时面色变了，各人也惊疑，不知何故……（第二回）

……翁同龢先向张侍郎问道："那封书是那处来的，怎地看了却如此失意？"张荫桓摇首道："是总理衙门的章京来的，这一会好不误事！"袁世凯即问道："可不是外人又要与我国有什么要失和的事么？"袁世凯说了，张侍郎犹未答言，徐荫轩即道："袁兄，你的话就说差了，难道外人要失和，就要吃惊么？人人倒道外人铁甲船的利害，老夫就不相信了。你试拿一块铁儿，放在水上，看他沉不沉？那有把铁能造船，可能浮在海上的呢！李中堂要兴海军，被人所弄，白掉了钱是真。前儿郭筠仙出使英国，就震惊外人船坚炮利，费了几年工夫，著一部《使英日记》，总被外人哄谎了，你这会出洋休要着这个道儿。"

袁世凯听了，又好笑，又好气，又不敢答话，只勉强说了一声"是"。徐见张侍郎答道："也不是外人要失和，只老洪（钧）就不是了，他出使俄国的时候，因为中俄地界向不太明白，恰有一个俄人拿了一幅清俄地界图来，求他承买，他费了千把银子才买了。不想那张地图，是俄国人弄鬼的，故意把八百里多地方，画入他国界里，来骗中国的。自从老洪得了这幅地图，寄回总理衙门，就当它做底本，与俄人画界，不想就断送了几百里地去了。这封书就是这样说的，所以兄弟见了，就觉烦闷得很。”孙毓汶道：“外人是诡计极多的，老洪可就不仔细了。”徐荫轩道：“老洪误事，若总署大臣，就该留点子神才是。”翁同龢道：“这又是难说的，因为清俄地界，向没有界址的，就是你徐老前辈走到总署里头，怕见了那幅地图，也要当是宝贝，要依它行事呢。”徐荫轩又道：“毕竟与他画界做什么？普天之下，莫非王土。尽要把个厉害给外人看看，外人才不敢来争地呢。”袁世凯这时忍不住气，却说道：“老大人说的是，但现在世界情势，要把厉害给外人看，总是不易的。若画界的事，又不能不办的。只是错了，埋怨自己不仔细罢了。”那时徐荫轩以老前辈自恃，一旦被一个道员袁世凯抢白了几句，很不甘服。正待要发作，翁同龢恐不好意思，不待徐荫轩答时，即插口说道：“老洪这一误不是玩的，尽参了他才得了事呢。”李若农道：“这样看来，彼此都有失察。若单是归罪老洪一人，只怕总理衙门实措词不易。”正说着，忽报国子监祭酒成端甫来了，大家又起来迎接，少不免又寒暄几句，就把徐、袁辩驳的话暂时搁起。

少时，家人已报开席，翁同龢即请各人入席。翁端了主位，余外分次坐下。方饮了一会，除荫轩仍忍不住谓世凯道：“袁兄，你说把厉害给外人看，是不易的。想又信外人船坚炮利的话了？”袁世凯道：“在下不是小孩子，也不是任人欺哄的。只老大人若不信外人有铁甲船，可省得福州战时，怎地扬武那只木质船总不当得法

袁世凯像

国战舰呢？”徐荫轩道：“你还提福州的事么？老张（佩纶）是不济事罢了。”袁世凯道：“若果外人没有铁甲的船，现在北洋定远、镇远是什么船儿呢？”荫轩又愤然道：“李中堂枉老了几十年，白被人骗了，你还好说。”袁世凯道：“既是如此，请老大人参李中堂一本，派员查查他所装造的舰队，可有铁甲没有也好。”荫轩道：“袁兄，你来迟了，前时梁鼎芬曾参过他了，你还不知么？”袁世凯正欲再说，翁同龢恐他两人生出意见，急向袁世凯把盏，随又向各人劝酒，才把他两人的说话搁住了。孙毓汶道：“这时只管喝酒，争论做甚么。”翁同龢道：“两人皆有理，徐老哥不怕外人，是有胆的；袁兄为见中国不大振作，也防外人欺弄，是小心的。”那时徐荫轩见翁相如此说，方才无语。袁世凯亦知翁相之意，不复再言。

成端甫道：“保全国粹，不可无徐老哥；讲求外交，不可无袁世兄。这会前往朝鲜，几时出京呢？”袁世凯道：“须待召见后，得了皇上训谕，立即起程的了。”成端甫道：“明儿弟在舍下谨备薄酌，敢请在席诸位赏赏脸，一同到舍下谈天。”袁世凯方说一声“不敢打搅”，李若农就答道：“你不闻人说，京中两句话么，‘爱客成端甫，求才翁叔平’，那个不知。我们明天同去，领教领教。”翁同龢道：“若农又要作剧了。”说罢大家笑一会，又复再饮，已至三巡，方才告罢。翁同龢见各人都有些酒意，只说一声“有慢”，方才撤席。

即同到客厅谈坐，不想徐荫轩已告辞去了。袁世凯觉不好意思。翁相颇拜服袁世凯有些胆识，即说道：“袁世兄却有点胆子。但老徐那人，彼此同僚，只由他罢了。我们与他论事，差不多要天天争论的。他的性儿，朝廷也知道，只因他是个老臣，由得他。但军机总署两衙门，从不派他一个大臣差使，就是这个原故。”说罢，即次第辞去。

袁世凯回寓后，回想徐荫轩这般顽固，将来好不误事，自此心上早记着徐荫轩一人。到了次日，是成端甫请酒，要将昨晚同席的人，统通请去，料徐荫轩必然在座，本待不往，但已自应允了，若然不去，反见得自己小器，只得一走。遂乘车望端甫花园而来。到时，已有几部马车停在门外，知是有几人先到了，立即下车，早有门丁长随侍候领帖。

进门后，袁世凯仍缓缓而行。但见当中一条大甬道，用花纹石砌成，十分幽致，两旁古木参天，杂以矮篱，衬些盆景时花；左右两度粉墙，正涂得雪白似的。行上几步，见有一道小沟，横着一度大石桥，桥下水清如镜，料知此水直流通至内地。过桥后，两边皆种杨柳，时虽近残秋，却有一种清秀之色。柳旁支搭几棚荼蘼架。架外尽栽桂树，却有一种香气扑来。石桥两边，俱摆着盆上菊花。一连石阶石砌，直接月洞门，再分东西两行石砌，都摆着盆上菊花，开得十分烂漫。再看月洞门上，横着一个匾额，写着“涉趣”两个大字，下款题着“成亲王书”，就知这个花园，是成端甫祖父时开筑的。回望月洞门以前，一天绿景，衬住夕阳返照，皆作淡绿淡黄之色，实在幽雅。忽闻桥下水声响动，俯首一望，只见几头鸳鸯，泛浴出来，可见得里面，定有水池。有人在池上荡桨。急进门内一看，却又是一壁粉墙，拦住水池，墙边间以疏竹。忽闻歌声道：

嫩凉天，斜阳地，草色连波，波上晴烟起。秋雁已回音未至，恼煞鸳鸯，犹对离人戏。黯销魂，感身世，夜夜不逢，好梦留人睡。楼上晚妆慵独倚，无那歌声，化作相思泪。

袁世凯停步听了一回，觉这一曲是《苏幕遮》，很有意思，遂沿粉墙而行。只见池上两只瓜皮艇，艇上几人，如李学士、成端甫之类，也与几个名优，在池中荡桨。一见了姓袁的，成端甫即笑道：“袁世兄来了，有慢有慢，失礼失礼。现在翁中堂等都在亭子上了。”原来水池之中，建了一座八角凉亭，由池边拱起一度画桥，直通亭上；桥上两旁，都支搭栏杆，真如长虹临波一样。袁世凯一面与成端甫招呼。当时成、李二人，即令将艇拢至岸边，一齐登上来。端甫即与世凯握手，世凯又与李学士见礼，便携手沿画桥而进，直到亭子，转登楼上，已见孙莱山、翁中堂一班人，俱已在座。

袁世凯即一一与各人周旋，寒暄过后，单不见有徐荫轩，便问道："因何徐尚书还不见到呢？"成端甫道："昨天他曾应允来的，今天他差一个家人，拿了一封书到来，说是身子不大快，也不来了。"袁世凯听罢，料他为着自己冲撞了几句，故不愿来的了。此人实在性情顽固，且度量浅狭，今他不来反觉自在。但自己不好再问，只与各人说些闲话，又谈些园内景色。

不料过了水池直进，尚有许多地方，红花绿树，假山石砌，纵横错杂，从高处一望，真有天然别致。又见古松树下一个秋千架，有几个名优，正在戏打秋千。看了谓成端甫道："有此名胜，怪不得老哥不求外放。若然出仕外省，只怕故园松菊，又作张翰思归的想了。"李学士道："袁兄还不知呢，端甫曾放过浙江学政。他见浙江那一种江山船，总不及京华知心人的好。故此自后不愿外放，就是这个原故。"说着各人一齐拍手笑起来，袁世凯正不知其故。

原来浙江有一种花舫，唤做江山船，专用些绝色佳人，认为亲女，为招徕过客之计。若唤船的人是有资的，那船上的美人，任人纵不拉拢他，他也拉拢人，以色字为饵。倘不知的，中了他计，就出来责那人诱奸他的女儿，要索千金万金不等。这明明是摆出一个美人局。成端甫当日，曾着这个道儿的。袁世凯见各人皆笑，正问什么这般好笑，翁相即把这个原因说了出来。成端甫笑道："京华里面，兄弟也没什么知心人，总不像那情人已在目前，还称什么'离人戏'呢，'相思泪'呢，可就奇了。"世凯一听了，知道方才唱的，就是李学士的知心人。

大家笑了一会，翁同龢即向袁世凯道："昨天已递缮牌，准明天召见。想贤侄知道了？"袁世凯说一声："有劳费心。"成端甫即令诸名角再唱一会曲子，然后入席。酒至三巡，成端甫道："席间无以为乐，不如大家联句，各将自己所有珍藏的书画玩器，题了出来，好不好呢？"各人都道一声"好"。彼此让了一回，即由翁相先起。翁相辞让不过，即吟道："《公羊》学绪暗复明，公羊一去何氏生。笺注若就无许郑，"翁相吟罢，挨次便到张子青，即吟道："挥毫落纸万卷成。网罗典籍怀炎汉，"说罢，成端甫道："紧接上文启下，很好很好。"孙莱山道："张老的万卷楼，料他要捧出来的，只是看了几十年两汉书，还未忘心，实在难得。今番便挨到张侍郎了，你的《三都赋帖》，也该献出来了。"张侍郎便即吟道："赋就《三都》震玉京。太冲天才应纸贵，"张子青道："今番挨到孙尚书，你的铜雀台上魏武的团龙玉砚及铜雀台瓦，还不说？"莱山听了，即吟道："砚云龙舞洛阳城。铜台玉毁犹瓦全，"成端甫道："今番到我了。有什么可说呢？我那幅《马湘兰救驾图》，尽要献丑了。"即吟道："圣朝应建女凌烟。功能救主勒千古，"吟罢，挨到张朝墅。李学士道："你唐伯虎画本，还忍得住么？"张朝墅笑着吟道："芳名未泯丹青传。况有写生唐伯虎，"挨次便到李学士。翁同龢笑道："他若不说《蒙古史》，还说那的？"说未了，李学士即应声吟道："何如不绘人物绘山川。我观蒙古继兴震欧亚，"吟罢，最后便到袁世凯。那袁世凯即吟道："满人入关陷中原。至今燕云暗无色，"吟罢，各人大惊起来。孙尚书道："你如何说这话？"翁相道："他是要著《满洲史》的人，也怪不得的。不必说了，请主人结韵吧。"成端甫即复吟道："能挽狂澜惟圣贤。为上圣主得贤颂，抚绥藩属迄朝鲜。"翁相道："此席要送袁世兄的，端甫结韵很好。"便大家饮了一大杯，又谈一会，方才终席，即次第辞去……（第三回）

品读

本文节选自《宦海升沉录》第二回《监朝鲜使节趱遥程　入京华群僚开大会》、第三回《宴华园别友出京门　电天津请兵平乱党》，叙述袁世凯入京拜见翁同龢，与一帮朝中大佬聚会时的见闻感受。

袁世凯因为得到李鸿章的赏识，被他奏保任驻扎朝鲜总理，交涉通商事宜。袁世凯入京请训，听说翁同龢过生日，便投其所好，花钱买了一部《公羊传》何氏注本，作为寿礼，去拜谒翁氏。生日宴上，他认识了一帮有头有脸的朝臣，发现他们对文学津津乐道，而于国政则漠不关心。更让他惊讶的是，尚书徐荫轩既愚昧无知，又冥顽不灵，想当然地认为，所谓的“铁甲船”，不过是受外国人忽悠，上当受骗而已，他的理由是：“你试拿一块铁儿，放在水上，看他沉不沉？那有把铁能造船，可能浮在海上的呢！”袁世凯感到既好气又好笑，让他去北洋舰队看看定远舰、镇远舰是不是铁甲船，他恼羞成怒，与袁世凯争执不休。谈话间，袁世凯还了解到外交大臣洪钧出使俄国，受俄人蒙骗，花重金买了一张清俄地界图，寄回总理衙门，总理衙门失察，居然以此为据，与俄国画界，白白丢掉了中国几百里领土。此后，袁世凯又在成亲王府的“涉趣园”，见证了这一群当政者陶情于山水园林、怡性于声色享乐、醉心于书画玩器的娱乐场景。

小说围绕袁世凯的见闻感受来展开叙事，注意点面结合，重点刻画了徐荫轩颟顸无知、性情顽固、度量浅狭的性格特点，有声有色地描绘了“涉趣园”的亭台轩榭、花草树木、水池画桥，以及学士荡舟、佳人歌唱等画面，表现了成端甫等人醉心声色享乐、哪管国难当头的顽主形象。试想，在外患内忧频仍，国势岌岌可危的时代境况下，这样一群人执掌朝政大权，清朝又焉能不亡！

十五、袁世凯安抚义勇队

——《宦海升沉录》选段二

话说袁世凯既得任直隶总督兼北洋大臣，这时正值与各国议和之后。各国鉴于团党之乱，仍驻军京津，防有再变。又将团党起事地方，罚停科举数年，各大臣亦无可如何。因京城既破，侥幸赔款赎回，如何敢与各国相抗？故差不多京中政局，也操诸外人之手。唯各国自此亦方针一变，因从前每多提倡要瓜分中国，到那时反说“保全中国”四个字，便各出外交手段，讨好北京政府，望与北京政府亲厚，好为索取权利起见。

就中单表俄罗斯一国，更为周到，没一点不向北京政府周旋。是以那时京中大员倒道俄国可靠，也有发再续联俄之说的。因爵相李鸿章在时，亦曾与俄罗斯订立密约，道是清俄联盟，俄人遂乘机把势力布满东三省。本来这时看见俄人举动，自应有悔心，惟俄人把一片言说，称从前在满洲布设势力，只是不得已，为对付那一国起见，并无他意。又说这会欲助中国自强，又说要扶中国什么维新，种种甘言弄得北京政府里头神魂颠倒，大半是信俄罗斯真正可靠的。所以自京内至各省，都赞成联俄之说居多，更有些提议派大员使俄订立盟约。时俄使在京，更天天在总理衙门陈说清俄联盟之利，催促北京政府速派订议盟约专使。自京中传出消息，驻京各使没一个不知道此事，也有电告本国政府的，也有运动清俄联盟解散的，闹成一片。因各国正思索取中国权利，恐一旦被俄罗斯全数先得了便宜，自然不大满意，故各国当时十分注意此事。

及此点消息传到北京，就引出一个拒俄的义勇队出来。究竟什么唤做义勇队呢？因当时游学之风渐盛，都知道从前在中国所读的书无济于用，也转向外国求专门的实学。是以当时在日本留学的，已有万来人，个个倒知得列强大势，像俄国是靠不住的，都不主张联俄之议；又因当时俄人把势力布满于满洲，大有踞地要求之势。所以北京政府里头，才发这个联俄思想，实是巴结俄人，求他体谅的意思。故留东学生无不愤怒，就给这个团体，唤做义勇队，要来拒俄的。

不想自义勇队成立之后，竟触了清国官场所忌。因官场里头既有多数是赞成联俄，所以连清国驻日本的公使，也以拒俄义勇队为大大不然，又没有法子解散他，就发了个离奇思想：分头打电与北京及南北洋，道那些义勇队只以拒俄为名，实则革命为实，这等语。那时北京及南北洋的官场，接得驻日公使的电报，倒惊慌起来，因驻日公使电文中，更说那些义勇队，不久派人回国运动起事，借拒俄之名，好购运军火。故北京政府一发慌张，即电致南北洋各督抚，认真防察。惟东京学生凡入义勇队的，也源源不绝，任国内官场说他什么革命不革命，也总置之不理，惟赶紧办事，好组织完备，一面发电入京，主张拒俄。

看来这个义勇队，若问有什么效果倒也难说，只当时这民气实在可嘉。那日听得驻日公使电致国内政府，有名为拒俄，实图革命之语，并闻国内政府，已有电致南北洋防察。听了这点消息，就立时开个大会，要对付此事。大半也主张公举代表，入北洋谒见袁世凯，好表明义勇队的宗旨，兼陈联俄的利害；就会中投票公举，以得多数者即为代表。计当时得票多数的，第一是刘铁升，其次就是汤荣健，都是江浙人。因他两人，在留东学生会内是有点名望的，且又是发起组织义勇队的一分子，所以就举他两人。

那时刘、汤二人见是投票举了自己，也慨然不辞。以当时驻日中国公使有电在前，说义勇队是革命党，已有消息，由政府知会南北洋各督抚防察，又不知袁世凯为人，平日宗旨怎样，故此行是祸是福，仍不自知。那队中人数约有二千名，没一个不替刘、汤二人忧虑。惟刘、汤二人，一来已被举，不宜推辞以示畏怯，并灰冷各人之心，二来纵是危险，其极至于一死，究竟为国死的，也留个芳名，因此便寄死生于度外，就择日启程。

到出发那一天，义勇队中人又开个大会齐集，为刘、汤二人饯送，更有许多吟咏诗歌，以壮行色，也不能细表。刘、汤二人更登坛演说，道是自己此行，生死不计，总求与会诸君宗旨坚定，始终如一，勿畏谣言，自堕锐气。演说时，那一种慷慨激昂之态，座中鼓掌，声如雷动，无不感激。待刘、汤二人演说后下坛时，都一齐送至河干，揭帽举手作别，然后回去。有旁人看着的，都道此学生很有点志气，亦为叹服。

单说刘、汤二人，乘轮直望天津而来，一路水程，无话可表。那日到了天津，二人先投旅馆住下，默念："此次驻日清使既有电在前，说自己是革命党，论起袁世凯的地位，正像俗语说'官官相卫'，他只有袒护驻日公使，断没有帮助自己的道理。但此行尽要见他，且要速见。若在天津逗留过久，必被他思疑，反疑自己不知运动何事了。"二人相商，意见亦同，故甫把行李卸下，即怀了名刺，直往督署而来。

时袁世凯亦得有侦探报告，说称刘、汤二人已出发来津，暗忖："他两人正被人告他是革命党，今忽然敢来相见，纵未知他两人的学问何如，但他两人的胆识，已是可敬。"正要待他来见时，看有何议论，不想中国官场陋习，凡要谒见大员的，都要向门上递送封包，方为引进。那刘、汤二人如何肯行这贿赂之事？亦不懂得这个规例，故往见时竟被门上所阻，不替他传进。

他两人回来，即悟出这个原故，立即挥了一函，由邮政局递到直督衙里。函内大意，先诉说自己两人求见不得，更力说"自己万里归来，只为着国家安危大事，大人本该效吐哺握发之风，急于接见，何以堂堂兼圻大吏，竟不除去门阍婪索的积弊，实非意料所及"这等语。又道："日前驻日公使，报称我们是党人。若大人信这等言语，愿就鼎镬之烹，不宜以不见了事。"

种种词气，反打动袁世凯心坎。那袁世凯见了此函，反为感动，即戒饬门阍，于他两人来时，不要阻他。果然刘、汤二人次日复往，那门上含着一肚子气，与他递了名刺，即传出一个“请”字。刘、汤二人即昂然直进。那袁世凯早在厅上等候，即迎进厅子里，大家分坐。

袁世凯先说道：“两位在东洋游学，以现在国势式微，人才乏用，正望学成归国，好为国用。今两位不惜荒废上学时期，到来天津，究为着什么事？”刘铁升道：“学生们虽身在东洋，实心怀中国。因听得有联俄之事，故特来请谒，不忖冒昧，有句话要对大人说。”袁世凯道：“你们见得联俄之事，其利害究竟如何，不妨直说。”刘铁升道：“大凡两国联盟，总须势力相敌，方能有效。今俄强清弱，尽人皆知。俄人虽极意交欢，不过为笼络之计，好赚取利权。我若信之，即与联盟，正如引虎自卫。学生们正虑及此，故组织义勇拒俄队，正为此意。究竟实行联俄与否，请大人明言，以释下怀。他日鄙人回东，亦好对同学细说，免各人怀虑。”袁世凯听了，略为点首。

汤荣健又道：“一强一弱，既不能联盟，况虎狼之俄，尤为难靠。鄙人去国万里，不知真耗，乍闻风声，由忧致惧。故任何等谣言欲陷鄙人，亦不惜冒险来谒大人。倘有联俄之事，望大人奏阻，以免危亡，实为万幸。”袁世凯道：“你们的义勇队，究竟预备作什么用法呢？”刘铁升道：“学生早经说过了，此次俄人强在东三省地方，分布势力，以挟索利权。倘不得已，或致清俄决裂，我们义勇队即回国，愿为前驱。除此之外，义勇队更无别意。”袁世凯道：“很好，你们读书外洋，还不忘中国，实令人钦敬。惟联俄之事，不过官界里头，曾有人说及斯议，实则政府并无此意。且自问可以与人联盟与否，难道不知？故敢决联俄一说，必无实事，你们可以放心。至于俄人无理，目下只须平和以求转圜。中国处大败之后，亦不容易与人宣战。你们游学外洋，既知关心祖国，自应奋力前途，学业有成，好归救国。故吾敢劝一言，因诸位此次在外组织义勇队的举动，最为官场所不喜欢，且谓诸位名为拒俄，实图革命。是两位此来，亦甚危险。本部堂纵能体谅两位，终不能掩别人之口。今本部堂已经说明，国家断无联俄之事，是两位尽可放心。望两位速返东洋，将本部堂苦衷，向义勇队内诸人解释，就将义勇队速行解散。此后惟尽力于求学，他日卒业归来，国家倚赖不浅。望两位思之。”

刘、汤二人听罢，觉袁世凯此言，实一片苦心，似不可过违其意。刘铁升说道：“鄙人等组织义勇队，原为拒俄而起，既无拒俄之事，定当解散，不劳大人费心。”汤荣健道：“大人洞明列强大势，联俄之议料不主行，惟北京政府里头，只怕欲图苟安，以联俄为可靠。恐此议终未寝息。请大人具奏，陈明利害，力图自强，勿以与强国联盟为可靠。实国家万幸。”袁世凯听罢，点头称是。

刘、汤二人，即欲兴辞，袁世凯又留谈一会，并设宴款待刘、汤二人。时刘、汤二人见袁世凯如此相待，不胜感激。刘铁升更自忖道：“此次回国，因驻日公使报称自己是革命，方以此行为十分危险。今袁世凯如此，实出意料之外。但他日返回东洋，有什么凭据，可以令人见信是见过袁世凯呢？”想了一想，却生一计道：“鄙人此来得大人剖心相告，又令回东后解散义勇队，鄙人无不遵命。惟何以得东洋诸人见信？恐反谓鄙人等回国一行，即变了初心。在鄙人被疑不足惜，恐于解散一层，反生阻力，是辜负今日大人的盛意了。故敢请大人发给一函，给鄙人携返东洋，好劝同人解散。因苟得大人一封书，一来见得鄙人等确实见过大人，二来国家并非联俄，此言确为大人所说的，见不是鄙人等说谎，较易令同人见信。不知大人以为然否？”

袁世凯听到这里，已知刘铁升用意。但发一封书劝解出洋学生，亦未尝不可，因此满口应承。刘铁升及汤荣健二人好不欢喜。少顷，置酒入席，袁世凯居然以客礼相待，让刘、汤二人坐客位。二人正谦让不已，后见袁世凯出于至诚，又被强不过，只得就座。袁世凯即坐了主位，随举杯相劝，席间谈论时务。因那时袁世凯正在增练北洋陆军洋操队，恰见刘铁升、汤荣健都是个留日武备学生，不久卒业的，也向他两人询问东洋军政。他两人一问一答，口若悬河，袁世凯甚为敬服。却道："中国人才缺乏，正在需人而用，且自经过甲午、庚子两场战祸，一切军队遇着洋兵，即望风而溃。今两位有此学问，他日学成卒业，学问必更为超卓，将来治军，实是国家之幸。"刘、汤二人齐道："鄙人只初习皮毛，不过既辱明问，聊以塞责，不图大人过奖至此，实在惭愧惭愧。"袁世凯道："不是这样说，你看鄙人仅练三两镇陆军，尚须聘请外人来做顾问。若中国早见过外人军法的，像两位学得专门，何至借才异地。今见两位高论，更信专门实学是紧要的。若是不然，像从前在弓刀石头里挑取将官，或是因军保举营，插个名字，得点门径做到提镇，就出来带兵，也说是什么宿将，怪不得甲午年间，一见阵战，总不是外人敌手呢。故本部堂并不是过奖两位，还望两位不要自弃，须勉力前程才好。"二人听了，更为感激。又向袁世凯询问北洋现在练兵的情形，整整谈到夜色迷濛，方才别去。行时，袁世凯又嘱刘、汤两人明日再来，二人唯唯应诺。

次日，即不敢不往。不想袁世凯早已等候，先唤了一个新军营中的统领到来，令带刘、汤二人往看北洋的新军，并说道："有什么不完全，叫他两人指示。"他两人益发谦让不敢当。果然随了那统兵官前去，把北洋新军看了一会，然后回转督衙里，袁世凯再与谈论陆军一会而别。次日刘、汤二人，即辞返东洋而去。

品读

本文节选自《宦海升沉录》第十二回《离东岛返国谒疆臣　入北洋督衙擒刺客》，主要叙述袁世凯安抚义勇队的故事。

1903年（光绪二十九年）4月，沙俄拒不从东北撤军，消息传到日本，中国留日学生义愤填膺，组织上万人，成立了拒俄义勇队，准备奔赴东北前线，与沙俄侵略军决一死战，并且选派刘铁升、汤荣健回国谒见袁世凯，向其阐明义勇队的宗旨，兼陈联俄的利害。当时，清政府生怕开罪沙俄，将义勇队说成革命党，是借拒俄之名，行革命之实，要求南北洋各督抚加紧防察。

袁世凯得知后，不仅没有将二人拒之门外，或加以拘押，反而敬佩他们的胆识，认真聆听了他们对联俄之害的阐析，当场赞道："很好，你们读书外洋，还不忘中国，实令人钦敬。"明确指出："联俄一说，必无实事，你们可以放心。"并对他们寄予厚望："你们游学外洋，既知关心祖国，自应奋力前途，学业有成，好归救国。"这使二人大感意外，没想到袁世凯如此和颜悦色、开诚布公，竟然赞成他们的见解，消除了他们的疑虑，还愿意写信劝解留日学生。后来，袁世凯又设宴款待他们，谦虚地询问东洋军政，并对他们的回答甚为敬服，还赞叹道："今两位有此学问，他日学成卒业，学问必更为超卓，将来治军，实是国家之幸。"次日，袁世凯还让二人参观了北洋新军。这让二人受宠若惊，甚为感动。最后，二人与袁世凯欢然作别。

小说通过描写袁世凯接见留学生代表时的言行态度，生动地表现了他的一些性格特点与人格魅力：他虽然位高权重，但并不颐指气使，反而和蔼可亲、善解人意；他能够肯定留日学生义勇可嘉的爱国行为，愿意聆听他们的心声，赞赏他们的见解，并以爱国大义劝勉他们，以待客之道宴请他们，诱导他们在思想上形成认同、情感上产生强烈的共鸣。由此可以看出袁世凯深通攻心之术、惯用权谋、善于左右他人的领袖气质与枭雄本色。

十六、醇亲王枪击袁世凯

——《宦海升沉录》选段三

时袁世凯权势方盛，京中已不知几人觑他的行动。自从到京后，一切举动倒被人侦探。就中最留意的就是铁良。那日听得袁世凯过庆王府相谈，不知议论何事，便即穿衣来见袁世凯。

那袁世凯早知铁良不是自己的同气，但终想交欢他，以求和洽，便接进里面。铁良明知袁世凯主张建设内阁，便故意说道："方今国势日弱，若不能改革政体，实不可为国。但盈廷聚讼，左一人发一议，即有右一人出来反对。凡事难办，实在可叹。"袁世凯听得，深以此言为是，并不疑铁良有诈，因此答道："足下此言，正与今日庆王爷说的相同，可谓洞中今日时局的肺腑。"铁良听得此话，就知庆王是赞成组织内阁的。

铁良仍故意诈作欷歔。少顷退去，心中暗忖道："若真个组织内阁，必将以庆王为总理大臣，以袁世凯为副总理大臣，是政权更在袁世凯手上，实不可不防。"便急往见醇王载沣。因知醇王是当时皇帝的胞弟，除了他更没别人可与庆王相抗，正要借醇王之力，来阻止内阁。故相见时慌忙说道："王爷知国家变故否呢？"醇王听得大惊道："有什么变故？某实不知。"铁良道："庆王总不懂事，任袁某人播弄，借立宪之名，要建设内阁，自然先要解散军机。王爷试想，军机里头历来都是我们宗室人总执大权的，一旦解散而建设内阁，虽以庆王仍任总理大臣，但任那副大臣的一定是袁世凯。那庆王不过袁某的傀儡，是不啻袁某为总理大臣了。且弟闻内阁一设，凡宗室人不能以亲见任。他并云：'满人皆纨绔子弟，不懂国计，内阁里头不能轻易委任满人。'显然要揽权专政。弟观操、莽之事，颇为寒心。今袁某总绾北洋管钥，又兼数镇兵权，若要反动，不过弹指间事。且闻袁某向与革党周旋，事虽传闻，究不可不虑。”醇王听罢，不禁悚然，便问将如何处此。铁良道：“弟闻明日在政务处会议此事，望王爷届期必到，务要力争。我国存亡，在此一举，王爷不可忽略。”醇王听罢，点头称是，并道：“你且退去，我已有主意。某在一日，断不能使彼得志也。”铁良称谢而去。

醇王载沣像

醇王此时气忿忿，深恨袁世凯。过了一夜，次日醇王即令左右备下一柄六门短枪。家人总不知醇王意，但见他余怒未息，又不敢问。左右只得呈上一口短枪出来。醇王接了，一言不发，即藏在身里，传令备轿。左右更不敢抗，立令轿班掌轿。醇王便令跟人随着，乘了轿子，直望政务处来。

到时，已见有数人在座，都是四相六部及军机中人。大家向醇王见过礼，然后坐下。好半晌，才见庆王、袁世凯一齐到来。醇王见袁某此时方至，已满心不悦。大家见礼分坐后，少不免作一会寒暄话。各人见醇王面色不好，知道有些原故。不多时，把建设内阁一事提出，庆王先请各人发议。往时凡议一事，凡与议的大臣，都拣最迟的时候方到，到后只模棱一会，即会饮而散。

那日各人到的独早，因有赞成的，预定发言；有反对的，又预定辩驳。故提此议时，袁世凯即发议道：“方今朝廷有鉴于世界大势，苟非立宪，不足以息内乱而图自强，故首令筹立基础。弟以为欲行立宪，先建内阁为本，然后分建上下议院，君主端拱于上，即不劳而治。弟以为此乃万年不朽之基，望各位认真研究。此事若成，国家幸福不浅。”袁某说了，当日庆王子方任商部尚书，时亦在座，即继说道："袁公之言，甚为有理。弟曾到过外国，见他政治井然，皆由责任内阁设立议院所致。君主固可端拱望成，国家亦可久安长治。愿诸公赞成袁某之言。"当下庆王、袁某听得庆王子所说，都点头微笑。袁世凯又道："毕竟见过世面的，见识不同。今王子所发议论，实宗室中铮铮皎皎。"

那时各人都不发一语，单是醇王怒不能忍，先向庆王子道："方才作的说话，单是袁某合说的，如何你也说此话？"说了，便又向袁世凯道："请问足下新设内阁用人之法。"袁世凯道："设总理大臣一人，副总理大臣一人，总理国政。此时组织政党，倘或政治失机，内阁可随时更迭，自不致有政体败坏之虞。且内阁责任为立宪国所必要，想是王爷所知，又何必问。"

醇王道："我知道此事为足下所赞成，因内阁若成，政权可在足下手上，任如何播弄，亦无人敢抗了。但我国开基二百余年，许多宗室人员，承继先勋，得个袭荫，未必便无人才。断不把政体放在你手里，你休要妄想！"袁世凯道："政党既立，自然因才而选，断不能因亲而用。若云立宪，又欲使宗室人员盘踞权要，不特与朝旨满汉平等之说不符，且既云立宪，亦无此理。"醇王怒道："什么政党，你也要做党人？我偏不愿闻那个党字。你说没有此理，我偏说有的，看我这话验不验！你不过要夺我宗室的政权罢了，我偏不着你的道儿。"袁世凯亦怒道："王爷你如何说这话？只说要建内阁，并不曾说我要做内阁总理大臣，夺你们什么权柄？王爷此话，好欺负人！"醇王道："有什么欺负不欺负，你做那直隶总督，喜欢时只管做；若防人欺负，不喜欢时，只管辞去，谁来强你！"袁世凯此时更忍不住，便道："今日只是议政，并不是闹气。但我不得不对王爷说，我做直隶总督，没什么喜欢不喜欢。若王爷不喜欢我做时，只管参我。"醇王至此大怒道："你量我不能参你么？我不特能参你，我更能杀你，看你奈我什么何！"说着，就在身上拿出一根短枪出来，拟向袁世凯射击。各人无不吃惊，或上前抱定醇王不令放枪，或将醇王手上的短枪夺去。醇王犹悻悻道：“我必把你杀却，方行议事。”袁世凯亦怒道：“汝那里便能杀得我？不过演些野蛮手段。成个什么议会的样子！”说了，醇王只是怒气相向，袁世凯也不相下。

庆王道：“今天只是议政，如何便闹出这般笑话。老夫也不愿看了。”说着即出。便有做好做歹的，把两人劝开。一面又有人说道：“袁公本一片好心，思为国家改良政体，本无他意。在醇王爷未尝不同此心，或因谗言所间，亦未可定。自后当无芥蒂。前事也不必提了。”醇王听到“或因谗言所间”一语，也不免愧怍，且又见庆王悻悻先去，亦觉自己太不为庆王留体面，似不好意思，况自己举动，亦太过孟浪，便一言不发，无精打采去了。袁世凯却对各人说道：“不料今日乃见此事。传出去各国听得，只留个笑话，乐得道中国大臣的野蛮罢了。某今后亦不愿与闻京中内政了。”说罢，欷歔一会，各人倒劝慰过了，庆王子便牵袁世凯齐出，各人亦不欢而散。

品读

本文节选自《宦海升沉录》第十七回《争内阁藩邸击疆臣　谋抚院道台献歌妓》，主要叙述袁世凯主张建立内阁、改良政体而与醇王载沣发生严重冲突的故事。小说开头写铁良用计从袁世凯口里套出组建内阁的消息，随即去见醇王，指出庆王受袁世凯播弄，借立宪之名，要组建内阁，而内阁一建，必要解散军机处，导致清宗室失势、大权旁落于袁世凯之手，因此他竭力唆使醇王出面阻止。铁良是满清贵族，因得慈禧赏识，先后任军机大臣、陆军部尚书，与袁世凯争夺北洋新军的统帅权。慈禧担心袁世凯尾大不掉，将北洋六镇中的一、三、五、六镇尽数划归铁良统领，造成铁良与袁世凯相抗的“均势”。而袁世凯与朝中实权派庆王奕劻关系密切，两人深相结纳，相互倚重。奕劻遇事总爱找袁世凯出主意，对其建议，往往言听计从。所以，铁良认为如果组建内阁，奕劻担任总理大臣，袁世凯一定为副大臣，那样就会形成袁氏揽权专政的局面。铁良这样说，显然是为了竭力捍卫清朝贵族的权益，但也切中了当时朝廷权力博弈中满汉的主要矛盾。

袁世凯之所以主张建立内阁，实行立宪，虽然不无争权夺利的政治野心，但主要的是他看到了改良政治、实现自强乃是大势所趋。他说："方今朝廷有鉴于世界大势，苟非立宪，不足以息内乱而图自强，故首令筹立基础。弟以为欲行立宪，先建内阁为本，然后分建上下议院，君主端拱于上，即不劳而治。"不过，这样做，势必会损害满清贵族的既得权益，所以遭到了醇王的激烈反对："我国开基二百余年，许多宗室人员，承继先勋，得个袭荫，未必便无人才。断不把政体放在你手里，你休要妄想！""你不过要夺我宗室的政权罢了，我偏不着你的道儿。"醇王甚至还恼羞成怒，对袁世凯拔枪相向。可见，在事关权力纷争的问题上，满汉之间的矛盾冲突已到了水火不容的地步。

果然，慈禧死后，醇王之子登基，醇王摄政，他做的第一件事，就是解除心腹之患袁世凯的军政大权，强迫其"着即开缺，回籍养疴"（见第廿二回），然后组建了以满人为主的"皇族内阁"，实行假立宪，结果彻底失去了汉族人民特别是士大夫的信任和支持，导致清王朝在辛亥革命中土崩瓦解。所以，清末民初著名政治家徐世昌指出，大清之亡，不是亡于革命党，而是亡在一班"小爷们"身上。这些"小爷们"的带头大哥，正是身为监国摄政王的载沣。

十七、中秋夜传道

——《大马扁》选段一

恰那日是八月中旬，适逢佳节，夜后家家笙管，处处弦歌。同门学生或唤花舫游河，或到酒楼赏月，更有些告假回乡趁节的。十分热闹的时候，哪个不出门游逛？所以，万木草堂里头静悄悄的，一个人影也没有。只有林魁因屡次蒙先生赞他勤学，可以传道的，更在康有为面前卖光儿，虽什么热闹的时候，也没有出门。只着使唤人买了些果饼回来，拣张桌子来在大堂上，又拿过张椅子来坐着，手拿了一盏清茶对月而饮。只见一轮明月当空，星稀云净，那月色倒照庭阶，越发精彩可爱。

时不过初更以后，康有为本欲出门赴友人饮局，忽见那姓林的如此孤零坐着，反不要及时行乐，毕竟勤学的自是不同，连自己也不好出去。忽即遄返房子里，又觉如此良宵怎好辜负，因此脚步还未起行，那三魂七魄不知飞往哪处繁华闹热场里去了。故几次蹀躞房中。林魁见了，又不知康有为要做何事。怕忌自己独坐此间，看着不好，亦急的遄回房子里躺在床上。忽听得隔壁嗷嗷嘈嘈，有品箫弄笛的，有猜拳行令的，动得自己心痒。觉他人如此热闹，自己何苦博个勤学的名，挨得寂寥。旋又起来，向门外一张，见康有为在房中亦像行坐不安，口语喁喁，脚步忽出忽进。林魁正看得出神，忽听得康有为房门一响，就疑他要出门去了。猛不防康有为拿了一杖行出来，向

康有为像

自己房门一击道：“魁乎！”林魁急的应了两声“唯唯”，即披衣出了房外，果然见康有为，即随着他直出了馆门去了。

沿街上行来，亦步亦趋，正不知先生要唤自己何事，又不好多问。心里盘算间，已听得谯楼上已响了二更三点。想如此深夜，趁着馆中无人，独唤自己出门，想必是要给自己传授道统。因先生亦说过将来可承他道统的只自己一人，今更幸各人出门寻快活去，实是我应得道统的机会，可无疑了。且行且想，但见康有为没句说话，自己便肃然庄重。

不觉已近三更，行人渐少。只有月色照得街道如同白昼，一路踏着月色而行。已不知经过几多街巷，渐行得乏了。又想虽要传授道统，怎要行这般远？怪得古人说“任重而道远”，自己应不必畏行路之难。再过几条街巷，已见一座高山，早认得是观音山的去处。脚步越觉疲软，行一步歪一步，已挨得到山脚。向上一望，尚有百数步石级，也见康有为亦行得气喘喘的，上气不接下气。林魁正要请他大家坐一会儿歇歇，又恐以畏难被先生见责，便一句劳苦话也不敢提了。在康有为自己，亦觉行得太苦，但林魁且不提及，自己要把道统传人的，如何敢说？惟有竭力扑跌上前，口里像吹气的一样，呼呼的吁响。及行到了一座观音堂前，正要歇歇足儿，就借观景为名，在石磴上抖了抖。林魁肃然坐着，精神注在康有为身上，看他如何传授，一手、一足、一耳、一目，无处不留心。时康有为一句话也没有，只是四围张望。觉月色虽好，但那地恰在树荫之下，正当秋风初起，树枝摇动。初时行路也不觉得，到这里见树断迷离，竹声沥沥。适有只乌鹊在树上，惊霜怯月，飞的扑扑有声。二人不知是何鬼物，不觉毛发悚然，吓得一跳。康有为觉此地坐得不安，便起步望山顶再行。林魁见他未曾传授，也不敢怠慢，惟再起步跟随。直至山巅之上，但见正中一轮明月，照耀得银世界一般。俯瞰鹅潭，月映江心，万象汪洋，澄清一色。正是月白风清，天空地静，真觉烦心顿释，万虑齐除。拣一片草地上坐下，林魁也陪着肃然坐着，默听传道……（第七回）

……康有为先举首望天，随又低头望下地去。林魁忙点头，当这个情景，是圣人仰观天文，俯察地理之意。康有为正待说下去，突然向前远地一望，但见各家庆贺中秋的旗帜高扬，或纸或布，五光十色。凡羊角灯、走马灯、风筝灯，纸尾扎成批皮橙样，似攒珠串儿挂起，家家斗丽，户户争妍。瓦面上灯笼的灯光烛天照地，与月色争映。在那最高的所在看下海面去，没些遮蔽。水光涌着月色，如玉宇银涛，一点尘障儿也没有。那些买棹临流赏月的大大的画舫，细看去只像一叶的小扁舟。其余小艇总看不着，只见得万点灯光，在海面随波上下。又见一处更为闹热，一派灯火之光直冲霄汉。灯光之中，略认得横旗直帜，全用花绉剪成。灯光之下，隐隐无数花楼画舫，较别的船艇尤为繁华大观。康有为也料是谷埠花丛的去处，怪不得这样奢华。又朝西一望，觉灯光照耀，旗色飘扬，差不多像谷埠里一般，又料是陈塘的去处。自忖那两处地方，自己也到得多了，什么美金、银美、牡丹、玫瑰，倒是自己心坎儿相许的可人，可惜今日佳节良宵，碍着林学生在馆中，赴不得友人的饮局，也不曾到那意中人处探节，是一缺憾的事。明儿相见，定然要怪自己是个当着时节躲避开的了，怎么好呢？

正胡思乱想，险些儿忘却传道的一件事。急转念来向林魁正欲有言，忽然近地笙歌弦管之声，随风送到耳边，音韵悠扬。又可惜美景良宵，偏到这荒山上无聊地坐着，不觉诵唐诗一句道是“谁家玉笛暗飞声”，说了，看林魁肃然对坐，不免反悔孟浪。急得定一会神，干那传道的事业，就举起手上所携的杖，向草地上画上一回，即说道：

魁乎！吾道一以贯之而已矣。虽吾也道大莫能容，然天地之未丧斯文也，幸生德于余，又得天下英才而教育之，故吾党之小子斐然成章者，大有人焉。惟魁也，智足以知圣，学足以致道。五百年必有贤者兴，薪尽火传，当在吾党。魁也勉之，尔毋多让焉！

林魁听罢，又连应了两声“唯唯”。康有为即点头不语。林魁觉乘夜穿街过巷，跋涉到这处高山，仅听得几句四书陈腐的语气，可是这般就算传道？悔不如早上出街游玩一回，还畅得心神。即或不然，就在馆中早早睡觉，还能养养神，胜过劳苦来到这里，因此也甚悔此行。忽又想起当时孔子传道于曾子，亦只得一句，或者自己将来真能继承道统，也未可定。当下自言自语好一会。康有为亦料林魁必有些悔意，正待起行回馆，猛不防听得丁冬丁冬，谯楼上已响了四鼓，想这时各街道中多管关了闸子，怎能回去？若沿途叫闸，明天若被人知道了，怕满城都要弄出笑话来了，因起了身时，仍复坐下。林魁初犹未省，满望快些回去，眼巴巴望得康有为起身。待要起行，忽又见他坐下，不知何故，自己亦惟有再坐。康有为道：“想不久就天亮的了。”林魁那时方知要待天明方能回去，定因街闸未开之故，但挨足一夜，好不辛苦。

因坐了多时，两条腿也麻了。欲就在草地上睡下，又因这回是到来传道，不可露出疲倦的状态。且又不恭，断使不得，惟有撑起精神兀坐。究竟来时已行的苦，又寂坐了多时，容易疲倦。先是打了几个呵欠，随又打盹儿，身上似撑持不定，东摇西歪。康有为看了，心上兀不自在，惟诈作不见。而且自己亦疲惫得慌，欲开言大家同睡在草地上歇歇。但觉金风飒飒，玉露零零，草已沾湿如雨后一般，随抚自己衣裳，已是湿透了。不特难睡，且亦不能久坐，但自己究不敢做声。林魁已忍不住，即道：“不如跑回观音堂那里，待天亮时才返也好。”康有为亦以为然，即起身一步步走回观音堂里。行时犹恐庙门未开，须在门外待旦。凑巧观音堂的司祝因年老不大浓睡，却起来开了庙门乘凉，且看月色，忽见两个人影闪闪匿匿前来，肚子里满腹思疑，觉如此深夜，有什么人到此，正不知是人是鬼。纵然是人，想亦是盗贼一流，还幸庙里没甚东西可盗，便闪在一边，看他两人行动。及行近时，却见他两人是个书呆模样，整衣长袖，摇摇摆摆，司祝大为诧异。二人却向司祝把头一点，即进庙里。司祝即问道：“你两位是什么人？深夜来到这里干什么事？”林魁也不能答。康有为道：“是来赏月的。”司祝道：“奇了，偌大热闹城市，繁华的水面，难道没一处可以赏月的，偏要这荒山才好？”康有为道：“热闹的不好，究竟这等地方还雅静呢！”司祝笑道：“雅静的却好，只太自苦了。”林魁听了，觉这司祝若做着自己，还不着他道儿，不知我怎地愚蠢到这样。那康有为却道：“你不闻古人踏雪寻梅么？我们便算登山赏月呢！”司祝道：“只好好说目前的事，怎地又说起古人来？”康有为又道：“你老人家怎地要这般早起？”那司祝道：“你看才是五鼓，我哪便起来？还要睡呢！”康有为道：“我们行得乏了，想借地方歇歇。你老人家只管睡，我们权坐这里少时便去。”那司祝道：“你是要赏月的，出门外也好。”康有为道：“想你老人家不愿留我在庙里了，但圣人于人无所不容，又何苦如此呢？”那司祝道：“什么是胜人输人，我不懂得。我定要睡，休缠我。”康有为道：“谁缠你？我们又不是强盗，何必多疑。”说了，那司祝仍不肯，只喃喃说道：“平时又不相识，知人脸面不知心，况夜行的有什么好人，怎敢便留宿？”

林魁心中且愤且悔，早走出庙门外，康有为也随着出来，无可奈何，只在观音堂外等到更残而后，方起行回馆。当来时因要传道，方一团勇气乘兴而来，还不大苦。及回时已挨了一夜不曾歇过眼儿，且心中带几分悔恨，行得更苦。及回到馆时，已日出东方，各学生正讶他的康先生和林魁二人不知哪里去，问问门房，才知他两人于昨夜将近二更相将出门。都忖道：昨夜众方出外游行，单是林魁不往，先生独与他同出，定有些秘传，故乘众不在方干去。正议论间，只见康有为手拿一杖，与林魁同回，无精打采。林魁更垂低头脑，直回房里。各人正欲问时，已见林魁快把房门闭上。躺在床中，倒头便睡。旋又见康有为着门房传出，今早不讲书了，亦闭上房门便睡。可怜他两人一夜挨得苦，疲倦到极。整整睡到夕阳西下，方自起来。那林魁更睡出病来了，连服了两剂茶，发了表，方才好了。因昨夜的事，心里自知其愚，初时也不敢对人说，后来许多同学探问才略露些。谁想各学生也不胜钦羡，谓他独得继承道统，可见各学生倒被康有为笼络上了。只有林魁身受的，自知其愚，差幸各人反歆羡起来。觉自己已经被欺了，不妨乘势欺人，便说得天花乱坠。自此各人也越发敬重林魁，不在话下。

品读

本文节选自《大马扁》第七回《变宗旨遗书通革党　诈传道踏月涉荒山》、第八回《谈圣道即景触风情　为金钱荣归争局董》，主要写康有为在中秋节夜晚带弟子林魁登山传道的故事。

在此之前，康有为因妄自尊大，以邪说惑人，受到御史弹劾，不免有些沮丧。他听说孙中山正在搞民主革命，便见异思迁，派林魁、梁启超去拜见孙中山。孙中山素知康有为宗旨无定，热衷名利，野心勃勃，“不是个肯流血救国的人”，于是冷淡待之。康有为见势不妙，担心此事传出，于己不利，便竭力笼络林魁，常说林魁性情酷似孔子的高足曾参，将来能得其真传者必是林魁。

林魁受宠若惊，为了表现给老师看，中秋之夜，就故意忍受寂寞，小院独坐。康有为本打算去“赴友人饮局”，见林魁都能清静自守，自己反倒不好出去了。他在房中不停蹀躞，心痒难耐，最后一脸严肃地唤林魁随他外出。林魁以为康有为要对他私下传道，一路跟随，走得腿软脚麻，心想“虽要传授道统，怎要行这般远？怪得古人说‘任重而道远’……”这真是绝妙讽刺，令人解颐。爬观音山（今广州越秀公园内）时，康有为累得上气不接下气，想坐下歇歇，又不好开口，“惟有竭力扑跌上前，口里像吹气的一样，呼呼的吁响”。这些细节描写，绘声绘色，活画出了一个“死要面子活受罪”的伪君子形象。

而最具讽刺意味的，是小说中对康有为传道的描写。林魁想“看他如何传授，一手、一足、一耳、一目，无处不留心”，不料康有为却默不作声，只是抬头望天，低头看地，林魁还当这“是圣人仰观天文，俯察地理之意”呢，哪知康有为是被山下的花花世界吸引住了，一时心猿意马，满怀缺憾。当康有为“看林魁肃然对坐”时，才自觉孟浪，定下神来，举杖画地，“之乎者也”地说了几句“四书”中的陈词滥调。这让期待已久的林魁，深感失望，甚悔此行。后来，两人忍受不了风寒露重，跑到观音堂。司祝见他俩鬼鬼祟祟，不愿让他们进庙，还将他们奚落了一顿。

小说通过描写康有为“诈传道踏月涉荒山”的可笑行径，将一个“外作圣贤，内实荡子”、矫言伪行、自欺欺人的伪君子形象刻画得栩栩如生。

另外，小说生动地描述了羊城中秋之夜，悬挂彩旗、花灯，“家家斗丽，户户争妍”，谷埠、陈塘等处，纸醉金迷，热闹非凡等场面，对于我们了解清末广州的中秋风俗等，也有一定的价值。

十八、戊戌政变记

——《大马扁》选段二

今且说康有为一班儿，自从领旨改行新政诸事，要上条陈到孙家鼐处，自从裁了滇、鄂、粤三省与总督同城的巡抚，又裁了几个寺卿，其余都是条陈废八股、兴学、筑路、办矿等事，余外总无什么举动。

那日，林旭来说道："现在只裁了几个冗员，余外如路、矿、学堂等事，其效尚在日后，目下究没什么功效给朝廷看，不如先裁旗绿各营，省糜费以练兵，是为要着。"康有为道："哪有不知！但我们举动，凡是宗室人员，多不大喜欢。所以寺卿虽裁，惟像上驷、奉宸等院，实且冗闲之极。且如有宗人府里头什么宗正、宗令许多闲员，都是要裁的，只为惧满人反对，与我们为难，实大大不了，故不敢动他。若概将旗绿营统通裁了，怕旗满人知道，还了得么？"林旭道："这又奇了，足下天天说要不避权贵，力主把礼部六位尚侍革了，今一旦又说要怕旗人，岂不是自相矛盾？"康有为见林旭冲撞自己，实满心不悦，便勉强答道："彼一时，此一时，从前没有人反对，故须革三五大员给他们看，好知道利害，今也比不像从前了。"林旭见他如此说，更不欲与他辩论，只又说道："既是如此，倒不如先设议院，足下以为何如？"康有为道："这越发难了。太后是最怕汉人有权的，若设议院，便算有民权，怕他要硬出头来阻止，却又怎好？那时若不缩手，怕有性命交关；若收手时，又被天下人耻笑了。"林旭道："据老兄说来，真是一事不能办的了。"康有为道："种种阻挠，那些顽固党只恃一个太后作护符，若无太后，哪一人敢道一个不字。俗语说，擒贼须擒王，总须除了太后才使得。"林旭听了，吐出舌头，好半天缩不得进去，暗忖从前已知康有为怀了此意，今竟直说出来，想了想才道："老兄欲除太后，究有什么把握？"康有为道："已预备妥了。"林旭再问如何预备，康有为便把运动袁世凯一事，细细对林旭说知。康有为道："事须秘密，任是至亲，都不可泄漏。"

林旭听罢，再不多说，便即辞去，拟访杨深秀，打探他曾否知康有为举动。恰可杨深秀正从都察院回来，相见间，杨深秀先说道："今我们天天说变政，只不过裁了几个冗员，余外真正立宪的政体，一件也未举行，实在令人耻笑。不知近日长素兄要做何办法？"林旭道："他只说欲行新政，宜先平满汉，但怕损了满人分毫权利，满人必要闹出风潮，所以不敢遽发。他又说，顽固的满人，恃着太后要来阻挠我们呢！"杨深秀道："是呀！自从革了礼部六堂官，那满尚书怀塔布很不甘服，弟闻他天天在老佛爷跟前诉苦，并力言我们不怀好意，不过要削满人权力，要做革命的。恐将来太后信他说话，如何是好？"林旭道："不差。长素兄道，欲行新政，要去满人权力；欲除满人，就要……"说到这里，往下又不敢说。杨深秀道："欲除满人权力，究要怎么样呢？"林旭这时被深秀苦问，不得不说，即道："欲除满人，就要先除太后。"这等说，杨深秀惊道："可是长素亲说得来的？"林旭道："前儿他上密折，是先离间帝后的，这会对弟实说出已预备此事，看来尽有些来历。"杨深秀道："这样是没事讨事做，太后究不曾有什么举动，何苦除他？又不知他怎地预备，若除不来，这事还了得么？不如我们先把此事出首罢。"林旭道："这却使不得。便是死了，断不宜自相矛盾。待看他怎地做法，再作打算。"杨深秀道："长素此举，实不怀好意，因与我们同事，他做这些行险事，也不对我们说。且我在军机里头，倘有什么高低，哪里走得动？"说罢，不胜惆怅。林旭道："他既能对弟说出此事，待弟再往他处，问他干事的日期。他不对人说，或对弟说也未可定。若知道他干事日期，我们预先避开亦好。"杨深秀以为然。

林旭出门去，忽转至锡拉胡同，正遇谭嗣同迎面而来。林旭上前接着，问嗣同何往，谭嗣同道：“刘光第约弟前往，现在往访他。”说了，更约林旭同往，齐至刘光第处。分坐后，刘光第先说道：“现这几天，新政之机又阻窒了，因知老兄高才，特邀来请教。”谭嗣同笑道：“弟不明老兄等之意，若说变政二字，若不能实行立宪，就不变也罢了。你们想想，哪一国立宪是君主肯把民权赏给国人的？况英国立宪，先去贵族之权；法国革命，先杀僧侣之势。试问你们有什么法子，能除了满汉不平的界限？任什么变法，只不过把口舌来空说罢了！即如朝廷用你们变政，只能上几张条陈，既派一个管政大臣管束你们，又要奏知朝廷，种种阻碍，究办得什么事呢？”这一席话，说得刘光第、林旭两人哑口无言。谭嗣同只是冷笑。林旭道：“据老兄看来，怎样才好？”谭嗣同道：“实在说，像你们这聪明才力，何苦天天讨那顽固党的脸面？纵是真能变法强盛起来，究竟是一个亡国之人，有何益处？小弟惟心所安，但断不做异族奴隶的。”林旭道：“老兄近日有见长素没有？”谭嗣同道：“天天也见他，他亦有所谋，想你们也知道了。”刘光第道：“所谋何事？弟等一概不知。”谭嗣同听了，觉得奇异，暗忖康有为此举，真是三五人就行这事不成？想罢便不再说，即兴辞而去。

林旭也随着出来，一路上林旭谓嗣同道：“老兄说康兄所谋，想是谋先除太后一事，老兄以为可行否？”谭嗣同道：“老兄何由得知？”林旭道：“是康兄亲对弟说来的。”谭嗣同道：“除太后以行革命则可，除太后以图变政则不可。”林旭道：“足下高见，但此事恐难以做来。”谭嗣同道：“革命之权在己，变政之权在人，若能实心做去，何必畏难？弟见足下少年英锐，故说腹心话。惟康兄言颇恍惚，前说是袁世凯运动他，后又说他运动袁世凯，弟十分思疑。惟昨天曾致函日本，欲与孙文合谋，若得袁军行于内，孙党应于外，似有可为。但当静观机会，休便对人说。”林旭道：“自闻高论，顿开茅塞，但康兄如此举动，老兄观之，能否有济？”谭嗣同道：“此最难说。但康某非办事之人，但机会似有可乘耳。”林旭点头称“是”。说罢，各自别去。自此林旭也拜服谭嗣同不已。

谭嗣同别了林旭，回到南海馆，恰康有为自外回来，嗣同问他何往？康有为道：“适往访袁公回来。”谭嗣同道：“袁公究有何说？”康有为道：“欲与他约个办事之期耳。”谭嗣同道：“实在说，是足下运动袁公，抑袁公欲用足下？总要分清。若足下运动袁公的，此后实不可再提，免至弄巧反拙。果足下要行革命，就约同孙某多派员入京。足下等现为朝廷所用，未必惹人思疑，然后相机行事便是。”那时康有为因从前听得谭嗣同之语，已满肚思疑，此时真不知所答。谭嗣同知不是头路，这时又复打算出京。到次日，康有为直进军机处，见了林旭，劝他力对皇上说太后要废清帝。林旭问是何意？康有为道：“前儿对足下说预备妥了，尽要这样办法，才得皇上力助，我们方易行事。”林旭此时因听过谭嗣同言论之后，已赞成此意，便应与康有为代奏。

恰康有为去后，清帝适到军机处，林旭便奏道：“臣本不敢奏，亦不得不奏。”清帝便问何事。林旭道：“皇上圣明，能力图变法自强，臣等方誓死图报，不想遂中太后之忌，要谋害皇上。臣既有知，昧死不得不说。”说罢，不知从何得这副急泪，竟流涕不止。清帝即为所动，深以为然，遂不怿退回宫里，即发出一道手谕与林旭。那林旭一看，只得八个字，道是“善保朕躬，毋伤慈意”。林旭看了，即飞奔往见康有为，把清帝手谕给康有为看，康有为不胜欢喜，即索来一看，便说道：“既有此谕，请暂存弟处，好对袁公说立即行事。”说罢，又把与袁世凯同谋的事，对林旭说知。林旭此时方知日前谭嗣同说康有为现有所谋的事，就是与袁世凯同谋的事，将那手谕存康有为处。自此，康有为也逢人说得有清帝密诏，要除太后这等说。即往袁世凯处，自称得有皇上密旨，因太后要杀清帝，速宜保护，事不宜迟，就请举兵。袁世凯听了，大为疑惑，随道："密旨现在何处？某愿一看。"康有为道："是发给弟与林旭的，断不能给人看。如足下不信，可到军机处查问。"袁世凯略点头，含糊答道："待弟预备，到时再行通报。"康有为去后，袁世凯暗忖，并不曾听说太后要害皇上，今既有密诏，岂不甚奇？但此事艰难，自己若从康有为办去，做得来便除去太后，那荣禄是太后侄子，必然杀自己；若做不来，那太后更杀自己，实没一点好处，是断不能做的。即隐忍不言，日后总难清白。想了，往寻荣禄说知此事。正是：

欲借军权行狡计，为存身命泄奸谋。

品读

本文节选自《大马扁》第十三回《托革命当面写书函　赚举兵瞒心称密诏》，主要叙述康有为企图联络袁世凯除掉慈禧太后，扫除变法阻碍，结果反被袁世凯出卖，导致戊戌变法失败的故事。

以康有为为首的维新派，鼓动光绪帝厉行新政，变法图强。但是，以慈禧太后为首的顽固派势力强大，那些因变法而被裁撤的守旧派官员，如尚书怀塔布等在慈禧太后跟前诉苦，声称变法不过是要削夺满人权力。这使康有为强烈意识到："那些顽固党只恃一个太后作护符，若无太后，哪一人敢道一个不字。俗语说，擒贼须擒王，总须除了太后才使得。"因此，他先是上书离间光绪与慈禧，以寻求光绪支持；接着，又自作主张，去游说袁世凯，让他率军入围颐和园，谋劫太后；另外，又欲与孙中山合谋，以便里应外合。

对于康有为的所作所为，维新派的其他干将究竟持什么态度呢？小说中林旭和杨深秀也为维新变法陷入困境、难以推行而感到焦虑，如杨深秀所说："今我们天天说变政，只不过裁了几个冗员，余外真正立宪的政体，一件也未举行，实在令人耻笑。"不过，当他听说康有为图谋废除太后一事后，却颇感震惊，甚至想"先把此事出首"；林旭则建议在得知康有为的干事日期后"预先避开"。可见，他们并不完全支持康有为想要废除太后的做法。

至于谭嗣同，他对变法并不看好，认为"若说变政二字，若不能实行立宪，就不变也罢了"，理由是"哪一国立宪是君主肯把民权赏给国人的？况英国立宪，先去贵族之权；法国革命，先杀僧侣之势。试问你们有什么法子，能除了满汉不平的界限？任什么变法，只不过把口舌来空说罢了！"对于康有为欲除太后之举，他明确指出："除太后以行革命则可，除太后以图变政则不可。"并满怀信心地说："革命之权在己，变政之权在人，若能实心做去，何必畏难？"虽然他觉得康有为并非办事之人，但康有为既想与孙中山联手，或者"机会似有可乘"。显然，作者有意把谭嗣同写成一个主张种族革命的民主革命派了。实际上，谭嗣同虽然思想比较激进，反对封建专制主义，但他本质上仍属维新派，这与主张推翻清朝统治的资产阶级革命派是不可同日而语的。

由于作者把谭嗣同写成了民主革命派，所以就有意讳言历史上谭嗣同密会袁世凯，要袁世凯带兵入京、除掉顽固派的举措，而把这些说成是康有为一人所为。小说写谭嗣同对康有为试图策动袁世凯出兵劫持慈禧一事始终怀有疑虑，认为"若足下运动袁公的，此后实不可再提，免至弄巧反拙。果足下要行革命，就约同孙某多派员入京。"但是，康有为执迷不悟，他谎称太后要谋害皇上，骗取光绪帝的手谕，便借口得皇帝密诏，竭力怂恿袁世凯出兵。后来不出谭嗣同所料，袁世凯对康有为假意敷衍了一番，转眼就把康有为给出卖了。

袁世凯为何阳奉阴违？小说写他的想法是："自己若从康有为办去，做得来便除去太后，那荣禄是太后侄子，必然杀自己；若做不来，那太后更杀自己，实没一点好处，是断不能做的。即隐忍不言，日后总难清白。”这样揣测、剖析袁世凯的心理，应该说是入情入理，真实可信的。

戊戌政变的结果是，持续了百余日的戊戌变法宣告失败，戊戌六君子被杀，康有为、梁启超等逃往国外，光绪皇帝被软禁于中南海瀛台，而以慈禧太后为首的守旧派势力重新掌权。小说所写，意在说明以康有为为首的维新派，主张维新改良，实施君主立宪，这在清朝贵族专政、满汉很不平等的时代背景下是根本行不通的，因为清朝统治者是不可能主动放弃种族特权和既得利益的，因此唯有以武力推翻其统治，实行资产阶级民主革命，中国才有希望。

十九、冲冠一怒为红颜

——《吴三桂演义》选段一

话说李自成率领数十万人马进攻京师，时京中久已戒严，又因辽防事紧，所有猛将雄兵俱在关外。那总督范文程，先已投降去了。余外随范文程去的却也不少，故边关正在需人，也不暇顾及内地。因那时满兵已攻至山海关，偏又事有凑巧，满洲太宗适值身故，故两国暂时讲和罢战。惟战事虽然暂停，防务依然吃紧，是以京中反为空虚。且自大同镇叛降后，人心皆惊，无不望风披靡，故李自成得直薄京城。

…………

时京中大员因李自成人马多众，军势复锐，皆束手无策，纷议调吴三桂一军入卫。崇祯帝亦无可如何，即降旨调吴三桂入京。惟由京师到宁远，往来实需时日，及谕旨到宁远之日，吴三桂本欲调兵即行，因父母妻子皆在京中亦须往救，并圆圆尤在，亦不能不顾，今适有调动，自己正宜乘势入京。正在抽军之际，忽流星马飞报，李自成已破山西大同镇，姜瓖已降，各路望风

《吴三桂演义》插图

披靡，京中已戒严了。忽又报李自成已分张献忠南下，汴、淮、江、鄂一带，声气隔绝，各军俱不能入卫，京师已十分危急了。吴三桂正自惊讶，暗忖李自成人马何以这般神速，正须立刻动兵，忽流星马又报，李自成大队人马已破直隶，过河间，直叩京师。忽又报京师戒严，第一重城已被攻破，第二重城正在被困之中。有谣传京城全陷的，有谣传帝后俱已丧亡的，纷纷其说，都是风声鹤唳，弄得吴三桂反无主意，自忖道："看李自成军马直如入无人之境，无处可以阻挡的。各路人马又只调自己一军，终恐不能拒敌。"是以踌躇不决，把从前一片热心都已按下，反观不进。

时李自成即进了第二重城，崇祯帝自顾京内，既无强兵又无劲将，只望各路兴兵入京勤王，或可解危于万一，惟久无消息，即宁远一路已降旨征调的，仍不见至。眼见江山是没望了，只召集各大臣会议，看有何应付之计。

不想那时敌国虽已暂和，不久又复兴兵。京中适传清兵至松山，洪承畴已大获胜捷，清兵已退，今洪承畴已起程入京应援。不知洪承畴在松山已兵败投降去了。朝中群臣尚不知得，反降诏优奖承畴。及后渐渐风声传得不好，崇祯更知无望，看看各大臣又一筹莫展，不觉叹道："君非亡国之君，臣是亡国之臣。"即垂泪拂袖回宫。各大臣亦失意含羞而散。

时李自成既奋攻第三重城，适军中又传吴三桂带兵回京，心中亦怯于吴三桂之勇，即与左右计商抵拒吴三桂之法。牛金星道："吴三桂出镇宁远时，留家眷在京。他有歌妓陈圆圆，为国戚田畹所赐。他自受圆圆，为人言啧啧，他父吴襄故不令他随带赴镇，故尚留京中。那圆圆为三桂心中的人，若掳圆圆以挟三桂，料三桂必为我用也。"李自成道："我夺其爱姬，彼将益愤，又将奈何？"牛金星道："非夺取圆圆，不过借圆圆以挟吴三桂耳。三桂勇而无谋，我若先破京中，它将以京城既破，救无可救，援无可援，势必灰心。我即留圆圆为罗致三桂之地，有何不可？"李自成深以为然，因此攻城益急。

时提督京营吴襄正督御营守城，惟以寡众不敌，终难抵拒，遂被李自成攻破。李军一齐拥入，吴襄先已被擒。李自成因牛金星之议，先分付至吴襄家中将圆圆并吴襄全家掳至营内。吴襄一见圆圆，即谓圆圆道：“媳妇若能一死谢吾儿，固足以全名节，亦足以壮吾儿之心。吾儿必不负媳妇，上为国家，下为门庭，将复仇有日也。”陈圆圆听了，惟哭不成声。李自成却责吴襄道：“大明失道，我方应天顺人，同是中国人，谁不可为君？今汝被擒，吾固未尝加害，是吾之加恩于汝者厚矣。汝老贼犹不念恩，反作此言耶？”说罢，一面令吴襄押过一边，徐令押圆圆上前。李自成见她玉肌花貌，虽在悲苦之中，不失娇娆之态，看了不由心为之动，乃赞道：“吾阅女子多矣，未见有如此艳丽者。此楚庄王所谓世间之尤物乎？吾若得此人以充妃嫔，生平之愿足矣。”李岩谏道：“大王之言差矣。自来美女一笑倾城，再笑倾国。愿大王勿萌此心，以国事为重，方不负臣等跋涉相从之意。今为大王计，宜将吴襄、圆圆及其家人送还吴三桂，则三桂之感大王深矣。那时不患三桂不为我用也。”李自成道：“军师之言有见不到处。三桂若为我用，是我以他家属送还犹可也。若我送回家人与他，而他即倒戈相向，是徒中他人之计，此则必不可矣。今我暂留吴襄、圆圆，以看三桂动静。三桂若肯降我，我即还他家人；三桂若为我敌，我即杀他家人，以泄其愤，不亦可乎？”说罢，便不从李岩之计，转向圆圆道：“吾闻汝从三桂，为慕其英雄也。今国破家亡，三桂未能以一矢相援救。吾独能踏平陕晋，扫靖燕云，唾手而取北京。我之英雄，较三桂若何？汝若舍三桂而从我，当不失妃嫔之贵。”陈圆圆道：“大王此举，如志在与朱明共争江山，自应以仁义之师救涂炭之苦；若以一时声势，夺人之爱而损人之节，固失人心，又误大事，愿大王勿为之。”说罢，惟俯首不仰视。时李自成诸将多在旁，圆圆只几句话，说的李自成无言可答，只令将圆圆押在一处，不令吴襄相见。时左右多劝释还圆圆，李自成不允，只称待全破北京之后，看过三桂动静，再作计较，实则欲久后收为己有者，不从诸将之言，只传令攻城。时内城已是守卫空虚，守卫臣民多已逃走，居民又多畏自成残酷，皆悬顺民之旗。官吏更不闻鼓励军士守城。

崇祯帝在宫中度日如年，愁眉不展。宫人多劝道："陛下可先逃别处，然后待勤王之兵，或可以恢复。"崇祯帝道："大小臣工，升平则谋晋官阶，患难则各保性命，谁复有能勤王者？眼见江山是没望了。只可怜太祖创业垂统二百余年，至孤及身而坠先朝统绪，将何以见祖宗于泉下耶？"说罢大哭。复转入深宫，见了皇后及一子一女，不觉放声长叹道："愿汝等生生世世勿生帝王家也。"各人听罢，无不泪下。皇后道："今寇势若何？岂不是江山全没望了？何不渡河南下，征调各路勤王之师。"崇祯帝怒道："朕惟不明，误用无用之辈，以至于此，安复得有救国之人？古人说：国君死社稷，朕死乃本分也。汝辈劝朕南下，岂汝辈独欲偷生耶？"正说话间，宫人报道："闯逆已进攻内城了。"崇祯帝此时只与皇后及子女相对，左右并无大臣，但闻炮火之声轰天震地，崇祯帝起向皇后道："朕将死矣！天若不亡明祚，大江以南或有起义师以平寇乱者，亦当另立明君，实不忍偷生以尸大位。但朕躬既死，汝辈将若何？"皇后道："陛下死忠，妾则死义，儿女等死孝，又复何辞？"崇祯帝道："如此方不负朕，但朕不忍汝等死于他人之手，不知汝等之意若何？"皇后道："悉听陛下之命。"崇祯帝道："如此则他日九泉之下，亦可以见祖宗也。"说罢，提出一刀。时炮火之声越近，宫人又报："敌兵已直进内城了。"崇祯帝听了，更不答话，先举刀把皇后杀了。儿女在旁看了，皆不忍睹，只环而相哭。崇祯帝割下皇后首级，复将子女一刀一个，杀了个干净，拿着几个首级，直奔后宫来。

恰有一座煤山，树木不高。崇祯帝看看，觉可以在此自缢。正解下罗带，忽见太监王承恩走进来。崇祯帝听了脚步之声，回头一看，即道："汝来何意？"王承恩道："臣闻陛下手刃娘娘及公主等，料知陛下守国君死社稷之义，今特来相送，并欲陪陛下于泉下。”崇祯帝道：“朕则分所当死，汝则何苦轻生？”王承恩道：“臣闻君辱则臣死，况陛下不止受辱乎！今臣赶来，不过欲陛下归天之后，然后自尽耳。”崇祯帝道：“古来宦官都是祸国，汝独能忠君，以视闻难先逃的大臣，诚愧煞矣。朕愧不能早加恩于汝。”

王承恩乃先挖了三穴。崇祯帝问其何意，王承恩道：“正中之穴所以掩陛下与娘娘。左右二穴将以埋太子与公主。臣将营一穴于其下，以从陛下于九泉。想若有宫人奔到此间，见了数穴，必能收拾陛下与臣等也。”崇祯帝听了，只为叹息。王承恩道：“事急矣，早早请陛下归天。若闯逆到来，恐有不便。”崇祯帝便悬罗带于树间。王承恩先捡泥土与他踏起来，崇祯帝就将结扣在颈上，随一脚将脚下的泥土踢开，自缢起来。不一时间，手足不能伸动，吐出舌头来，已没气息，敢是死了。王承恩哭了一场，觉做天子的且如此结局，吾等何以生为？遂亦解罗带以自尽。不觉又发出一种愚见，以为自己是个臣子，不好与崇祯帝同列，故只将崇祯帝尸身扯高，自己却在崇祯帝脚下来自缢。不多时，已同归一路去了。可怜当时京中，满朝文武殉难死节竟无多人，或是屈身投降，或是闻风远避，只有这一个太监王承恩，竟捐身殉国。虽然是一片愚忠，也算难得的了。

今且说李自成破了北京，只知道崇祯帝殁了，就闯入宫中，并不曾替崇祯帝发丧。但将宫中一切宫女，齐集点名。名是保全他的性命，实则凡有姿色的都留作自己妃嫔，昼夜淫乐，不理大事也。从各大臣下之请，改元大顺，称帝而治。以为自此身登九五，可以娱乐终身，故诸事统不理办，凡大小臣工，又无等级制度，不是公侯，就是将相。李自成见宫中许多宫人，自己受用不尽，择些颜色稍次的分派各臣工，称是与臣同乐。故那时各臣工大半出于草寇，见李自成且自图快活，自己更不必留心军国大事，且又不懂得什么政事，除了酒色两字，更没第二件事。直至各营将校军兵，也上行下效，分头抢掠妇女。那时京城残破，干戈纷乱，凡贞节的妇人，十不得一，都任由李自成军人抢夺以苟存性命。稍有抗阻，多被李军一刀两段，因此亦杀人无算。时有众文武将官控告的，亦概不置理。弄得居民无可如何，不是失了资财，就是亡却妻女，营中绝无一些纪律。李自成自进宫后，一连三日不曾出宫视朝，故士卒如何骚扰淫掠，一概不知，即知之亦不过问。计自破京城后，不曾出过一张告示，不曾降过一道谕旨，惟李自成心中只有一个吴三桂，只派人常打听吴三桂动静。

那时吴三桂自知道李自成进攻北京，本欲发兵入卫，因崇祯帝在时亦只赖吴三桂一军，当都城方危，曾遣使宁远，封吴三桂为平西伯，使移兵入关。三桂以全家在京，且新受封典，即传令起兵，向京进发。计当时三桂部下，约大兵五十万人。唯行军之际，仍存观望，故日行不过数十里。及抵山海关，即下令扎营，只为部下诸将所催，仍勉强前进。历四天，方抵丰润。那时已得京城失陷之信，三桂即顾谓左右道："贼军乘胜，势方浩大，恐难取胜。不如退兵，再商行止。"部将冯鹏谏道："国家以全师授将军，今未见敌形，先自退怯，恐人心瓦解矣。进而获胜，固可复宗社；即不胜而死，尚足以对国民。遗臭流芳，在此一举，愿将军思之。"吴三桂听罢，踌躇不答。冯鹏退出后，语人道："吴平西眼光不定，心尚徘徊，其主意如何尚不能知。今后国家绝望矣。"时吴三桂卒不从冯鹏之谏，下令退兵山海关。流星马忽报道："吴三桂全家被擒，崇祯帝已殁。"吴三桂大怒，乃复欲进兵。

时李自成实惧吴三桂一军，恐他入京为患，乃挟三桂之父吴襄，使作书招降三桂。吴襄不敢却，即为作书。李自成得书大喜，即令降将唐通赍白银五万、金二万，犒赏三桂之师，并致吴襄书札。那时三桂将抵昌平，得报吴襄书到，即令唐通进帐。吴三桂就在营中拆阅其父来书，那书道：

汝以君恩特简，得专阃任，非真累战功，历深资也。今汝徒饰军容，怯懦观望。李兵长驱直入，既无批吭捣虚之谋，复乏形格势禁之力，事机已失，天命难回。吾君已逝，尔父幸存。呜呼！识时务者，亦可以知变计矣。及今早降，尚不失通侯之赏，犹全孝子之命。万一徒恃愤骄，全无节制，主客之势既殊，众寡之形不敌，顿甲坚城，一朝歼尽，使尔父无辜并受屠戮，身名俱丧，臣子均亏，不大可痛哉？今幸新主休容，书到之日，即宜照行，毋再观望。

吴三桂看罢，便欲归降，不欲进兵。左右皆谏道："闯贼无道，决不能久踞神京。将军若倒戈降贼，将遗臭万年，不可不慎也。以闯贼凶淫残杀，人人怨望。将军乘此时机，催兵入京，将百姓欢迎，望风从附，闯贼势将瓦解。是天以此建功立名之机会予将军也，请将军思之。"三桂道："非尔等所知也。李自成虽非吾主，然犹是中国人也。今明室既危，敌国窥伺，将来若为敌国所灭，恐虽欲为中国臣子而不可得矣。且吾全家在京，我若不降，将全家受害，故吾决意归顺，你等切勿多疑。"左右又道："明室虽危，将军责任重大。若稍可维持，当尽其力。以将军豪气盖世，何以一旦闻风先馁乎？请将军先斩贼使，以励军心，吾等皆愿出生入死，以从大将军之后，决不反悔。"吴三桂大怒道："吾意已决，汝等何得多言！再言者斩！"三桂便不从左右之谏，厚待闯使唐通，告以愿降之意，并为书致复其父吴襄。那书道：

儿自奉命督兵入卫，部署既定，方起程向都进发。途次适接父书，备聆严训。以国破君亡之日，儿本当以死报国家，顶踵发肤奚敢自惜？顾父以孝道相责，儿安敢不唯父命是从！儿指日敛兵归顺，谨先禀复，以慰父心。

书发之后，三桂即令闯使唐通回京复报，旋下令回兵山海关。时部下忠义之士听得吴平西降贼，多有痛哭流涕。及回至山海关，忽探子飞报道：“李自成发兵二十万，扼守燕蓟以拒吴军。”三桂道：“彼之发兵，以吾未降也。吾今已降，彼兵自退去。”后又得飞报道：“贼逆入京已踞明宫，吴平西全家被擒，陈姬圆圆亦被掠去。”三桂闻报，时方提笔出示安慰部兵，不觉掷笔于地，大骂道：“贼逆夺我爱姬，吾誓不与你干休也。”登时挥泪向左右大哭，便欲提兵复行进京。正是：痛哭六军皆缟素，冲冠一怒为红颜。

品读

《吴三桂演义》是黄世仲创作的一部演绎吴三桂兴亡及其原因的历史小说，全书四十回。小说写吴三桂在国难当头时，竟然置君父大仇于不顾，只为一红颜女子而引外族入侵，剪灭本朝；仕清之后，为了固宠邀功，又残忍地擒弑永历父子，可谓丧心病狂；封王开府，遭到清廷疑忌时，他又假借恢复明祚，武装反清；及至声势浩大，又僭号称帝；最终众叛亲离，被清廷剿灭。作者指出，“其兴也，以易服哭陵感动人心；其亡也，由忘背明裔称帝自尊”（《吴三桂演义·凡例》），既无爱国主义感情，也无种族主义观念，将个人的情欲和野心置于家国利益之上，这是他失去人心、自取灭亡的根本原因。

本文选自《吴三桂演义》第六回《杀妻儿崇祯皇自缢　争美姬吴三桂哭师》，主要叙述李自成攻入京城，崇祯帝绝望自缢，吴三桂风闻陈圆圆被掠，怒发冲冠，誓欲进兵复仇的故事。小说写李自成率领数十万人马进攻京师，明朝危在旦夕，崇祯帝无奈降旨，征调吴三桂入京救驾。三桂率军出关，但一路上踌躇不决、畏葸不前，终于贻误战机，导致京城被李自成攻破，崇祯帝自缢身亡。

本来，李自成及其部下“怯于吴三桂之勇”，也想利用陈圆圆要挟吴三桂，扣留了吴襄、陈圆圆作人质。李自成垂涎陈圆圆美色，威逼利诱之。陈圆圆大义凛然地告诫他："大王此举，如志在与朱明共争江山，自应以仁义之师救涂炭之苦；若以一时声势，夺人之爱而损人之节，固失人心，又误大事，愿大王勿为之。"他哑口无言，邪念顿消。可见陈圆圆实为一个有胆有识、有志有节的奇女子。后来，她机智摆脱李自成，回归吴三桂，暗讽三桂背君弃父、丧节败行，甘愿清心修道（第十回），并在入滇之后，劝三桂穿明服参见永历帝（第十四回），临死时又留遗书劝谏三桂效仿范蠡归隐林下，或早做打算，死里求生（第十七回），都展现了她智慧果敢、志节自持的个性风采。作者这样写，意在表明陈圆圆并非红颜祸水，吴三桂灭亡实在是咎由自取。

小说对崇祯帝在国破家亡时手刃皇后子女、自缢于煤山的悲惨情状进行了真切的摹绘，一方面抨击了屈身降清的文武百官，另一方面也谴责了吴三桂视君主如敝履，弃国家于不顾的罪行。

小说对李自成攻入京城之后，"昼夜淫乐，不理大事"、纵容将士烧杀淫掠的恶行，也进行了揭露与批判，预示了李自成必败无疑的下场；当然，这也从侧面展示了吴三桂见死不救带来的严重恶果。

小说重点表现了吴三桂率军勤王，患得患失，欲进又退的言行举止。其父作书，以种族大义晓谕他归降李自成，他也认为"李自成虽非吾主，然犹是中国人也。今明室既危，敌国窥伺，将来若为敌国所灭，恐虽欲为中国臣子而不可得矣"，打算归降李自成。可是一听到陈圆圆落入李自成之手，他马上又勃然大怒："贼逆夺我爱姬，吾誓不与你干休也。"难怪后来吴伟业作《圆圆曲》，讥讽他不顾君父之仇，丧失民族气节，"冲冠一怒为红颜"了。

二十、吴三桂擒弑永历帝

——《吴三桂演义》选段二

话说吴三桂领大兵直趋缅境，传檄缅酋，勒令交出永历帝君臣。缅酋畏惧三桂，即托称送永历帝至晋王营中，实则拥至吴三桂营内。三桂好不欢喜，以为不世之功莫如此举，且又可以解释清朝猜疑自己之心，便立即拔营，提兵拥永历帝回至云南府城。

…………

那日吴三桂便大会诸将，商议处置永历皇之法。部将满人爱里阿道："王爷此举，将如何处之？"吴三桂道："某亦不欲处以极刑，只欲将他骈首。"爱里阿道："王爷此言，亦太儿戏。他曾为君主，岂骈首犹未得为极刑耶？末将以为，如此未免太惨。"三桂道："将军亦满人，何出此言？"爱里阿道："末将诚是满人，但不忍之心，人所同有。末将若处王爷地位，必不为此也。"吴三桂道："某非不知。唯朝旨已下，焉能违抗？"爱里阿道："朝旨只任王爷处置耳，未尝使王爷将他骈首也。"三桂道："恐除将军外，未有以将军之说为然者。"时章京卓罗在座，向三桂厉声道："爱里阿之言是也。王爷世受明恩，或以不得已而至于今日。然回首前事，正当借此机会图报于万一。且他亦尝为君，曾有数省奉其正朔，亦当全其首领。若王爷于此事仍有畏惧，某愿以身当之。"吴三桂听罢，面为发赤，即退入后堂，各人亦散。

吴三桂心里踌躇，觉若不杀了永历皇，既不泯清朝的猜疑，自己亦不能安枕。惟外面又欲解释人心，欲以示所杀永历皇由于朝旨敦促，不干自己之事，冀诿卸于清廷。那日便欲叩谒永历帝，以阳示其哀怜之意，与不得已之心。但自己已为清国藩王，又不知用明朝衣冠，还是用清廷的衣冠。若衣清装，即无以解释人心；若衣明服时，怕当时朝廷知道，如何了得。左思右想，总没法子。到了次日，与心腹章京夏国相计议。国相道："即衣清装叩见可也。"三桂道："吾欲暗中仍穿明服，不令人知，汝意以为何如？"夏国相道："王爷差矣。王爷此举，只欲解释人心。若暗中自衣明服，试问谁人见之？今王爷已受清封，即以清装相见，亦能昭示于人。"三桂道："相见时又不知如何礼法。"夏国相道："王爷今则为王，永历今已为俘，其极，亦平揖可矣。"吴三桂亦以为然，即转进后堂更衣。

忽见爱姬圆圆揽镜自照。原来圆圆已窃听了夏国相与三桂所言，故意坐在那里要与三桂说话的。三桂却道："卿何独坐其间？"圆圆道："妾方才登楼北望，回时觉鬓发乱飞，想是为风所动，故略行修饰耳。"三桂道："卿言登楼北望，究属何意？"圆圆道："妾北方人也，望家乡耳。"三桂道："卿随侍此间，荣贵万倍，亦思乡耶？"圆圆道："妾昔读古人与陈伯之一书，说是廉颇之思赵将，吴子之泣西河，故国怀念，英雄且有之，况妾一小儿女耶？"三桂听罢，默然，随入内室。圆圆亦随起而进。忽见三桂更衣，圆圆道："王爷今将何往？"三桂道："将往叩见故君也。"圆圆故作惊道："崇祯帝尚在耶？此大明之幸也。"三桂道："某非言崇祯帝，只言永历耳。"圆圆道："永历帝已被擒矣。妾以为王爷至于今日，不如勿见。"三桂道："卿言何谓也？"圆圆道："君若能抚存朱明遗裔，顾念朱明江山，即见之可也。若不然，设相见时，永历帝以正言相责，试问王爷何以应之？"三桂笑道："他已被擒，方将向某求全，宁忍相责耶？"圆圆道："妾闻永历宽仁大度，不过臣僚非人，以至灭亡耳。他在缅境时，曾欲自刎，不过以母后尚在，未肯捐生，以是知其非畏死者。王爷勿轻视之。"三桂听罢，不答。随穿清国服制欲出，圆圆道："永历若见此衣装，必诧为异事矣。昔已擒之，今又谒之，王爷此行实为可异。"三桂道："卿勿作此言。若他人言之，吾已罪之矣。须知缅境陈兵之役，皆朝廷意也。”圆圆道：“妾若为王爷，必不如此。”三桂道：“卿戏言耶？”圆圆道：“何戏之有？妾昔被掳于闯贼，犹知不屈，百折而得复见王爷，即此可以见也。”三桂至是赧然，复卸下清装，先穿明服在内，而以清装披之在外，又并着从人携着明冠同去，圆圆亦不复言。

三桂便出府门，直乘舆望篦子坡而来。原来篦子坡即在永明池畔，时三桂已安置永历帝在那里。当三桂出时，以清装在外，本意至永历帝寓所时，即卸去外装，冀于无人之际以明服相见。不料到时，还见许多旧员环集，求谒永历帝。即三桂部将，亦多在其中，皆伺候叩见永历帝。三桂见人心思明，心上不免愧怍。且见各人环列，若脱去外面清装，也不好看，急令从人把携带的明装帽子携回府去，却在人众中。那时各人都让三桂先行叩见，三桂那时觉跪又不好，不跪又不好，惟觉局蹐不安。永历帝便问三桂是何人，三桂即报名以应，翻身跪在地上。永历帝责道：“你是大明臣子，父子相继受国厚恩。汝以武举升至总戎，叠应方面，又封受爵典，自应感恩图报。既引外人以灭国家，今又逼朕至此，汝意将欲何为？”吴三桂听罢，一言不能发，又不能动。左右急为扶起时，那三桂已面如死灰，观者无不大惊失色。三桂回至府里，不宁者数天。自是不敢复见永历，只传令将永历行宫四围逻守，十分严密，凡有什么人出入，皆要先白三桂。惟自三桂叩见之后，诸臣反以三桂叩见时受惊，尚有天意，故凡见永历的，皆不敢怠慢。

有前任尚书龚彝，本湖南永州人氏，初时听得三桂入缅，即奔走数十里，意欲随驾。及至云南，已知永历被擒，那时即求见永历，却为守门者所阻。龚彝厉声道：“此我故君也，义应入见。”守门者乃白三桂，三桂亦许之。龚彝乃备酒食而入。永历接见时，相见大哭。随以酒食上献，永历帝不能下咽。时有从臣邓凯相陪，永历帝哭道：“朕既误国家，又累母后，死何足惜？所不忍者，只朕幼儿耳。国统既亡，并祖宗的血嗣亦不能保，实在可叹。”袭彝听罢，哭不能成声，随谓邓凯道：“今皇上已被围，势难复脱。看三桂奸贼，势将斩草除根。足下随驾日久，日观皇上奔走流离，只留下这一点骨血，足下独不动心乎？”邓凯道：“弟亦日筹，未得其计耳，如先生有高见，愿乞教。”袭彝道：“某到此间，见人心尚思大明，看来国中不乏忠义之士。若皇裔尚在，或有辅皇太子以图光复者，亦未可知。愿足下救出皇子，以存明裔。某愿以死报足下也。”邓凯道：“先生之言，某义不容辞，但何由得皇子救出？弟愚昧，实未有良策。”袭彝道：“此间还有心腹人可以同谋否？”邓凯道：“有三桂部下领兵守卫行宫者副将陈良材，常说到皇上被困，即太息欷歔，若与谋之，当必有济。弟亦尝以言挑之。”袭彝道：“盍试以言挑之！”邓凯即出寻陈良材会晤。良材见邓凯眼带泪痕，即问道：“足下得毋哭乎？”邓凯道：“眼见吾君被难，不久将骨肉无存，是以悲耳。”陈良材叹道：“某亦故明臣子，倘有可以报明之处，虽死不辞。”邓凯道：“某不过欲为我皇上延一点骨血耳，不知将军能任之否？”陈良材道：“弟实不难任之，愿足下明言，不必隐讳。”邓凯察其心地无他，即与陈良材同入会见袭彝，商议此事。即彼此计定，令陈良材托言带儿子入行宫，愿见永历帝。

去后，即令永历皇子扮陈良材儿子的装束而出，先藏之陈良材家中。邓凯即混进陈良材营里，窃往良材家内，与皇子逃走。那陈良材伺守卒换班时，然后自携儿子回去。

当袭彝与邓凯、陈良材哭别时，好不悲苦。袭彝却向陈、邓二人拜道：“明祚不斩，皆两君之力也。某非畏死，不过初到云南，路途不熟，终难救出皇子出关，故让诸君耳。今事已行，某不忍独生。”即撞于阶下。左右急为救起时，已伤重而殁，左右无不伤感。后人有诗赞袭彝尽忠的道：

故君被俘入滇城，万里间关谒永明。
热血直从阶下溅，森严行在有哀声。

又有赞邓凯独救皇子脱险的诗道：

当年杵臼共程婴，殉难存孤各尽情。

后世袭彝和邓凯，流芳青史著忠贞。

自袭彝死后，即有人报知三桂，吴三桂也不免有感，令厚葬其尸。自忖：各人思报明主，反觉自己汗颜，不如早将永历处置。又因前次会议，多人主张不杀永历，今却不必会议，只独断独行，令永历帝及他母后自尽。即拣出两条罗带，藏在一个盒子内，外面写道是食物，送给永历帝及永历帝母后等字，即使心腹人直至篦子坡来。

时永历帝正在篦子坡与母后相晤，诉说邓凯之事，与袭彝撞死一节，正大家伤感，忽闻三桂使人送食物到来。永历帝听罢默然，徐叹道："什么食物，直鸩毒耳。然朕死不足惜，顾累及母后，此数十年中，又累多少生灵，实在可恨。"说罢，即传进来。由左右呈上，只是一个盒子，写明送给永历帝及他母后的。永历帝打开一看，见内里并无食物，只有罗带两条，不觉对太后流涕道："逆贼直欲朕自缢也。"太后听罢，亦大骂不已。太后复骂道："三桂逆贼，行此辣手，害我母子。他日九泉之下，当看汝碎尸万段也。"

早有人报知三桂，三桂积羞成怒，即遣章京双桂领亲兵二百名，围绕篦子坡。那篦子坡在昆明城内，旧有金蟾寺，三桂即囚永历帝于寺内，惟永历从臣仍呼为行宫。三桂亲兵到时，即围定寺内。永历帝知三桂兵到，即使人谓双桂道："三桂逆贼已迫朕至此，今你们到此再欲何为？朕死则已，幸勿惊扰太后。"统领双桂道："奉平西王之命，以陛下既受罗带，特候回报耳。"永历帝道："此次正对五军山，朕欲登山一望故都，然后回来候太后终年之后，即行就死，不知能方便否？"双桂厉声道："吾只知奉命耳。若复有言，当令人告知平西王爷，吾不能为汝作主也。"永历帝听罢大哭，向太后道："朕不肖累及母后，今将奈何？"太后道："逆贼欲吾自缢以掩人耳目，我横竖一死，不如候逆贼加刀，以成他弑君之名。"永历帝道："后世必有知者，太后不必如此。"太后乃大哭，即取出罗带，永历帝不忍正视，又虑太后年高，乃代为结束罗带。左右即移椅子，扶太后上吊，永历帝只掩面俯首垂泪。除左右随从外，还有皇后及妃嫔数人，皆放声大哭，不忍仰视。太后上吊时仍大骂三桂。不多时，永历帝尚俯首而泣，左右扶起时，三桂军士由怜生爱，见了永历，皆惊道："此真英主也。"皆窃窃私议，有欲救之之心。且自三桂遣发亲兵而后，满汉诸大臣多来观视。永历帝正当太后既死，一发悲苦，乃向妃嫔说道："自古为君无有如朕之苦者。今朕将死矣，破巢之下，安有完卵？汝们宜各自打算。"说着，各妃嫔皆拥绕永历帝而哭。时在场看的，自汉员以至八旗将士，皆为感动，纷纷道："人谓他为仁爱之主，果不虚传。我们何不奉之，以立不世之功！"一言未了，已有数人割辫而起。

双桂急使人报知三桂。三桂听得大惊，立发令箭大兵到来，即将多官驱散，并谕双桂，即取永历自缢的消息回复。永历帝此时恐防被辱，即行自缢而崩，亦无暇与妃嫔诀别。三桂更令双桂拥皇后及永历次子，直至市场，以弓弦绞杀之。是日却天昏地暗，风霾交作，对面不见人影，见者皆谓为天怒。

事后双桂回报吴三桂，三桂更怒，传令将永历帝、太后尸首，用火焚化，闻者皆不忍往视。左右亦有向三桂进谏，谓不宜太惨，三桂更怒，谓左右道："他说在九泉之下看我碎尸万段，吾焚其尸，化为灰烬，则本藩他日虽碎尸万段，他亦无目见吾也。"说罢一发令人将永历帝及太后焚化之后，更扬其灰，使分散四处。是时吴藩部下文武员弁，见三桂盛怒，多不敢进言，故一任三桂做作，以至得做这穷凶极恶的手段。

那时三桂自害了永历帝及太后之外，并永历皇后及皇次子亦已绞杀，单不见了永历长子，也疑到手下的人暗为藏匿，立即高悬赏格，要缉永历太子。一面将永历亲属及外戚从臣，槛送入京，具表报捷。随后复追究永历被缢时，有赞永历帝为真主欲奉之举事者，大加杀戮。计除章京双桂以外，共杀去不下二千人。真是天愁地惨，户哭家号。因见永历受害之惨，滇人乃改唤篦子坡为迫死坡。

品读

本文节选自《吴三桂演义》第十四回《篦子坡永历皇被缢　北京城吴三桂奔丧》，叙述永历帝惨遭吴三桂杀害的故事。永历帝朱由榔是南明末代皇帝，1646年在肇庆即位，得李定国、孙可望等辅佐，在西南一隅抵抗清军。清军攻入云南，永历帝逃到缅甸，被缅王收留。吴三桂进兵缅甸，缅王将永历帝献与吴三桂。吴三桂为了消除朝廷疑忌，邀功固宠，遂将永历父子及其眷属杀害。

小说写吴三桂抓获永历帝后，决定弑君邀功，消除清朝对自己的猜疑。不料，就连满人爱里阿也觉得他这样做“未免太惨”，满人卓罗甚至要他借机报恩，善待永历帝，并愿意出面担当责任。

可是吴三桂狼子野心，既欲弑君，又想让别人认为他是被清廷所逼，不得已而为之。于是他便想去叩谒永历帝，猫哭老鼠，佯示哀怜。但他在如何着装、行礼的问题上，感到左右为难，夏国相建议他穿清廷衣冠，行平揖之礼。这时陈圆圆巧妙地以自己登楼北望、怀念故国讽谏三桂，使他心生愧怍，只得将明服穿在里面，清装披在外面，打算到永历帝住所时，再脱下清装，以明服谒见。不料许多明朝旧臣都来求谒永历帝，使他的计划落空，还被永历帝当场羞辱了一通。

接着，作者又虚构了一出“赵氏孤儿”的好戏，写袭彝、邓凯和陈良材联手，效法春秋时晋国程婴、公孙杵臼等救护赵氏孤儿的壮举，采用偷天换日之计，让永历皇子扮成陈良材之子，乘机逃出生天。实际上，永历父子均死于吴三桂之手，并无此事发生，作者虚构这个故事，意在赞扬一些明朝旧臣不忘故主、殉难存孤的忠贞志节和不怕牺牲的可贵品格，用以反衬吴三桂的大逆不道。

吴三桂虽然意识到身边不少人思报明主，但他为了实现个人的政治野心，仍然不顾众人反对，独断专行，派心腹去逼永历母子自尽，并以弓弦绞杀皇后与永历次子，甚至将永历帝及太后焚化、扬灰，穷凶极恶，令人发指。

耐人寻味的是，作者还虚构了这样一个情节：自汉员以至八旗将士，目睹永历帝受死，“皆为感动，纷纷道：‘人谓他为仁爱之主，果不虚传。我们何不奉之，以立不世之功！’”有数人还当场割辫而起。这样写，自然是为永历帝惨遭杀害深感痛惜，同时也是为了彰显吴三桂的滔天罪恶。试想，连八旗将士都想拥戴永历帝，为什么吴三桂竟能如此丧心病狂？所以，作者在故事结尾赋诗感叹：“吁嗟呼！乱臣贼子古来有，何如三桂罪之魁。”

附录

黄世仲编年事略

同治十一年（1872）　一岁

出生于广东番禺茭塘司崇文二十四乡（今广州市荔湾区）。其祖先为粤中望族，以耕读传家。清朝道光年间，曾祖黄文荪迁居番禺茭塘大桥村，在鹤洞开私塾课徒。文荪子仕华。仕华生四子，其中三子有腾好学，师事清末岭南大儒朱次琦。有腾生伯耀、世仲、小灿。（罗香林《乙堂劄记》第四册《革命宣传家小说名家黄世仲家世访纪》）

光绪三年（1877）　六岁

是年前后，开始接受启蒙教育。

光绪五年（1879）　八岁

阅读《通鉴纲目》《通鉴纪事本末》。

光绪六年（1880）　九岁

阅读《史记》《汉书》《通鉴》。常随父兄出入剧场看戏，并喜听长辈讲述洪秀全和太平天国的故事，阅读稗史小说。

光绪七年（1881）　十岁

祖父遭土匪绑票，家道中落。

光绪八年（1882）　十一岁

祖父病逝，家庭人口众多，父辈于是年分家。

与其兄黄伯耀到佛山某纸厂商店助父收账记账。

光绪九年（1883年）　十二岁

诵读《文选》和唐宋八大家古文。

光绪十一年（1885）　十四岁

入佛山书院受业于陈坪梅。

光绪十五年（1889）　十八岁

一边读书，一边为生计奔波于粤港澳三地之间。

光绪十六年（1890）　十九岁

娶麦村女子麦氏。

光绪十七年（1891）　二十岁

到其兄黄伯耀在麦村开设的私塾协助教学。

光绪十九年（1893）　二十二岁

与其兄黄伯耀一起赴南洋谋生，在吉隆坡某赌馆充书记。

光绪二十一年（1895）　二十四岁

是年秋，返乡探亲，曾游广州某寺，与寺中高僧口山上人谈论时局及太平天国历史（《洪秀全演义·自序》）。开始酝酿长篇小说《洪秀全演义》。

光绪二十二年（1896）　二十五岁

约年初，离开吉隆坡到新加坡谋生，先后被侨商陈楚楠、张永福聘为文案，又义务兼充华侨各工界团体文书。

光绪二十四年（1898）　二十七岁

四月初七日（5月26日），邱菽园创办《天南新报》。开始向该报投稿，受邱菽园赏识。

光绪二十六年（1900）　二十九岁

《中国日报》在香港创刊。开始受该报宣传的革命排满思想影响。

光绪二十七年（1901）　三十岁

受革命党人尤列的启发，开始倾心资产阶级民主革命，并加入尤列在新加坡创设的兴中会外围中和堂，成为会员。

开始创作《洪秀全演义》。

光绪二十八年（1902）　三十一岁

六月十四日（7月18日）在《天南新报》发表政论《作气论》，主张振作民气，奋发图强。此后连续在《天南新报》发表政论《论武王乱臣辨》《外交情形篇》《说势》《私史》《拟清之汉臣张广泗、柴大纪合传说》《国债危言》《国民说》《说群》《说耻》《论刘坤一》《论自立》《论平满汉之难》《办报馆爱国之责及其立论之要》《说乱》《论中国维新之变局》《论中国今日少年之责任》《体制革命说》《论人民思想之进步》等，并充任该报主笔。

光绪二十九年（1903）　三十二岁

正月继续在《天南新报》发表政论《开新说》《惜广东》《原祸》等。

二月二十七日（3月25日），在《天南新报》发表政论《论张之洞之禁〈新民丛报〉》。

三月初（3月底），由新加坡赴香港，加入《中国日报》，和陈春生、陈诗仲一起担任笔政，结束了十年的南洋生活。

春夏间，在《中国日报》发表长篇政论《辨康有为政见书》，批驳康有为主张的中国"只可行立宪，不可行革命"的谬论，由此在粤港舆论界大露头角，声闻遐迩。

十二月十一日（1904年1月27日），离开《中国日报》，协助郑贯公筹办《世界公益报》，并担任编辑。

光绪三十年（1904） 三十三岁

二月十五日（3月31日），协助郑贯公创办《广东日报》，担任编辑。是年，先后在该报发表政论《六榕寺僧与阻学之官神》《告广东武备学堂诸君》《广东商会之前途》《广东人做清官之历史》《何长清之开缺与各武员之革职》《祝岭南学会之前途》《程道元撤差提省》等。

光绪三十一年（1905） 三十四岁

四月（5月），加入郑贯公在香港发起成立的开智社。

五月初二日（6月4日），协助郑贯公以开智社名义创办《唯一趣报》即《有所谓报》，并任编辑与撰稿人，开始在该报连载《洪秀全演义》。

六月（7月），和郑贯公等一起参加反美禁约的爱国运动。开始创作长篇小说《镜中影》，可能曾在香港《循环日报》连载。

七至十月（8～11月），参加同盟会香港分会筹建工作。其间，由孙中山主盟加入同盟会。同盟会香港分会成立后，被推举为分会交际员。

八月（9月），潘达微、高剑父等在广州创办《时事画报》，黄世仲任撰述员。

九月（10月），开始创作长篇小说《廿载繁华梦》，并从十一月十日（12月6日）起开始在《时事画报》连载。

光绪三十二年（1906） 三十五岁

正月初九日（2月2日），在《有所谓报》发表政论《袁张二都督对于学生之政策》。

三月初八日（4月1日），与郑贯公等一起参加在香港杏花楼举行的陈天华追悼会。

四月（5月）中旬，其好友郑贯公病逝，参加系列悼念活动。

闰四月上旬（5月下旬），创办《香港少年报》，任总编辑兼督印人。

五月（6月下旬至7月中上旬），长篇小说《镜中影》由《循环日报》出版单行本。

五月中下旬（7月上中旬），先后在《香港少年报》发表《左东顽小传》《运动谋封亚东报之狂潮》、谐文《四方墟记》、小剧本《黄召顶运动禁报》《尚其享回国》、政论《王芝祥惨杀降兵之可恨》《警警俄国其真有意备战矣》《暗杀风潮与政治革命之影响》《西南火船之被劫》等。

六月初六日（7月26日），《洪秀全演义》从《有所谓报》报移至《香港少年报》连载。

六月中下旬至七月上旬（7月下旬至8月下旬），先后在《香港少年报》发表班本《官场救月蚀》、二黄《黄召顶走汕头》、谐文《龟公世家考》《娼界月令》、政论《云南官吏虐民媚外之警报》、扬州调《颐和园消夏》《香江楼赋》、班本《黄女史演巧斗天孙》《龙母自叹》、河调《石塘嘴游醮》等。

八月（9月），同盟会香港分会干事部改选，黄世仲被推举为庶务员。

七月中下旬至八月上中旬（9月至10月上旬），先后在《香港少年报》发表二黄《银乔仔病里忆情人》、班本《花捐局局员开厅》、政论《学界之狂谬与查封长乐戏院之无理》《岑督去粤之关系》《岑春煊》《袁世凯之前途》等。

八月初五日（9月22日）至八月十九日（10月6日），中篇小说《宦海冤魂》在《香港少年报》连载。

八月二十九日（10月16日），与其兄黄伯耀创办《粤东小说林》，并在该刊开始连载长篇小说《黄粱梦》。

九月（10月中下旬至11月中旬）章太炎在日本为黄世仲的《洪秀全演

义》写序，末题“丙午九月章炳麟序”。

九月中下旬至十月上旬（11月），在《香港少年报》先后发表政论《郑观应任粤路总办之失败》《粤汉铁路公司最近之惨风云》《清廷拟派贵族出洋考察海军之感言》《与周督书》《袁世凯殆不能自安矣》，以及谐文《归去来辞》、《唔驶你送》（意为“不要你送”）、《办送某大使离任文》、《走狗传》、小说论文《〈水浒传〉于转移社会之能力及施耐庵对于社会之关系》等。

十月下旬至十一月上中旬（12月），在《香港少年报》先后发表《地府拟改良监狱新告示》、《拟设铁路公司动物部陈列所》、《水围地势风俗记》、梆子小剧本《总办回籍修墓》、二黄《花捐公司喊冤》、班本《旗下佬大闹荣泰公司》、小剧本《陈听香闻有出狱消息》等。

十月二十九日（12月14日），在《粤东小说林》第7期“外书栏”发表小说理论文章《文言小说〈金瓶梅〉于人情上之观感》、《黄粱梦》第六回、《南北夫人传奇》第七出。

十一月初九日（12月24日），在《粤东小说林》第9期连载《黄粱梦》第七回。

十一月中下旬（1907年1月中上旬），在《香港少年报》先后发表小剧本《邓宗尧卖茄楠珠》《铁路公司中人诉恨》《谢瑞堂誓死抗邝孙谋》《路棍骂查数员》《马达臣扣留南署》等，以及政论《粤路公司欲煽动股东以为抵制查数之狡谋》《公开哄堵查数之非理》等。

光绪三十三年（1907）　三十六岁

四月二十日（5月31日），与其兄黄伯耀在广州创办《广东白话报》，并在该报刊载《黄粱梦》第八回和《楔子一回》。

五月十一日（6月21日），与其兄黄伯耀在香港《中外小说林》发表《中外小说林之趣旨》，并开始连载长篇小说《宦海潮》。

五月二十一日（7月1日），《黄梁梦》从第八回起在《中外小说林》连载。

六月二十一日（7月30日），在《中外小说林》第5期连载《宦海潮》第五回、《黄梁梦》第十一回。

七月初一日（8月9日），在《中外小说林》第6期连载《宦海潮》第六回、《黄梁梦》第十二回，并发表小说理论文章《文风之变迁与小说将来之位置》。

八月初一日（9月8日），在《中外小说林》第9期发表小说理论文章《中国小说家向多托言鬼神最阻人群慧力之进步》，连载《宦海潮》第九回、《黄梁梦》第十五回。

八月二十一日（9月28日），在《中外小说林》第11期发表小说理论文章《小说之功用比报纸之影响为更普及》，连载《宦海潮》第十一回、《黄梁梦》第十七回。

九月初一日（10月7日），在《中外小说林》第12期连载《宦海潮》第十二回、《黄梁梦》第十八回。

九月初六日（10月12日），在《时事画报》第22期开始连载长篇小说《党人碑》。

九月（10月），《廿载繁华梦》由《时事画报》出版单行本。

九月、十月之交（11月上中旬），与黄鲁逸、黄轩胄等组建“优天影”剧社，并参与剧本润色和剧团演出活动。

十一月初一日（12月5日），协助其兄黄伯耀在香港创办《社会公报》，并于本月在该报先后发表政论《〈社会公报〉出世之始声》《粤澳地界之轇轕》《印度之同盟罢工感言》，以及短篇小说《寒丐》《幻境》等。

十一月（12月），开始创作长篇小说《广东世家传》，惜今已难以觅读。

十二月十五日（1908年1月18日），《中外小说林》第17期出版，刊名更改为《绘图中外小说林》。连载《宦海潮》第十七回、《黄粱梦》第二十二回，并发表谐文《最淫先生传》、木鱼歌《海水反江》等。

十二月二十五日（1908年1月28日），在《绘图中外小说林》第18期发表小说理论文章《学堂宜推广以小说为教书》，连载《宦海潮》第十八回、《黄粱梦》第二十四回。

是年，编成并刊行《时谐三集》，其叙末题“光绪三十三年禺山道人叙”。

是年，参与孙中山和同盟会香港分会在西南地区分别直接指挥的潮州黄冈起义、惠州七女湖起义、王和顺钦廉防城起义和黄明堂镇南关起义等有关的后方工作。

光绪三十四年（1908）　三十七岁

正月初八日（2月9日），协助其兄黄伯耀在广州创办《岭南白话杂志》。

正月初十日（2月11日），在《中外小说林》1908年第1期连载《宦海潮》第十九回、《黄粱梦》第二十五回，发表短篇小说《大觉悟》与南音《烟魔狱》、龙舟歌《贺新年》、粤讴《春景咁好》等。

正月（2月），同盟会香港分会干事部改选，黄世仲仍任庶务员。

正月二十日（2月21日），在《中外小说林》1908年第2期发表小说理论文章《改良剧本与改良小说关系于社会之重轻》，连载《宦海潮》第二十回、《黄粱梦》第二十六回。

正月三十日（3月2日），在《中外小说林》1908年第3期连载《宦海潮》第二十一回、《黄粱梦》第二十七回，发表南音《烟魔狱》续编。

二月初十日（3月12日），在《中外小说林》1908年第4期发表小说理论文章《小说风尚之进步以翻译说部为风气之先》，连载《宦海潮》第二十二回、《黄梁梦》第二十八回，发表谐文《光棍皮考》等。

二月二十日（3月22日），在《中外小说林》1908年第5期连载《宦海潮》第二十三回、《黄梁梦》第二十八回（当为第二十九回），发表短篇小说《无名之富翁》。

二月二十九日（3月31日），在《中外小说林》1908年第6期连载《宦海潮》第二十四回、《黄梁梦》第二十九回（当为第三十回）。

三月初十日（4月10日），在《中外小说林》1908年第7期连载《宦海潮》第二十六回（当为第二十五回）、《黄梁梦》第三十回（当为第三十一回），发表谐文《拟特别笔单》。

三月二十日（4月20日），在《中外小说林》1908年第8期发表小说理论文章《著〈水浒传〉之施耐庵与施耐庵之著〈水浒传〉一》，连载《宦海潮》第二十七回（当为第二十六回）、《黄梁梦》第三十一回（当为第三十二回），发表短篇小说《沈醉生》。

四月二十日（5月19日），在《绘图中外小说林》1908年第9期发表小说理论文章《历史小说东周列国演义与时局进化之关系》，连载《宦海潮》第三十回（当为第二十九回）、《黄梁梦》第三十四回（当为第三十五回）。

四月（5月），疑初名《西林传》的黄世仲中篇（或长篇）小说《岑春煊》开始创作且之后可能出版有单行本，惜今已难以觅读。

五月（6月）或稍后，《宦海潮》由香港《世界公益报》出版单行本。

七月（8月），《洪秀全演义》由香港《中国日报》排印单行本。

约十月至十一月（11～12月），长篇小说《南汉演义》在香港《世界公益报》连载，惜今仅可见其若干片段。

十二月十一日（1909年1月2日），袁世凯被清廷以“患足疾”为由罢斥回籍，世仲当在此后不久开始创作长篇小说《宦海升沉录》。

另，中篇小说《陈开演义》创作于是年，惜今已难以觅读。长篇小说《义和团》于是年冬或次年春开始创作。

是年，黄世仲参与孙中山和同盟会香港分会分别在西南地区直接指挥的黄兴钦州马笃山起义和黄明堂、王和顺河口起义等有关的后方工作。

宣统元年（1909）　三十八岁

闰二月、三月（4月中下旬）之交，《义和团》开始在《世界公益报》连载，至次年四月十五日（1910年5月23日）载完。

五月初五日（6月22日），苏棱讽、卢博郎、李孟哲、杨计伯、欧博明等在香港创办《南越报》，黄世仲为撰稿人之一。

九月（10月），同盟会南方支部在香港成立，黄世仲任联络员。

十月（11月），陈炯明加入同盟会，并在香港结识黄世仲，其后两人结为换帖兄弟。

约十月上中旬（11月下旬至12月上旬），小说《朝鲜血》开始在《南越报》连载。

是年，长篇小说《大马扁》由日本东京三光堂出版。

宣统二年（1910）　三十九岁

是年春，长篇小说《宦海升沉录》由香港《实报》馆出版单行本。

五月初七日（6月13日），在《南越报》发表《本报开创一周年纪念文》。

九月三十日（11月1日），在《南越报》开始连载小说《十日建国志》。

是年冬，同盟会澳门分会成立，黄世仲参与了创建工作。

十二月十一至十二日（1911年1月11～12日），在《南越报》发表短篇小说《淘古井》。

十二月十八日（1911年1月18日），在《南越报》开始连载小说《妾薄命》。

宣统三年（1911）　四十岁

三月二十九日（4月27日），黄花岗起义爆发，黄世仲参加了与战斗有关的工作。

五月十八日（6月14日），在《南越报》开始连载小说《五日风声》。

闰六月二十一日（8月15日），长篇小说《吴三桂演义》由香港《循环日报》出版单行本。

八月下旬（10月中旬），在《南越报》开始连载小说《孽债》。

九月十九日（11月9日），在香港创办《新汉日报》，并任总司理兼撰述员，预告将推出长篇小说《新汉建国志》。

九月二十日（11月10日），随广东都督胡汉民由香港至广州组建广东军政府。

九月二十七日（11月17日），经胡汉民提议，被各界代表大会举为广东军政府枢密处17名组成人员之一，参与与军政府有关的财政整顿、军队整顿、北伐军派遣、民军编遣等一系列重大决策的策划和实施。

十月十一日（12月1日），在《南越报》发表谐文《戏拟满清乞师邻国文》。

十月十六日（12月6日），陈炯明组织成立广东军团协会，黄世仲出任副会长。

十月十七日（12月7日），在《南越报》发表《戏拟民国军政府檄汉贼袁世凯文》《拟北伐誓师文》等，并发表班本《刘团长告诫民军》《袁贼自危》等。

十月二十九日（12月19日）或次日，担任广东民团总局总长。

十二月初九日（1912年1月27日），黄世仲和陈炯明联署《致孙大总统电》，刊于2月2日出版的《南京临时政府公报》第5号。

十二月中下旬（1月底至2月初），因反对陈炯明扩充自己实力、裁撤他人军队的民军编遣计划，与陈炯明爆发矛盾冲突。

民国元年（1912）　四十一岁

正月中下旬（3月中上旬），陈炯明强行裁撤民军，挑衅并打败王和顺所部等民军，黄世仲派员调解，与陈炯明矛盾更加尖锐。

二月上中旬（3月中下旬），为试探孙中山对粤督人选之态度，陈炯明曾推举黄世仲等人，谓皆可使治粤。

二月下旬（4月中旬）某日，陈炯明曾到黄世仲家晤谈，企图拉拢之，遭到拒绝，因此衔恨愈深。

二月二十二日（4月9日），冒险前往都督府替民军索要军饷，与陈炯明发生冲突，被其罗织罪名拘押，并发出“拿办黄世仲令”。

三月初九（4月25日），孙中山偕胡汉民等到达广州，当晚陈炯明不告而别，前往香港，临行留下应枪毙黄世仲的手令。

三月十四日（4月30日），法务局以侵吞军饷罪名，胁迫黄世仲写出“愿报效军政府壹拾万元”的字据，随后将他判处死刑。

三月十七日（5月3日），重任广东军政府都督的胡汉民下令将黄世仲枪毙，彼时革命党人多有为其鸣冤叫屈者。

延伸阅读推荐书目

1. 黄世仲：《洪秀全演义》，武汉：长江文艺出版社，1981年版。

2. 黄世仲：《洪秀全演义》，北京：人民文学出版社，1984年版。

3. 黄世仲、黄伯耀主编：《中外小说林》，香港：夏菲尔国际出版公司，2000年版。

4. 颜廷亮、赵淑妍编：《重印黄世仲小说六种》，香港：纪念黄世仲基金会，2003年版。

5. 黄小配：《宦海潮》，杭州：浙江古籍出版社，1995年版。

6. 黄小配：《廿载繁华梦》，上海：上海古籍出版社，1997年版。

7. 陆士谔、黄小配：《血泪黄花　五日风声》，桂林：漓江出版社，1988年版。

8. 黄小配：《廿载繁华梦　大马扁　宦海升沉录》，《中国近代小说大系》本，南昌：百花洲文艺出版社，1996年版。

9. 黄小配：《吴三桂演义》，南京：凤凰出版社，2011年版。

10. 方志强：《黄世仲大传》，香港：夏菲尔国际出版公司，1999年版。

11. 郭天祥：《黄世仲年谱长编》，北京：中国社会科学出版社，2002年版。

12. 赵明政：《黄小配与洪秀全演义》，沈阳：辽宁教育出版社，1992年版。

13. 阿英：《晚清小说史》，北京：东方出版社，1996年版。

14. 欧阳健：《晚清小说史》，杭州：浙江古籍出版社，1997年版。

15. 颜廷亮：《黄世仲革命生涯和小说生涯考论》，北京：人民出版社，2012年版。

16. 纪德君、梁冬丽：《黄世仲小说创作研究》，北京：社会科学文献出版社，2014年版。